Julen Zabache

Baskischer Tod

Rafael Ibara ermittelt

Harper Collins

HarperCollins®

1. Auflage: April 2020
Originalausgabe

Umschlaggestaltung: zero-media.net, München
Umschlagabbildung: plainpicture / AWL / Marco Bottigelli
Satz: GGP Media GmbH, Pößneck
Printed in Germany
Dieses Buch wurde auf FSC®-zertifiziertem Papier gedruckt.
ISBN 978-3-95967-417-1

www.harpercollins.de

Für meine Eltern,
weil sie
immer da sind

SAMSTAG, 31. MAI

PROLOG

Miren Imaculada Silbermann Herrero beobachtete die Fremde unter halb geschlossenen Augenlidern hindurch. Die junge Frau schlenderte in einem wehenden bunten Sommerkleid über den menschenleeren Platz und reckte dabei den Kopf neugierig in alle Richtungen. Hin und wieder blieb sie stehen, wippte dabei mit den Füßen in den flachen Sandalen, als ob sie abheben wollte. Dann schob sie die Sonnenbrille hoch auf die blonden Haare, hielt eine große Spiegelreflexkamera vors Gesicht, bückte sich und knipste konzentriert. Erhob sich wieder, betrachtete mit gerunzelter Stirn das Ergebnis – auf einem Display, vermutete Miren – und ging weiter.

Wie immer könnte Miren auf einer Liste abhaken, was die junge Frau alles mit ihrer Kamera einfing. Es waren stets dieselben Motive: die, die angeblich – oder tatsächlich – typisch waren für ein kleines verschlafenes Nest im Baskenland. Ein Hortensienbusch in voller Blüte; eine Katze, die faul im Schatten des Treppenabsatzes lag, der hinauf zum Eingang der kleinen Kapelle führte; eine Efeuranke in der sandfarbenen Natursteinmauer des nächsten Hauses. Nur der Himmel bot dieses Mal keinen interessanten Anblick, wolkenloses, langweiliges Blitzblau, von dem die Sonne stach, ungewöhnlich warm für diese Jahreszeit.

Miren streckte die Beine, bis ihre alten Knochen knackten, und lehnte sich auf ihrem Stuhl zurück. Sie saß im Schatten des einzigen Baumes, einer uralten Platane, die wie ein Wächter vor dem Tor stand, das in den Innenhof ihres Anwesens führte. Die hölzernen Torflügel waren schon lange verschwunden, und die rechte Seite der grauen Natursteinmauer war eingestürzt. Die losen Steine waren nachlässig auf einen Haufen geworfen worden, damit niemand darüber stolperte. Zwischen den Ritzen wuchs Moos. Daher hielten die meisten Touristen das Anwesen für verlassen, liefen hinein, ohne sich um das Verbotsschild zu kümmern, fotografierten die Überreste des Ziehbrunnens, die Fenster mit den verblichenen grünen Läden, weitere Hortensien, Bougainvilleen und Zierwinden, die Kanarienvögel, die zum Erstaunen der Besucher frei herumhüpften. Miren hatte einmal vor vielen Jahren versehentlich den Käfig offen gelassen, und seitdem lebte ein Dutzend gelber und orangener Vögel unter dem Dach des Hauses. Die Vögel waren zu klug oder zu käuflich, um weit davonzufliegen. Sie holten sich das Futter, das sie seitdem einfach auf die Fensterbank streute. So war es ohnehin hübscher für alle. Miren hatte ihre kleinen gefiederten Lieblinge, die Vögel fristeten ihr Dasein nicht in Käfigen, und die Touristen fanden niedliche Motive und konnten ihren Daheimgebliebenen erzählen, sie hätten wilde Kanarienvögel gesehen.

Die junge Frau würde sicher ebenfalls sorglos durch den Torbogen laufen. Aber zuvor steuerte sie das wichtigste Motiv auf dem Platz an: Alte Baskin vor den Natursteinfassaden im Schatten einer Platane. Miren unterdrückte den Impuls, sich ihr schwarzes Kleid zurechtzuzupfen.

»Buenos días!« Die junge Frau zeigte eine Menge blendend weißer Zähne. Immerhin, sie hatte Manieren und grüßte nicht mit einem schnöden international gedachten »Hello!« Sie nahm sogar ihre Sonnenbrille ab. Jetzt konnte Miren erkennen, dass sie noch jünger war, als sie aus der Ferne vermutet hatte, höchstens Anfang zwanzig.

Miren nickte gnädig zur Begrüßung und verzog ein winziges bisschen die Mundwinkel.

Das Mädchen atmete tief durch und sagte, untermalt von einer weiten Geste, etwas in ihrer Muttersprache. Miren verstand sie nicht. Was war das für eine Sprache? Irgendetwas Skandinavisches?

Den Inhalt konnte sie sich jedenfalls denken. Wie schön es hier war. Nun, wenn es warm und sonnig war, fand Miren, konnte es fast überall auf der Welt schön sein. Sie hatte jedenfalls noch nicht erlebt, dass Touristen sich hierher verirrten, wenn im November die Stürme reinpeitschten, sodass man im Regen das Salz des Atlantiks schmeckte.

Die Touristin hob die Kamera hoch und deutete abwechselnd darauf und auf Miren. Dabei redete sie sehr laut in ihrer Muttersprache. Maria nickte noch einmal und hob die runzelige Hand mit der Handfläche nach oben. Diese Knipserei störte sie nicht. Immerhin konnte sie durch das Geplapper jetzt die Sprache einordnen. Das war Niederländisch, ganz eindeutig.

Zufrieden mit der Erlaubnis machte das Mädchen sich daran, aus verschiedenen Winkeln zu fotografieren. Mehrmals versuchte sie, ihr Fotomodell zu einem Lächeln zu bewegen, aber darauf ließ Miren sich nicht ein. Das führte nur zu Enttäuschungen. Es gab zwei Luxusdinge in ihrem Leben. Das eine war ein künstliches Gebiss, ein sehr gutes und teures. Und eine Reihe makelloser Zähne passte nicht zu einem runzeligen, von grauem Haar umkränzten Gesicht.

Nach einem langen Blick auf das Display kam das Mädchen heran und hielt Miren die Kamera unter die Nase. Gehorsam schaute Miren und nickte, wobei sie nur verschwommene bunte Punkte erkennen konnte, eine weitere Folge des reifen Alters. Aber das störte sie im Gegensatz zu Zahnstummeln weniger.

Im nächsten Augenblick hielt sie eine Visitenkarte in den Händen, und die junge Frau verabschiedete sich mit einem *»Adiós«*. Miren beobachtete, dass sie wie erwartet auf den Torbogen zusteuerte, das Verbotsschild betrachtete, bedauernd mit den Schultern zuckte und abdrehte. Wenige Schritte später war sie in einer schmalen Gasse zwischen zwei Häusern verschwunden.

Miren blickte ihr bedächtig hinterher, eines der wenigen Male, in denen sie bedauerte, sich nicht mit der Besucherin unterhalten zu können. Das Mädchen war anders als die anderen Trampeltiere. Vielleicht hätte Miren es mit Deutsch versuchen können, die Sprache ihrer Mutter und ihre Muttersprache, bis sie zehn Jahre alt gewesen war. Zu spät.

Sie strich mit dem Daumen über den Rand der Karte. Sie wurde neugierig, wer diese Besucherin war, wo sie herkam, was sie hier machte. Sie würde hineingehen und ihre Lesebrille holen. So jung wie das Mädchen war, würde eine E-Mail-Adresse darauf stehen oder eine Internetseite. In dem Fall würde Miren Imaculada Silbermann Herrero ihren zweiten bescheidenen Luxusartikel zum Einsatz bringen, den sie dank ihres Neffen Esteban besaß: Ein iPad mit schnellem Internetzugang.

MITTWOCH, 11. JUNI

1.

Fluchend legte Comisario Rafael Ibara den Rückwärtsgang seines Seat Arona ein und setzte auf der schmalen Straße zurück. Er hatte keine Ahnung mehr, wo genau er sich befand, seit er in einen der winzigen Wege westlich von Donostia eingebogen war, die üblicherweise an einem Campingplatz oder einem *agroturismo* endeten. Alles sah gleich aus, eine kaum zwei Meter breite asphaltierte Straße inmitten des Küstenstreifens, abwechselnd Baumgruppen, Weiden und auch ein paar Maschendrahtzäune, die irgendjemandes Grundstück vor dem Rest der Welt abriegelten. Und immer wieder der Blick auf die Biskaya, der Atlantik heute in atemberaubendes Saphirblau gekleidet.

Normalerweise liebte Ibara diesen Anblick, das Farbenspiel am Horizont, wo Blau auf Blau traf, doch jetzt gerade raubte es ihm nicht den Atem, sondern den letzten Nerv. Er war im Dienst, und er wollte irgendwann noch einmal ankommen. Wo auch immer.

Er hatte rückwärts bis zur Kreuzung zurückgesetzt, wählte den einzig alternativen Weg und gab wieder Gas. Sein Smartphone klingelte. Das musste warten. Er konnte sich nicht auch noch auf ein Gespräch konzentrieren.

Beinahe hätte er die nächste Abzweigung verpasst. Er machte eine Vollbremsung und bog rechts ab, fuhr damit in die Düne hinein auf die Küste zu. Es konnte nicht mehr lange dauern, bis der Weg endete.

Die Sträucher zu beiden Seiten wucherten immer dichter in Richtung Mitte, als wollten sie diese von Menschen gemachte Trasse mit aller Gewalt zurückerobern. Abgerissene Zweige und Reifenabdrücke an den lehmigen Banketten zeugten jedoch davon, dass hier häufiger jemand entlangfuhr. Dann tauchte ein Maschendrahtzaun linker Hand auf, von Schlingpflanzen und Farn überwuchert.

Ibara fuhr höchstens noch fünfundzwanzig Stundenkilometer, als die Straße sich endlich auf einen sandigen Platz verbreiterte, der wie eine Waldlichtung erschien, da er von hohen Bäumen und Sträuchern eingerahmt wurde. Grasbüschel trotzten hier und da dem trockenen Untergrund. Gegenüber der Zufahrt befand sich am Ende des Platzes ein steinerner Tisch mit zwei Bänken, daneben eine gemauerte Feuerstelle. Mehrere Personen sahen ihm von dort neugierig entgegen.

Er scherte nach rechts aus, parkte neben dem Dienstwagen seiner Kollegin Casta Zamorra und stieg aus. Zwei weitere Autos parkten unter dem Blätterdach einer weit ausladenden Kastanie, ein VW-Bus mit Faltdach – ein T4, sofern Ibaras Kenntnis ihn da nicht trog – und ein älterer Ford Focus Kombi. Um die beiden Fahrzeuge lag ein Sammelsurium typischer Urlaubsutensilien.

Zamorra kam auf ihn zu, bevor er einen näheren Blick darauf werfen konnte. Im Gegensatz zu ihm trug sie die Uniform der baskischen Polizei *Ertzaintza*, eine rote Jacke zu einer blauen Hose. Sie streckte die Hand zur Begrüßung aus und legte den Kopf in den Nacken, um zu Ibara aufzublicken. »Rafa, das wird Zeit, dass du kommst. Ich wollte schon eine Vermisstenmeldung aufgeben.«

Er schüttelte ihr die Hand und lächelte kurz verlegen. »Hast du deswegen vorhin noch mal angerufen?«

»Ja. Dachte mir aber schon, dass du nicht rangehst.«

»Ich hätte ja nach dem Weg gefragt, wenn hier irgendwo

eine Menschenseele zu finden gewesen wäre. Was ist denn los? Wildes Camping?«

Zamorra schnaubte belustigt. »Ich werde nicht ganz schlau aus den Burschen. Sie haben sich bei der Polizei gemeldet, weil sie meinten, wie wären heute Nacht bestohlen worden. Jetzt aber sagen sie, es wäre alles in Ordnung, ihr Zeug wäre nur hinter irgendwelchen Büschen. Wie gesagt, ich versteh es nicht, dabei ist das Englisch der Burschen ganz passabel. Vielleicht versuchst du es mal auf Deutsch?«

»Na klar.« Im Vorbeigehen schielte Ibara auf die Autokennzeichen: Der T4 war in Stuttgart zugelassen, der Focus in Karlsruhe. Die dazugehörigen vier jungen Männer warteten nach wie vor brav an der steinernen Sitzgruppe. Zwei von ihnen saßen auf den Bänken, einer auf dem Tisch, der Vierte lehnte lässig dagegen. Unauffällig musterte Ibara sie. Alle waren Anfang zwanzig, sportlich, braun gebrannt. Es war dieses merkwürdige Alter, in dem für manchen jungen Kerl das Abenteuer auf dem Lebensplan stand. Sie hatten sich an den Mädchen ausprobiert, vielleicht hatte der eine oder andere eine Freundin, die er im Urlaub mit den Kumpels möglichst häufig zu vergessen versuchte, denn feste Bindungen oder gar konkrete Zukunftspläne spielten gerade eine untergeordnete Rolle.

Kurz beneidete Ibara sie um das, was ihnen noch bevorstand, während er die ersten Enttäuschungen seines Lebens schon hinter sich gebracht hatte. Dann konzentrierte er sich auf die Einzelheiten, während er sie in akzentfreiem Deutsch begrüßte. Die Erleichterung war den vieren an den Gesichtern deutlich abzulesen, als sie ihre Muttersprache vernahmen.

»*Buenos*, mein Name ist Comisario Ibara. Was gibt es denn?«

Ein schlaksiger Blonder in bunten Hawaiishorts und einem weißen T-Shirt, das schon länger keiner Waschmaschine mehr nahe gekommen war, stand auf und zeigte auf die Fahrzeuge vor der Kastanie. »Mann, gut, dass Sie Deutsch sprechen. Wir versuchen es die ganz Zeit bei Ihrer Kollegin auf Englisch und mit Händen und Füßen, aber die Sache ist etwas komplizierter.« Er schob sich eine Haarsträhne hinters Ohr.

»Sie sagte etwas davon, dass Sie einen Diebstahl gemeldet hatten?«

»Voll peinlich«, sagte ein Dunkelhaariger, der auf einer der beiden Bänke saß. Seinem Aussehen nach stammten Vater oder Mutter aus der Türkei, doch sein Deutsch hatte denselben leicht schwäbischen Singsang wie das des Blonden. »Wir wollten heute Morgen zusammenpacken und losfahren. Aber dann waren auf einmal zwei Surfbretter und ein Fahrrad weg. Wir dachten, man hätte uns die geklaut, aber in Wahrheit ist das Zeug hinter den Autos einen Hang hinuntergerutscht.«

»Es war dunkel gestern Abend, da haben wir uns das Gebüsch hier nicht genau angesehen«, warf der Bursche ein, der am Tisch lehnte. Dabei machte er eine unbestimmte Geste mit der Hand, die Ibara nicht deuten konnte.

»Und?« Er warf einen ratlosen Blick über die Schulter zu Zamorra. Trotz besserer Verständigungsmöglichkeiten war er noch keinen Deut schlauer als sie.

»Na ja, als wir angerufen haben, dachten wir noch, das Zeug wäre geklaut. Eigentlich hätten Sie gar nicht kommen brauchen. Wir müssen jetzt nur überlegen, wie wir die Sachen wieder hochbekommen.«

Ibara nickte, als hätte er die Sachlage begriffen, doch er verstand immer noch kein Wort. »Am besten«, sagte er,

»zeigt ihr mir dieses ominöse Gebüsch. Kann nicht schaden, oder? Wenn ich schon einmal hier rausgefahren bin.«

»Klar. Kommen Sie mit.«

Der Blonde mit den Hawaiishorts setzte sich in Bewegung. Ibara folgte ihm hinter die beiden Autos, wo ein ungefähr zwei Meter breiter Streifen Platz war, bis dichtes Strauchwerk eine natürliche grüne Wand bildete. Am VW-Bus lehnten zwei Mountainbikes. Ungefähr in der Mitte war das Gebüsch ziemlich zerfleddert, als hätte sich dort jemand durchgedrückt. Jetzt begann Ibara zu ahnen, was geschehen war. Er trat an die Lücke.

»Vorsicht. Wie gesagt, dahinter geht es steil runter.«

Genau so war es. Ibara sah Asphaltreste unter dem sandigen Boden, der in Richtung des Gebüschs ausfranste, wo Wurzeln und Unkraut sich ihren Platz zurückerobert hatten. Die grüne Mauer war weder so breit noch so solide, wie sie auf den ersten Blick erschien. Ibara bog ein paar Zweige auseinander und blickte in die Tiefe. Schon vor vielen Jahren hatte ein Erdrutsch einen steilen Grat entstehen lassen. Wie weit es hinter der Kante hinunterging, konnte er nicht erkennen, da alles zugewuchert war und im Schatten einiger dicht belaubter Bäume lag. Dennoch konnte er wenige Meter unter sich ein buntes Surfbrett mitten im Grün erkennen.

»Eure Sachen sind also da runtergepurzelt und nicht geklaut worden. Habe ich das richtig verstanden?«

»Genau so ist es. Wir haben es mehr durch Zufall gesehen.«

»Wie habt ihr das denn geschafft?«

Der Blonde grinste verlegen. »Wir sind seit drei Tagen hier, ist ein netter Fleck, und wir waren komplett ungestört.«

»Klar. Wildes Campen ist ja auch billiger, als auf einen Campingplatz zu fahren.«

»Hey, wir haben all unseren Müll im Bus, das können Sie überprüfen!«

»Schon gut. Die Surfbretter.«

»Also, die haben wir jeden Abend hier an die Büsche gelehnt. Und es scheint, dass die Zweige mit der Zeit nachgegeben haben. Sehen Sie hier? Da sind sie komplett umgebogen. Und gestern Abend war es dann wohl zu viel, und die Bretter sind über die Zweige einfach runtergerutscht.«

»Und das Fahrrad?«

»Mit dem war es vermutlich ähnlich. Wie haben es noch nicht gefunden.«

»Ernsthaft? Du weißt gar nicht, ob es da unten liegt?« Versehentlich war Ibara das Du herausgerutscht, aber der Blonde störte sich nicht daran.

»Ja, keine Ahnung.« Er verstummte.

Ibara lehnte sich vorsichtig ein wenig weiter nach vorne. Da unten lag definitiv ein Surfbrett, zwischen dem Grün erkannte er weitere Farbflecken. »Da war wohl Alkohol im Spiel, hm?«

Der Bursche räusperte sich und brummte etwas vor sich hin.

Ibara richtete sich auf und klopfte sich ein paar trockene Blätter von seinem Hemd. »Also gut. Habt ihr ein Seil?«

»Eben nicht. Ein paar kurze Stricke vom Surfen, aber die sind alle nicht lang genug.«

»Dann hole ich eins, und dann schauen wir zu, dass wir euer Zeug wieder hochbekommen.«

»Echt? Klasse, danke, *gracias*!«

Auf dem Weg zu seinem Seat winkte er Zamorra zu sich

und erklärte ihr, was passiert war. Dabei öffnete er seinen Kofferraum und räumte ein paar Taschen zur Seite.

Sie schüttelte den Kopf. »Kein Wunder, dass ich das nicht verstanden habe. Das sind vielleicht Künstler.« Sie blickte an Ibara vorbei ins Wageninnere. »Wie immer hast du ein halbes Warenlager dabei. Was willst du mit der Holzkohle?«

Er strich sich eine schwarze Locke aus der Stirn und wühlte weiter. »Ach, die ist nur noch nicht ausgeladen. Aber hier ist das Seil. Damit kommen wir da runter und können die Surfbretter raufziehen.« Triumphierend zog er zwischen einem Eimer mit Gummistiefeln und einem Korb mit einem kleinen Feuerlöscher sowie einigen Päckchen gold-silberner Rettungsfolien ein Seil hervor, in das mehrere Knoten geschlungen waren, da es schon häufig zum Klettern genutzt worden war.

Gemeinsam gingen sie zurück zu der Gruppe, die sie mit neugierigen Mienen empfing. Ohne viel zu erklären, knotete Ibara das Seil an den nächsten Baum und ließ sich langsam ab. Die Bruchkante erschien zwar steil, aber eigentlich war der Abgrund eher ein Trichter, in den er auch ohne Hilfe hätte klettern können. Dunkle Erde und vermodertes Holz federten unter ihm. Der Hang lag nach Nordwesten, und die Sonne schien den feuchten Untergrund nur selten zu erreichen.

Das erste Surfbrett hatte sich an einem Busch verfangen. Ibara suchte Halt, schlang das Seil um das Brett, und die anderen zogen es hoch. Während er wartete, schaute er sich um und glaubte, das zweite Surfbrett gut drei Meter tiefer unter sich zu entdecken. Kein Fahrrad.

Die Neigung wurde sanfter, im Grunde handelte es sich, bemerkte Ibara, als er kurz darauf weiterkletterte, um eine

Klamm. Vielleicht hatte Wasser den Erdboden vor einiger Zeit weggespült. Das kam immer häufiger vor, da Starkregengüsse in den letzten Jahren zugenommen hatten.

Er war auf dem Grund angekommen. Vor ihm ragte ein verwesender moosbewachsener Baumstumpf in die Höhe. Unter seinen Füßen klickte es, als er aufkam. Wenige Meter vor sich erblickte er einen blauen Müllsack. Offenbar waren die Surfbretter nicht das Erste, was hier – absichtlich oder versehentlich – gelandet war.

. Das Surfbrett steckte senkrecht wie ein skurriler Totempfahl im Boden. Ibara umwickelte es mit dem Seil und rief den anderen zu, es hinaufzuziehen. In der Zwischenzeit beugte er sich über den Müllsack. Er musste sich schon längere Zeit hier befinden. Zumindest ließ das der Verwesungszustand des Inhaltes vermuten, der aus mehreren Löchern quoll, die vermutlich von kleinen Tieren ins Plastik gerissen worden waren. Eine Thunfischdose lag herum, so sauber, als wäre sie ausgeleckt worden, die Banderole vergilbt. Etwas weiter entfernt lag eine zerfetzte Kekstüte, daneben Papier, von der Feuchtigkeit des Bodens gewellt. Aus einem größeren Loch war ein halb leerer Eimer mit Dispersionsfarbe herausgepurzelt und aufgegangen. Weiße Farbspritzer leuchteten vor dem dunklen Untergrund, bereits getrocknet und hart. Ibara beruhigte der Anblick des Farbeimers, denn er war davon überzeugt, dass die jungen Männer kaum einen Eimer weißer Farbe mit in den Urlaub schleppen würden. Dazu schien der Müll schon ein paar Tage länger hier zu liegen. Die Deutschen hatten ihn also nicht angelogen.

Dann fiel sein Blick auf einen weißlich schimmernden Gegenstand seitlich des Eimers. Ibara stutzte. Mit dem Fuß schob er den Müllsack etwas zur Seite. Ein bleicher Knochen ragte ihm entgegen.

Ibara griff nach einer Efeuranke und zog sie mit einem Ruck weg. Dreck rieselte auf totes Laub am Boden und verursachte ein schabendes Geräusch, bei dem sich seine Nackenhaare sträubten. Oder war es der Anblick des wächsernen Gesichts, das ihm mit weit aufgerissenen Augen entgegenstarrte? Eine junge Frau, ein Mädchen in einem bunt geblümten Sommerkleid. Umrahmt von bleichen Knochen.

Unbehaglich starrte Ibara zurück, blickte sich um, während er gegen einen Anflug von Übelkeit anschluckte. Kurz schaute er nach oben und überlegte, ob er einfach rufen sollte. Doch das kam ihm pietätlos vor. Daher griff er nach seinem Smartphone und rief Zamorra an.

»Ich fürchte, die Herren aus Deutschland können noch nicht aufbrechen. Du solltest Verstärkung rufen. Hier unten liegt eine Frauenleiche. Inmitten von einem Haufen Knochen.«

2.

»Wie oft soll ich ihm das noch sagen? Was sollen wir denn tun? Wir können doch nicht beweisen, dass wir das *nicht* waren!« Tobias Rasch, der Blonde in Hawaiishorts, fuhr sich mit beiden Händen durch die strähnigen Haare und ließ frustriert das Kinn auf die Brust sinken. »Alter, das wäre doch wirklich der größte Schwachsinn, den ein Mensch sich ausdenken kann. Ich will nach Hause.« Den letzten Satz murmelte er mehr bei sich.

Ibara konnte es ihm gut nachfühlen.

»Was sagt er?«, fragte Miguel Arbós barsch.

»Das Gleiche wie seit Stunden«, erklärte Ibara geduldig. »Das, was sie alle vier sagen, dass sie mit der Toten nichts zu tun haben. Können wir vielleicht eine Pause machen?«

Arbós wischte sich mit dem Ärmel seines Jacketts über die Stirn. »Meinetwegen.« Er stand, ohne sein Gegenüber auch nur eines Blickes zu würdigen, von der Steinbank auf und stampfte auf seinen kurzen Beinen davon.

Ibara dagegen nickte dem Deutschen, der ihm innerhalb der letzten Stunde immer jünger vorgekommen war, freundlich zu. »Geh und trink was. Sonst kippst du hier noch aus den Latschen.«

»Mach ich.« Tobias schob sich mit einer linkischen Bewegung von der Bank und ging zu seinen drei Kumpanen, die unter einem Pavillon warteten, den sie zum Schutz gegen die Sonne vor dem VW-Bus aufgestellt hatten. Der Steintisch mit den Bänken war das letzte Fleckchen, das noch im Schatten lag – sah man von der Rückseite des VW-Busses ab, doch die hatte das Team von der Spurensicherung abgeriegelt und wimmelte dort immer noch herum.

Ibara beobachtete, wie Tobias von seinen Kumpels ein Snickers und eine Flasche Wasser in die Hand gedrückt bekam. Er war mit zweiundzwanzig der Älteste von ihnen, BWL-Student im Abschlussjahr, leidenschaftlicher Surfer und so etwas wie der unausgesprochene Anführer der vier. Sein Kommilitone Enis Günal war einundzwanzig. Die anderen beiden waren Lukas, der drei Jahre jüngere Bruder von Tobias, und sein Kumpel Frido Dohlenburg. Alle vier, das war zumindest Ibaras Meinung, waren harmlose Touristen aus Deutschland, eigentlich auf dem Weg nach Portugal, die hier ein paar Tage hängen geblieben waren, weil sie nichts trieb außer dem Spaß an der Reise und dem Zusammensein. Bis ihnen ein paar Surfbretter abhandengekommen waren und ein baskisch-spanischer Comisario hinter ihrem Auto eine Frauenleiche entdeckt hatte.

Ibara ging zu seinem Auto. Zamorra saß auf der Kofferraumkante des Citroen Xsara und nutzte das bisschen Schatten, das die Heckklappe ihr bot. Wortlos reichte sie Ibara eine Wasserflasche. »Leider nicht sehr kalt.«

»Das macht nichts. Danke.« Er trank sie in einem Zug aus, während er die Szenerie betrachtete. Zeit war ein seltsames Phänomen. Es kam ihm vor, als wäre es gerade mal eine Viertelstunde her, dass er der Toten zwischen den bleichen Knochen in die Augen gesehen hatte. Tatsächlich waren sie schon über fünf Stunden hier, und es ging auf den Spätnachmittag zu. Weshalb auch Zamorra zunehmend unruhig wurde.

Ibara warf die leere Flasche hinter seiner Kollegin in den Kofferraum. »Wenn du willst, kannst du abhauen. Wir können hier sowieso nichts tun.«

»Wirklich? Ist das okay für dich?«

Nein, war es nicht. Ibara kam sich unbeholfen vor zwischen all den Fremden, die aus Bilbao gekommen waren und die Ermittlungen an sich gerissen hatten. Zamorra war das einzig vertraute Gesicht. Ibara war zwar halber Baske, doch aufgewachsen war er in Hamburg und Brüssel, hatte in Deutschland seine Ausbildung zum Polizeikommissar gemacht. Seine Mutter hatte mit ihm sein Leben lang Spanisch gesprochen, doch Baskisch konnte er kaum. Obwohl er seit sechzehn Jahren hier in der Nähe lebte, gab es Situationen, da fühlte er sich völlig fehl am Platz, und dies war so eine.

Zamorra war bereits aufgesprungen, sah ihn erwartungsvoll an.

Er seufzte. »Hau schon ab. Ich wünschte nur, du würdest mir eines Tages mal erklären, warum du neuerdings Dienst nach Vorschrift schiebst.«

»Mach ich. Versprochen. Bis morgen!«

Er trat einen Schritt zurück. Sie knallte die Kofferraumklappe zu. Kaum saß sie hinter dem Steuer, da fuhr sie bereits an und hinterließ nichts als eine Staubwolke in der Sonne.

Arbós kam auf ihn zugewatschelt. Der Mann war Ibara auf Anhieb unsympathisch gewesen. Er trug das Haar von einer Seite zur anderen über seine Halbglatze gelegt, darunter ein feistes Gesicht, konturlos bis auf das Doppelkinn. Dazu war er von sich selbst so überzeugt, wie er fett war. Zamorra hatte ihn Sancho Panza getauft, doch Ibara fand das unpassend, denn mit dem Sidekick Don Quijotes teilte dieser Comisario General nur die körperliche Fülle. Das Gewitzte und die praktische Art, Problemen zu begegnen, die der literarischen Figur nachgesagt wurden, ließ der Mann aus Bilbao völlig vermissen.

Selten fand Ibara es angenehm, wenn die Menschen zu ihm aufschauen mussten – was bei den meisten der Fall war. Doch in Arbós' Fall war ihm das durchaus recht so. Der musste seinen Kopf sogar ganz schön in den kaum vorhandenen Nacken legen, um Ibara in die Augen zu blicken. Das machte die mögliche Aussicht darauf, in den nächsten Tagen unfreiwilliger Fremdenführer für den Ermittler spielen zu müssen, wenigstens ein kleines bisschen erträglicher.

»Comisario Ibara, was machen wir mit den Verdächtigen?«

Ibara blickte ruhig auf ihn herab. »Sind die vier Jungs denn verdächtig?«

»Machen Sie Witze? Die Tote ist im gleichen Alter, eine Nordeuropäerin. Ich wette, die vier wollten sich die Kleine vornehmen und sind dabei ein paar Schritte zu weit gegangen.« Arbós zog eine Grimasse, die vielleicht Empörung darstellen sollte, doch um seine Mundwinkel zuckte es, als fände er morbiden Gefallen an der Vorstellung. Er wischte sich mit dem Jackettärmel über die Stirn. Dabei entblößte er feuchte Flecken unter den Achseln, die sogar schon salzige Ränder auf dem billigen Anzug hinterlassen hatten. Scharfer Geruch nach altem Schweiß stieg Ibara in die Nase. Er unterdrückte den Impuls, einen Schritt zurückzuweichen. Dieser Mann war wirklich in jeglicher Hinsicht widerlich.

»Aber sie sagten, sie wären erst seit drei Tagen hier«, widersprach er. »Und die Tote sah aus, als läge sie schon länger dort unten.«

»Ach? Sie kennen sich da aus? Haben Sie eine Ahnung, wie schnell der Verwesungsprozess voranschreitet? Wie viele Leichen haben Sie denn schon in der Wildnis gefunden?«

»Noch keine.« Ibara entschied sich, nichts weiter zu sagen, schon wegen des arroganten Tonfalls, den Arbós anschlug. Er mochte wirklich keine Ahnung vom Verwesungsprozess einer Leiche haben. Doch er kannte sich mit Müll aus, der einfach in der freien Natur hinterlassen wurde. Der Müllsack hatte *auf* der Toten gelegen, und das keinesfalls erst seit ein paar Tagen. Aber sollte ihm das doch die Spurensicherung sagen, das war schließlich deren Job.

»So oder so«, knurrte Arbós, »müssen diese Sonnyboys sich zu unserer Verfügung halten.«

»Das ist ja in Ordnung«, stimmte Ibara vorsichtig zu. »Trotzdem glaube ich nicht, dass ein hinreichender Tatverdacht besteht, der eine Untersuchungshaft rechtfertigen würde. Wir könnten sie auf einem der Campingplätze hier in der Umgebung unterbringen.« Außerdem waren es Deutsche. Das zog einen behördlichen Spießrutenlauf nach sich. Für nichts und wieder nichts, davon war Ibara überzeugt. Die vier hatten Pech gehabt, weiter nichts. Inzwischen bereute er sogar, dass er und Zamorra nicht einfach die Personalien der Jungs aufgenommen und sie dann fortgeschickt hatten, bevor die gesamte Mannschaft angerückt war.

»Damit sie sich bei nächster Gelegenheit davonmachen? Kommt gar nicht infrage.«

»Wir haben ihre Daten, Adressen, Personalausweisnummern. Alle vier haben einen festen Wohnsitz, studieren oder machen ihre Ausbildung. Der jüngere Rasch wohnt sogar noch bei den Eltern. Wo sollen die schon hin?«

Arbós schielte wütend zu ihm auf. »Sie kennen sich also nicht nur mit Leichen, sondern auch mit Täterprofilen aus, was? Verbrecher legen eine ziemliche Kreativität an den Tag, um sich vor der Polizei zu verstecken. Wir haben trotz aller politischer Schwankungen immer noch ein Europa offener Grenzen. Die sind im Handumdrehen in Portugal oder machen sich rüber in die Karpaten.«

Ibara presste die Lippen aufeinander, um keine Antwort zu geben, die er später einmal bereuen würde. Immerhin hatte Arbós den höheren Dienstrang und – zugegeben – auch die größere Erfahrung, dennoch kam ihm das alles ziemlich an den Haaren herbeigezogen vor. Wusste der werte Herr aus Bilbao überhaupt, wo die Karpaten lagen?

Die vier Jungs wirkten auf ihn wohlbehütet, eher bieder. Ibara würde darauf wetten, dass ihr größtes Verbrechen ein Joint oder ein paar Stundenkilometer zu schnelles Fahren auf der Landstraße war. Sie waren arglos, standen unter Schock. Arbós hatte sich jeden Einzelnen von ihnen insgesamt dreimal vorgenommen und sie mit Ibaras geduldiger Übersetzung vier Stunden verhört. Es hatte keinerlei Widersprüche gegeben, keine Unsicherheit, die über das hinausging, was zu erwarten war, weil sie als Touristen in der baskischen Wildnis von einem dicken Spanier befragt wurden. Wenn sie das Mädchen umgebracht hätten, so wiederholte vor allem Tobias Rasch ein ums andere Mal, dann hätten sie sich doch davongemacht. Was für einen Sinn hätte es gehabt, die Polizei mit der Nase auf die Tote zu stoßen?

Machtrausch, Demonstration von Überlegenheit, hatte Arbós angegeben, als Ibara in einer kurzen Pause dieselbe Frage gestellt hatte. Auch das fand er absurd, beziehungsweise könnte er sich das bei einem oder zwei Tätern vorstellen, aber nicht bei vier Burschen, die noch nicht trocken hinter den Ohren waren.

Zamorra war derselben Meinung gewesen. Ibara hätte sie gerade jetzt zu gern an seiner Seite, aber ihr war irgendein Privatkram wichtiger.

Er gab sich einen Ruck. »Was wäre, wenn ich die Verantwortung übernehme? Ich bringe die vier an einem Ort unter, wo wir sie unter Kontrolle haben.« Und ersparten sich die Peinlichkeit und den Aufwand, sie im Handumdrehen mangels Beweisen wieder aus der Untersuchungshaft entlassen zu müssen.

Zu diesem oder einem ähnlichen Schluss schien Arbós nach kurzem Nachdenken auch gekommen zu sein. Er nickte knapp, wobei sein Kinn schwabbelte. »Mir recht.«

3.

Eine halbe Stunde später bog Ibara auf den Hof westlich von Getaria ein. Seine Schwiegermutter und Hausherrin Finia Herrero Etxeverría erwartete ihn bereits, vielmehr kehrte sie den gepflasterten Platz vor dem großen Wohnhaus und würdigte die Wagenkolonne keines Blickes, ein sicheres Zeichen dafür, dass sie alles genauestens beobachtete.

Ibara ließ das Seitenfenster herunter und winkte den hinter ihm fahrenden Autos zu, ihm nach links an einer kleinen Wiese vorbei zu einem lang gezogenen Gebäude zu folgen. Dort parkte er. Tobias Rasch stellte den Bus neben ihm ab, Frido Dohlenburg folgte mit dem Focus.

»Passt auf«, sagte Ibara, nachdem die vier ausgestiegen waren. »Ihr könnt hier erst einmal euer Lager aufschlagen. Das flache Gebäude hinter euch ist eine ehemalige Scheune, das Tor ist gleich an der Seite. Macht euch da Platz, schlagt euer Zelt davor auf oder unter der Baumgruppe da vorne, wie ihr wollt. Neben dem Tor ist auch ein Wasseranschluss.« Er drehte sich einmal um und wies auf eine Kate links neben dem Wohnhaus. Beide Gebäude waren im typischen Stil der Gegend aus sandfarbenem Naturstein gemauert und teilweise weiß verputzt, die Fenster mit dunkelbraunen Balken abgesetzt. Das größere Haus war einigermaßen instand gehalten, allerdings konnten die hölzernen Fensterläden und die Tür einen Anstrich vertragen. Dagegen war das Häuschen daneben in einem erbärmlichen Zustand, der Putz abgebröckelt, die Dachschindeln lose. Im ersten Geschoss war sogar ein Fenster provisorisch mit Brettern vernagelt.

»Das Haus dort steht leer«, erklärte Ibara. »Ich gebe euch den Schlüssel, und ihr könnt dort Bad und Klo benutzen. Es ist weder sehr sauber noch komfortabel, aber da ihr in den letzten Tagen die Waldtoilette benutzt habt, solltet ihr damit klarkommen. Braucht ihr sonst noch was? Habt ihr Fragen?«

»Na ja.« Tobias legte die Hand in den Nacken. »Was wird das? Ich meine, wir können doch jetzt nicht hier … wie lange hängen wir hier fest?«

»Ich habe keine Ahnung. Bis Comisario Arbós einen anderen Verdächtigen findet.«

»Der meint das alles ernst, oder?« Enis trat heran, stellte sich neben Tobias und reckte herausfordernd das Kinn. »Was ist, wenn wir einfach abhauen?«

Ibara zog die Augenbrauen zusammen und musterte ihn streng von oben herab. Das reichte schon.

Enis zog den Kopf zwischen die Schultern. Es machte ihm sichtlich Mühe, den Blickkontakt zu halten, doch er schaffte es.

Ibara streckte sein breites Kreuz und verschränkte die Arme vor der Brust, wohl wissend, dass er damit noch größer wirkte. »Klar könnt ihr abhauen. Aber wenn wir euch dann erwischen, kann ich euch eine Untersuchungshaft sicher nicht ersparen.«

Tobias zupfte seinen Freund am Ärmel seines T-Shirts. »Lass gut sein. Die ganze Sache ist schon beschissen genug.«

»Rafa! Wer sind die?«, erscholl hinter ihnen eine erstaunlich tiefe Frauenstimme in schwerfälligem Spanisch. Finia kam um die Ecke auf sie zu, den Besen wie eine Lanze auf die vier Jungs gerichtet.

Ibara unterdrückte beim Anblick ihrer Mienen ein Grinsen. Sie schwankten zwischen Verblüffung und Unbehagen. Nach einer Leiche und einem fetten spanischen Inquisitor bekamen sie es jetzt mit einer baskischen Drachentöterin zu tun. Den Kontakt mit den Einheimischen hatten die Burschen sich sicherlich anders vorgestellt.

Finia ging auf die sechzig zu, doch sie war agil und wirkte um einiges jünger, was nicht zuletzt an ihrer schlanken Figur und ihrer Vorliebe für enge Jeans und karierte Blusen liegen mochte.

»Amama, das sind vier junge Gäste aus Deutschland«, erklärte Ibara auf Spanisch. »Sie werden eine Weile hierbleiben, bis die Polizei ihnen erlaubt, weiterzureisen.«

»Polizei? Du? Warum? Was haben die angestellt?«

»Ich bin sicher, dass sie gar nichts verbrochen haben. Sie campierten weiter östlich in den Dünen, und dort wurde eine Frauenleiche entdeckt.«

Finia verstummte und ließ den Besen sinken.

»Buenos días, Señora«, murmelte Lukas artig.

»Finia, diese vier hier waren zur falschen Zeit am falschen Ort. Du redest doch seit dem Frühjahr davon, hier auf dem Hof Zimmer zu vermieten. Jetzt kannst du ausprobieren, wie es ist, wenn hier ein paar Fremde herumlaufen.«

Finia verzog das runzelige Gesicht zu einem freudlosen Lächeln. »Bist du vollkommen übergeschnappt? Ich soll Mörder beherbergen?«

»Sie haben nichts getan, ich weiß es.«

»Woher? Das siehst du den Menschen doch nicht an!« Finia verengte die Augen zu zwei schmalen Schlitzen und beäugte jeden Einzelnen, als wollte sie ihre eigenen Worte Lügen strafen, und überlegte, wer der Täter sei.

»Hör zu. Die vier haben sich wegen eines Diebstahls gemeldet. Und bei der Untersuchung bin ich über eine Tote gestolpert, die dort aber schon wesentlich länger lag. Das war offensichtlich. Es war Zufall, dass sie ausgerechnet dort ihr Lager aufgeschlagen haben.«

Finia rührte sich nicht vom Fleck, stierte weiter, den Besen locker in der Hand. Ihre Schultern waren angespannt, als wäre sie jederzeit bereit, zum Schlag auszuholen.

»Denkst du auch an deine Tochter?«, zischte sie leise.

Bei der Erwähnung Isobels durchfuhr Ibara ein heißer Schrecken. Unsicher fuhr er sich mit einer Hand durch seinen schwarzen Haarschopf. War es wirklich so eine gute Idee gewesen, die vier herzubringen? Brachte er damit Isobel in Gefahr?

Aber diese Burschen hatten nichts mit der Toten zu tun. Sie lag bereits länger dort, da war er vollkommen sicher. Und wenn seine Schwiegermutter es ernst meinte mit der Idee, aus dem Hof einen *agroturismo* zu machen, dann war das doch ein guter Test?

»Wo ist sie?«

»Ausgeritten.«

»Bei der Hitze?«

»In den Wald. Hat den Hund mitgenommen. Nicht zu bändigen, diese kleine Hexe.« Es klang eher stolz als empört.

Ibara bekam ein schlechtes Gewissen. Er hatte nur im Sinn gehabt, die vier jungen Deutschen unterzubringen. An Isobel hatte er nicht gedacht.

Betretenes Schweigen breitete sich aus.

Finia umklammerte den Besenstab, als wollte sie ihre ungebetenen Gäste wortwörtlich vom Hof fegen.

»Tobi, sollten wir nicht endlich mal Mama anrufen?« Lukas' Stimme klang mehr wie das Fiepen eines Welpen, als er sich an seinen Bruder wandte.

Ibara blickte das Bruderpaar an. Der Jüngere wirkte unendlich erschöpft. Mit den kleinen Augen unter blonden Ponyfransen und blassen Wangen sah er nicht mehr aus wie ein Jugendlicher auf dem Weg ins Abenteuer, sondern wie ein Kind, das sich im Wald verlaufen hatte.

Auch Finia hatte ganz leicht den Kopf zur Seite geneigt und musterte Lukas. Sie verstand kein Deutsch, aber der klägliche Tonfall war ihr nicht entgangen. Ihr Blick glich immer noch dem eines Raubvogels, doch es hatte sich auch etwas Fürsorge eingeschlichen, sie umklammerte ihren Besen nicht mehr ganz so fest.

Und dann, als Tobias seinem kleinen Bruder beruhigend auf den Rücken klopfte und ihn sogar kurz an sich zog, brummte sie etwas, das für Ibara wie Zustimmung klang.

»Ihr bleibt hier, Ende der Durchsage«, erklärte er resolut. »Wenn meine Tochter kommt, zeigt sie euch den Weg runter zum Meer. Ihr könnt dort nicht surfen, aber ansonsten alles tun, wozu ihr Lust habt. Wenn ihr Fragen habt, wendet euch an Finia. Sie spricht aber nur Spanisch. Gebt euch Mühe!«

»Ja, Comisario.« – »Comisario, selbstverständlich.«

Finia nickte grimmig und ging zurück zum Haus. Für sie war alles gesagt.

»Noch was.« Tobias trat einen Schritt vor. »Dürfen wir einkaufen fahren? Wir haben nicht mehr allzu viele Lebensmittel.«

»Natürlich. Wisst ihr, wo ihr ein Geschäft findet?«

»Keine Ahnung, aber Google wird uns hinlotsen.« Frido, ein braunhaariger stiller Bursche mit runden Wangen, der Ibara an ein Murmeltier denken ließ, hatte bereits sein Handy in der Hand und suchte nach einer Route. »Krass, LTE-

Empfang. Besser als in der Stuttgarter Innenstadt«, murmelte er dabei halblaut.

Ibara verkniff sich ein Lächeln. Er nickte den Jungen zu und folgte seiner Schwiegermutter. Er würde mit Isobel sprechen, wenn sie nach Hause kam. Sie verstand Deutsch, lernte es in der Schule. Sie musste notfalls zwischen den Gästen und ihrer Amama dolmetschen, sollte sich ansonsten von den jungen Männern fernhalten. Das würde sich schon regeln.

Auf dem Weg ins Haus entdeckte er auf der Weide Rucio, der sich im Schatten eines Baumes versteckt hatte. Der kleine Esel langweilte sich offenbar, weil Isobel mit seiner Begleiterin Cinderella, einer andalusischen Stute, unterwegs war.

Ibara blieb stehen. Mit einem kurzen Pfiff lockte er den Esel heran und kraulte ihn hinter den langen Ohren. Rucio rieb seine Schnauze an seinem Hemdsärmel und hinterließ eine feuchte Spur. Das machte nichts. Ibara musste sich ohnehin umziehen, er war dreckig und durchgeschwitzt.

Er schaute sich ein letztes Mal um. Frido und Lukas holten gerade ein Zelt aus dem Kofferraum und verschwanden hinter der Scheune.

Ja, das würde sich schon alles regeln.

DONNERSTAG, 12. JUNI

4.

Als Ibara am nächsten Morgen um kurz nach neun Uhr in Zarautz eintraf und in die Straße einbog, in der sich der schmucklose quadratische Zweckbau der *Ertzaintza* befand, fielen ihm sofort die vielen unbekannten Autos auf. Ein Mercedes GLE, dessen schwarzer Lack in der Sonne glänzte, nahm gleich zwei Parkplätze ein.

Ibara grinste spöttisch. Er würde eine größere Summe darauf verwetten, dass es Arbós' Dienstfahrzeug war. Der Himmel mochte wissen, was der Mann damit kompensieren musste.

Endlich fand er einen Platz hinter einem weißen Lieferwagen. Er parkte und betrat den Vorraum der *Comisaría*. Im rechten Bereich befand sich ein Wartebereich mit ein paar Plastikstühlen, der mit einer verstaubten Yucca-Palme sowie einem Prospektständer wenig einladend gestaltet war. Linker Hand zog sich ein Tresen über die gesamte Breite des Raumes. Dort konnten sich die Personen, zumeist Touristen, anmelden, die Taschendiebstähle oder Einbrüche in ihr Campingmobil anzeigen wollten. Heute saß dort Alba Olea, die Ibara mit einem missmutigen Blick begrüßte.

Er lächelte freundlich. »*Kaixo*, Alba. Warum ziehst du so ein Gesicht?«

»Weil das ganze Haus voll mit Idioten ist, allen voran dieser Humpty Dumpty. Die meinen echt, ich wäre nur hier, um ihnen Kaffee zu kochen.«

»Humpty Dumpty?«

»Kennst du nicht? Dieses Ei auf zwei Beinen aus *Alice im Wunderland*.« Sie ballte die Hand zur Faust und machte auf dem Tresen eine hüpfende Bewegung.

Ibara brauchte nur einen Moment, bis er begriff. Er lachte auf. »Du meinst Comisario Arbós.«

»Sag ich doch. Humpty Dumpty.« Olea schnaubte abfällig. Sie fuhr sich mit beiden Händen durch ihr blondes glattes Haar und band es zu einem Pferdeschwanz. Dann setzte sie ein Headset auf. »Du sollst sofort in sein Büro kommen. Und um zehn Uhr ist Teambesprechung.«

»Sein Büro?«

»Bis gestern haben du und Zamorra dort gesessen, wenn ich mich nicht irre.«

Ibara unterdrückte ein Stöhnen. Das konnte ja heiter werden. »Und wo soll ich jetzt hin?«

»Teeküche?«

Er ersparte sich eine Antwort, hob die Hand zu einem Abschiedsgruß und lief am Tresen vorbei ins Treppenhaus und in den zweiten Stock. Ein weiß getünchter Flur, von dem zu beiden Seiten Türen abgingen, empfing ihn. Die Tür zu seinem Büro war verschlossen. Er zögerte kurz, dann klopfte er an. Als keine Reaktion erfolgte, betrat er den Raum.

Beinahe wäre er zurückgezuckt. Die *Comisaría* hatte vor gut einem Jahr eine *clean desk policy* ausgerufen, was bedeutete, dass sich nach dem Verlassen des Arbeitsplatzes nichts außer dem Computermonitor und der Tastatur auf dem Schreibtisch befinden durfte. Zamorra und Ibara hielten sich daran. Doch jetzt sahen die beiden Schreibtische, die einander gegenüber in der Mitte des Raumes standen, aus, als habe eine Bombe eingeschlagen. Mehrere Stöße Papier stapelten sich, dazu lagen Dutzende Fotos in A4-Format herum, auf denen Ibara nach einem flüchtigen Blick den Fundort der Leiche erkannte. Außerdem eine Schere und Klebeband, einige Kugelschreiber und Einwickelpapier von mehreren Mars-Riegeln sowie holländischer Pfefferminze. Ein benutzter Kaffeebecher auf dem Sideboard neben der Tür. Auf dem Boden eine offene Aktentasche und ein Sakko achtlos über dem Drehstuhl. Auf Zamorras Stuhl ein weiterer Papierstapel.

Kopfschüttelnd betrachtete Ibara das Chaos. Wie hatte der Mann das in so kurzer Zeit geschafft? Oder hatte er sein Lager schon gestern Abend aufgeschlagen? Ibara war nach all den Geschehnissen tags zuvor nicht mehr zurück ins Büro gefahren, sondern hatte den Tag mit einem Glas Rioja auf der Terrasse ausklingen lassen, während seine Tochter Isobel ihm wortreich den Sinn – oder Unsinn – von Instagram erklärt hatte.

Ibara wartete einige Minuten, doch Arbós ließ sich nicht blicken. Damit hatte er der Anweisung, er solle in das Büro des Comisario kommen, ausreichend Folge geleistet, fand er. Die *Comisaría* war nicht groß, wenn jemand etwas von ihm wollte, würde derjenige ihn schon finden. Daher schloss Ibara den Schreibtischcontainer auf und entnahm sein Laptop. Über einen kurzen Umweg für einen Kaffee aus dem Automaten in der winzigen Küche am Ende des Flures flüchtete er in den Teamraum im dritten Stock. Da er keine anderslautenden Anweisungen hatte, setzte er sich an die zu einem Oval zusammengeschobenen Tische, las und beantwortete E-Mails und schrieb einen längst fälligen Bericht über eine Prügelei am Rande eines Dorffestes im letzten Monat. Es blieb erstaunlich ruhig, bis um kurz vor zehn Uhr lauter Fremde den Raum betraten, ihn flüchtig begrüßten und um den Konferenztisch herum Platz nahmen.

Ibara klappte das Laptop zu, lehnte sich mit verschränkten Armen zurück und schaute müßig aus dem Fenster. Er konnte über die Dächer der kleinen Stadt hinaus bis auf üppige grüne Felder und ein Wäldchen blicken. Irgendwo dahinter lag die Biskaya. Eine Möwe zog gemächliche Kreise an einem klaren blauen Himmel. Ein Tag wie geschaffen dafür, an der Küste entlangzuwandern oder mit dem Rad ins Landesinnere zu fahren, irgendwo anzuhalten und einen *café* mit einem süßen Stück *pantxineta* zu genießen …

Eine kräftige Hand legte sich auf seine Schulter. »Rafa, schön, dich zu sehen. Du arbeitest mit dem Comisario zusammen.« Es klang halb nach einer Frage.

»Selbstverständlich, *buenos*, Andoni.« Ibara stand auf und schüttelte seinem Chef herzlich die Hand. Formal betrachtet hatte Andoni Mendoza als Subcomisario einen niedrigeren Dienstrang. Doch der stämmige Baske mit dem eisgrauen Schnauzer leitete die Station der lokalen Polizei seit fast zwanzig Jahren, und Ibara wäre es im Traum nicht eingefallen, dessen Kompetenzen infrage zu stellen. Er selbst wurde auch hier in Spanien *Comisario* genannt, weil er es in seiner Ausbildung und Karriere vor vielen Jahren in Deutschland bis zum Dienstrang des Polizeioberkommissars gebracht hatte. Vermutlich könnte er sich in Bilbao oder San Sebastián auf höhere Posten innerhalb der *Cuerpo Nacional de Policía* bewerben, doch er zog es vor, hier auf dem Land einfache Polizeitätigkeiten auszuüben. Hier musste er meistens nicht einmal eine Waffe tragen. Sein Chef Mendoza mochte in der offiziellen behördlichen Hierarchie unter ihm stehen, doch die Erfahrung und Weisheit, mit der er die Polizeistation leitete, wogen in Ibaras Augen deutlich mehr. Er schätzte die Zusammenarbeit auf allen Ebenen und hatte noch nie einen Grund gehabt, sich zu beschweren.

Mit Arbós dagegen war das eine ganz andere Hausnummer. Während Ibara und Mendoza sich setzten, schnaufte der leitende Kriminalermittler in den Raum und scheuchte zwei junge Männer ungeduldig mit einer Handbewegung zur Seite. Am Kopfende knallte er einen Stoß Papiere und seine Aktentasche auf den Tisch.

»Setzen Sie sich. Wir müssen anfangen.« Dabei wippte er ungeduldig auf den Absätzen.

»Dir auch einen guten Morgen«, murmelte Ibara bei sich.

Mendoza beugte sich grinsend zu ihm. »Arbós ist Sohn eines Fischers aus Getaria«, erklärte er flüsternd. »Er hat alles darangesetzt, von hier weg und in die große Stadt zu kommen. Hier zu ermitteln, muss die Höchststrafe für ihn sein.«

»Idiot.«

»Vielleicht ein Wink des Schicksals, dass er sich auf seine Wurzeln besinnen sollte.« Mendoza zwinkerte ihm spöttisch zu.

Eine Frau Anfang fünfzig betrat als Letzte den Raum und schloss die Tür. Insgesamt waren neun Personen anwesend. Ibara stutzte. Wo war Zamorra? Sie hatte heute Dienst, da war er ganz sicher. Hatte sie sich schon wieder krankgemeldet? Das wäre das dritte Mal in den letzten Wochen. Allmählich fragte er sich, ob mehr dahintersteckte.

Arbós verschränkte die Arme vor der Brust, was aufgrund seiner Körperfülle ziemlich unbeholfen aussah. Olea hatte schon ganz recht, dachte Ibara bei sich. Er sah aus wie ein Ei mit zu kurzen Armen und Beinen. Vielleicht würde er mit dieser Figur gemütlich und liebenswürdig erscheinen, wenn er seinen Mitmenschen gegenüber etwas freundlicher auftreten würde. So wirkte er mit dem barschen Auftreten plump und unsympathisch.

Offenbar hielt Arbós von gegenseitigen Vorstellungen genauso wenig wie von Begrüßungsformeln. Ungeduldig gab er der Frau, die zuletzt den Raum betreten hatte, einen Wink. »Doctora Cortez, fangen Sie an.«

Die Angesprochene nickte und ging nach vorne. Arbós ließ sich auf einen Stuhl plumpsen. Cortez stellte ihre Umhängetasche ab und entnahm ihr einen tragbaren Beamer und ein Tablet. Mit wenigen Handgriffen hatte sie beides miteinander verbunden, und das Bild der getöteten Frau leuchtete auf dem Whiteboard an der Wand hinter ihr auf. Das alles hatte kaum zwei Minuten gedauert, doch Arbós trommelte bereits mit den Fingern auf dem Tisch herum.

Cortez nahm ihre modische Brille ab. »*Buenos días.* Ich werde Ihnen nun …«

Die Tür zum Konferenzraum ging auf, und Zamorra betrat den Raum. Sie grinste verlegen und huschte auf den freien Platz neben Mendoza.

Während Arbós dreinblickte, als würde er gleich explodieren, lächelte Cortez freundlich.

»Dann kann ich beginnen, vielen Dank. Die Rechtsmedizin arbeitet mit Hochdruck an den Analysen. Ich werde Ihnen heute nur die Informationen geben, die wir bereits sicher wissen, und mich nicht auf Spekulationen einlassen. Sie sehen hier das jüngste Opfer, eine Frau mit weißer Hautfarbe, nordischer Typ mit naturblondem Haar und blaugrauen Augen. Sie ist Anfang zwanzig, ein Meter fünfundsechzig groß, sportliche Statur. Sie hat am Hinterkopf eine Platzwunde, die unmittelbar zum Tod geführt haben könnte. Falls nicht, führten in der Folge Blutverlust und Schock zum Tode. Die Wunde stammt mit sehr großer Wahrscheinlichkeit von einem Schlag mit einem stumpfen Gegenstand aus Metall, beispielsweise eine Eisenstange oder ein Werkzeug. Weitere Hinweise auf Gewalteinwirkung oder sexuelle Handlungen gibt es bisher nicht. Sie lag mindestens fünf, jedoch nicht länger als fünfzehn Tage am Fundort und wurde post mortem dorthin gebracht.«

Arbós gab ein Schnaufen von sich. »Zwischen fünf und fünfzehn Tagen? Geht es nicht genauer?«

Cortez lächelte spöttisch. »Mit ein wenig Geduld geht es ganz sicher sehr viel genauer. Wenn wir unsere Analysen durchgeführt haben. Der autokatalytische Abbau der Leiche war bereits abgeschlossen, begünstigt durch die hohen Temperaturen der vergangenen Tage. Für die Bestimmung des Todeszeitpunktes müssen wir nun Lufttemperatur, Insektenbefall und weitere Variablen einbeziehen. Insbesondere der feuchte Untergrund hat den üblichen Verwesungsprozessen entgegengewirkt. Fünf Tage bis fünfzehn Tage. Wie gesagt, ich spekuliere nicht.«

Arbós wedelte unwirsch mit der Hand. »Sie wurde umgebracht und dort abgelegt?«

Cortez nickte. »Es gibt nicht die geringsten Anzeichen dafür, dass der Fundort der Tatort sein könnte.«

Er wandte sich an die beiden jungen Männer. »Habt ihr Reifenspuren aufgenommen?«

»Wir sind noch dabei«, antwortete einer der beiden, ein schwarzhaariger schmaler Kerl, dessen Gesicht fast vollständig von einem dichten Bart verhüllt wurde. Er zupfte sich beim Sprechen nervös am Kinn. »Insgesamt haben wir knapp zwei Dutzend Profile. Es hat zwar nicht geregnet, aber da es so lange her ist, ist die fragliche Spur vermutlich längst von anderen überdeckt worden.«

»Ihr sucht aber weiter?« Arbós formulierte es als Frage, doch für Ibara klang es ziemlich drohend.

»Selbstverständlich, keine Frage.« Dieses Mal antwortete der andere, ein pausbackiger Kerl mit einer breiten Nase. Wie auf Kommando nickten beide Männer der Spurensicherung heftig. Ibara schaute zufällig in Richtung Zamorra, die sich auf die Unterlippe biss und die Augen verdrehte. Ganz offenbar behandelte Arbós alle gleich schlecht. Wie er am Vortag die vier Deutschen rangenommen hatte, hatte mit den jungen Burschen oder dem, was sie getan haben könnten, gar nichts zu tun.

»Es ist ebenso fraglich«, fuhr Cortez mit einem Seitenblick auf Arbós fort, als wolle sie seine nächste Frage vorwegnehmen, »ob wir DNA- oder Faserspuren des Täters finden. Oder desjenigen, der sie dorthin transportiert hat, es muss ja nicht dieselbe Person sein. Hautflächen und Hände des Opfers wurden mit Chlor verätzt.«

»Chlor? Das ist doch nicht wirksam genug, um Spuren zu beseitigen?«, fragte der zweite Mann von der Spurensicherung, während sein Kollege sich eine Notiz machte.

Cortez zuckte mit den Schultern. »Wenn ich Spuren vernichten wollte, wäre es nicht die Chemikalie der ersten Wahl. Ich nehme daher an, dass der Täter nach etwas gegriffen hat, was gerade verfügbar war. Jedes zweite Haus hier in der Gegend hat einen Swimmingpool, und demnach steht Chlor herum. Und um Dreckreste und ähnliche Spuren von den Fingern des Opfers zu entfernen, hätte schon ein chlorhaltiges Reinigungsmittel oder schlichte Seife genügt.«

Der junge Mann nickte zustimmend, und sein Kollege machte eine weitere Notiz.

»Die Identifikation des Opfers ist bisher noch nicht geglückt«, nahm Cortez ihren Faden wieder auf. »Wir gehen europaweit Vermisstenmeldungen der letzten vier Wochen durch, notfalls muss die Suche weiter ausgedehnt werden.«

Bei dieser Aussage zog Arbós ein Gesicht, als habe er in eine Zitrone gebissen, doch er unterbrach die Doctora nicht. Sie tippte auf ihr Tablet und zeigte eine Folge mehrerer Bilder mit Knochen. Auf dem letzten waren die Knochen in drei Gruppen sortiert zusammengelegt. Es sah aus wie ein unvollständiges Puzzlespiel, doch die Skelette waren deutlich als menschlich erkennbar. Cortez wandte sich an die Versammelten. »Interessant ist der Fundort in der Hinsicht, dass er bereits vor einigen Jahrzehnten als Ablage für Tote gedient hat. Meine Mitarbeiter sind noch dabei, die Knochen auszugraben, zu sortieren und zu sichten. Die Skelette sind nicht vollständig. Viele Knochen wurden vom Regen weggespült, von Tieren verschleppt oder waren weiteren Einwirkungen ausgesetzt – kein Wunder in dieser langen Zeit. Zu unserem Glück sind alle drei Schädel vorhanden. Und der zuvor erwähnte feuchte Untergrund ist im Falle der Knochenfunde ebenfalls ein Glücksfall, da deren Verfall erheblich verlangsamt wurde. Wie Sie unschwer erkennen können, handelt es sich um drei Personen, zwei Erwachsene und ein Kind von ungefähr fünf bis acht Jahren. Die Analyse wird genauere Angaben ermöglichen.« Sie tippte und zeigte mehrere Bilder, die von einer Drohne aufgenommen sein mussten. Ibara beugte sich interessiert nach vorne. Er hatte sich die Gegend schon mehrfach auf Google Maps angesehen, aber diese Bilder waren natürlich kein Vergleich: Gestochen scharf und in satten Farben breitete sich die baskische Landschaft unter der Kamera aus. Um diese Jahreszeit leuchtete alles in einem beinahe unirdischen Grün. Der Platz, auf dem die vier Deutschen gecampt hatten, hob sich als fast kreisrunder graubrauner Fleck in der Mitte ab. Ibara war so vertieft in den Anblick, dass es einige Augenblicke dauerte, bis er bemerkte, dass Cortez bereits weitersprach: »... davon auszugehen, dass die Überreste der drei im Laufe der Jahre von Pflanzen überwuchert und mit der Zeit von Erde bedeckt wurden. Vorsichtig geschätzt sind die Knochen dreißig bis vierzig Jahre alt.«

Eine Frau von vielleicht Anfang dreißig meldete sich. »Hängen wohl beide Taten zusammen?«

Ibara schielte aus den Augenwinkeln zu Zamorra. Die beiden könnten Geschwister sein, beide hatten lange schwarze Locken, die ein ovales Gesicht mit schmaler Nase und hochgewölbten Augenbrauen umrahmten. Zamorra hatte große dunkle Augen, mit denen sie manchmal übermäßig erschrocken wirkte, fand zumindest Ibara. Genauso erstaunt blickte die fremde Ermittlerin jetzt drein, dabei konnte das kaum ihr erstes Mordopfer sein.

Cortez hob die Schultern und blickte auf das Bild mit den drei Knochenhaufen, bevor sie antwortete. »Ich würde derzeit noch nicht einmal sicher davon ausgehen, dass wir es mit *zwei* Taten zu tun haben. Bei den drei Skeletten könnte es sich auch um drei einzelne Verbrechen desselben Täters handeln, der die Leichen dann dort deponiert hat. Genauso gut wäre lediglich ein tragisches Unglück möglich. Eine Familie, die vor vielen Jahren dort gewandert und abgestürzt oder in ein Unwetter geraten ist. Wir wissen einfach noch zu wenig. Die Überreste der Kleidung deuten darauf hin, dass sie alle drei dort seit Anfang bis Mitte der Neunziger liegen, doch zum jetzigen Zeitpunkt ist es unmöglich, sich genauer festzulegen.«

Zwischen den Leuten aus Bilbao entspann sich eine lebhafte Diskussion, Fragen wurden gestellt, zumeist von den Angesprochenen mit einem Schulterzucken beantwortet. Ibara, sein Chef Mendoza und Zamorra hörten schweigend zu. Arbós stellte eine Frage nach der anderen, in harschem Ton, hektisch und knapp. Die Atmosphäre war angespannt und giftig, trotz allem musste Ibara sich eingestehen, dass diese Methode effizient war: Alle bemühten sich, möglichst schnell wieder aus der Schusslinie zu kommen, antworteten knapp und präzise, statt ausschweifend herumzureden. Einzig Doctora Cortez ließ sich von Arbós nicht aus der Ruhe bringen. Trotzdem war es ermüdend, die Luft im Raum wurde zunehmend stickig. Irgendwann stand Ibara auf, öffnete die Fensterflügel, lehnte sich mit dem Rücken gegen die Fensterbank. Der kühle Luftzug war eine Wohltat, da ihm das Poloshirt am Rücken klebte. Er zupfte sich den Stoff zurecht und gähnte verstohlen. Eine Mordermittlung hatte er sich ganz anders vorgestellt, aber vermutlich war das heutzutage so.

5.

Nach gut einer Stunde war klar, dass sie im Grunde nichts wussten, und alle hatten Arbeitsaufträge, mit denen sie gut und gern die nächsten beiden Tage beschäftigt waren. Vor allem die Spurensicherung war mit der Untersuchung des Fundortes noch lange nicht fertig. Während die beiden jungen Männer dem Team Bericht erstatteten, legten ihre Kollegen sicherlich weitere Knochen frei.

»Um dreizehn Uhr geben wir eine kurze Pressekonferenz. An die Arbeit!« Mit einer ungeduldigen Handbewegung entließ Arbós seine Mitarbeiter. Nach und nach verließen sie alle den Raum. Mendoza wies Zamorra an, sich um Arbeitsplätze in der *Comisaría* für diejenigen von Arbós' Mitarbeitern zu kümmern, die nicht nach Bilbao zurückfahren würden. Während nur noch Doctora Cortez ihren Beamer ausschaltete und sorgfältig wieder in der Tasche verstaute, stand Ibara herum und fühlte sich überflüssig. Da dieser Humpty Dumpty jedoch seinen Arbeitsplatz besetzt hatte, fiel ihm auch nichts ein, wo er im Moment hingehen könnte. Am besten, er schob in den nächsten Tagen ein paar zusätzliche Außendienste.

»Ibara!«

»Ja?«

»Sie halten sich zu meiner Verfügung, vielleicht brauche ich Sie.« Arbós kam auf ihn zu. Hinter seinem Rücken hob Cortez den Kopf und bedachte ihn mit einem spöttischen Lächeln.

»Was kann ich denn tun?«

»Da fällt mir gerade nichts ein, was Ihren Kompetenzen entspricht. Sie können sich mal nach alten Vermisstenmeldungen umhören.« Arbós hatte ihn erreicht und presste die Lippen zu einem schmalen Schlitz aufeinander. Es schien ihm gewaltig zu missfallen, dass er wieder zu Ibara aufschauen musste. Der verkniff sich ein gehässiges Lächeln, während er immer noch dabei war, diesen abfälligen Kommentar zu verdauen. Unauffällig drückte er die Schulterblätter ein wenig zusammen.

»Waren Sie sich nicht vorhin alle einig, dass die Identifikation des jüngeren Opfers Vorrang hat? Ich könnte mich in den Restaurants und Pensionen umhören.«

»Das machen meine Leute. Diese Schwedin ist morgen Abend identifiziert.«

»Schwedin?«

»Was denn sonst?«

Ibara strich sich eine Locke aus der Stirn. »Na ja. Nur weil sie ein nordischer Typ ist, muss sie noch lange keine Schwedin sein.«

»Sondern?«

Cortez hatte ihre Habseligkeiten verstaut, stützte sich mit interessierter Miene auf die Tasche und hörte zu.

»Keine Ahnung. Spanierin ist genauso gut möglich wie alles andere.«

»Machen Sie sich nicht lächerlich, Ibara!«

»Ich meine das ernst. Sie ist ein nordischer Typ, aber darum wäre es doch vorschnell, auf ihre Nationalität zu schließen.«

»Er hat recht, Miguel«, warf Cortez ein. »Weißt du, wie viele Briten seit diesem ganzen Brexit-Zirkus die spanische Staatsangehörigkeit beantragt haben? Eine Engländerin von Gibraltar oder ein schwedisches Au-pair-Mädchen – das eine ist so wahrscheinlich wie das andere. Und wenn wir Pech haben, ist sie eine Nachfahrin von deutschen Auswanderern aus Argentinien.«

»Ja, ja, schon klar. Sie wissen, wie ich das meine, Doctora.«

Jetzt erlaubte sich Ibara doch ein kleines Lächeln. »Mir sehen Sie ja auch nicht an, dass ich neben meinem spanischen einen deutschen Pass habe.«

Schweigend und mit zusammengezogenen Augenbrauen musterte sein Gegenüber ihn. Ibara wusste sehr genau, dass das Erbe seines norddeutschen Großvaters sich in seinem Aussehen nicht durchgeschlagen hatte. Dunkler Teint, schwarz glänzende, leicht gelockte Haare, Hakennase und immer ein Bartschatten über dem markanten Kinn – würde er sich ein Torerokostüm anziehen, könnte er Modell für den iberischen Archetyp stehen. Nachdem Arbós ihn lange genug angestarrt hatte, machte er eine abfällige Handbewegung und verließ ohne ein weiteres Wort den Raum.

»Warten Sie, Comisario!« Ibara lief ihm hinterher und hatte ihn mit drei großen Schritten eingeholt. »Was ist mit den vier Deutschen? Können die weiterfahren?«

»Auf keinen Fall. Sollen sich zur Verfügung halten. Wir können nicht ausschließen, dass doch einer von denen beteiligt ist. Haben vielleicht noch etwas beobachtet, das nützlich sein könnte«, knurrte Arbós, ohne sich umzudrehen oder innezuhalten. Dann war er am Ende des Flures durch eine Tür verschwunden. Leise fluchend blieb Ibara stehen. Das war doch reine Schikane.

Er hörte Schritte hinter sich, und dann trat Cortez an ihn heran. »Machen Sie sich nichts draus. Das ist normal.« Sie blickte auf ihre Armbanduhr. Ibara folgte ihrem Blick und erkannte seine Chance. »Haben Sie vielleicht noch Zeit auf einen *café*?«

Sie setzte an, den Kopf zu schütteln, dann atmete sie vernehmlich durch und rieb sich mit Daumen und Zeigefinger die Mundwinkel, als wolle sie sich zu einem Lächeln zwingen. Jetzt aus der Nähe erkannte Ibara, dass sie völlig übernächtigt war. Unter dem Make-up konnte er Augenringe ausmachen, das Weiß in ihren Augen war rötlich verfärbt und ihre Kieferpartie sichtbar angespannt.

»Bitte verzeihen Sie«, sagte er. »Ich wollte Sie nicht aufhalten. Ich könnte einfach einen starken *café* vertragen.«

Cortez gab sich einen Ruck. »Ein Becher *café con leche* sollte passen, oder? Ich war heute Nacht bis zwei Uhr mit dem Mädchen im Labor. Und Sie?«

Er grinste. »Das können Sie besser beurteilen: Sind meine Aufgaben dringlich?«

»Unterschätzen Sie Miguel Arbós nicht, das wäre ein Fehler.«

Ibara nickte kurz. »Ich kenne ein nettes Café gleich um die Ecke.«

Gemeinsam verließen sie die *Comisaría*. Ibara führte seine Begleiterin an einem Flachbau mit Büros vorbei in die nächste Querstraße. Nach wenigen Metern liefen sie auf einen roten Sonnenschirm mit weißen und grünen Streifen zu, unter dem drei Tische mit Korbstühlen auf Gäste warteten. *Txokolatea Gozotegia* stand in weißen Buchstaben auf dem Schaufenster, darunter die baskische rote Flagge mit dem weißen und grünen Kreuz.

»Eine Konditorei, die sich *Schokolade* nennt. Das klingt verheißungsvoll«, meinte Cortez.

Ibara lachte. »Jiannis, der Inhaber, ist eigentlich Mexikaner, aber seine Frau ist Baskin, und sie fertigen nach alten Familienrezepten. Diese *Gozotegia* ist so alt, dass sie vermutlich schon den Königshof von Isabella I. beliefert hat.«

»Und dann haben sie nur ein winziges Geschäft in einer Nebenstraße dieses Provinznests? Sie machen Witze.«

Ibara schüttelte den Kopf und lud Cortez mit einer Geste ein, sich an einen der Tische zu setzen. »Was trinken Sie?«

»Einen *café con leche*.«

Ibara betrat das Geschäft. Jedes Mal lief ihm das Wasser im Mund zusammen, sobald er über die Schwelle trat. Die Verkaufstheke und die Wände waren in einem hellen Cremeton gehalten, davon hoben sich dunkelbraune Regale ab, die mit bunt verpackten Pralinenschachteln und Blechdosen gefüllt waren. In der Auslage gab es verschiedene Blätterteig- und Fettgebäcke. Derselbe französische Einfluss, der in Deutschland Plundergebäcke mit Pudding und Früchten oder mit Windbeutel beliebt gemacht hatte, schlug sich auch in den baskischen Süßigkeiten nieder. Hinter dem Tresen schaute ihn ein dralles junges Mädchen mit einem dicken schwarzen Zopf, der ihr über eine Schulter hing, erwartungsvoll an.

»*Kaixo, Carmen.* Machst du mir einen *café con leche*, einen *cortado* und einen Teller mit *pastelitos de bocado*?«

»*Kaixo, Señor* Ibara. Bring ich Ihnen raus.« Carmen war die siebzehnjährige Tochter der Inhaber. Obwohl sie Ibara seit Jahren kannte, sprach sie mit ihm niemals mehr als nötig und bediente ihn so servil, dass es ihm stets unangenehm war. Er ging hinaus und setzte sich zu Doctora Cortez.

»Das war kein Witz. Diese *Gozotegia* ist uralt und hat Filialen in Bilbao, Donastia, Gasteiz und Madrid. Aber dies hier ist sozusagen das Stammhaus.« Er wies auf einige Aufkleber an der Eingangstür. Mehrere Exzellenz-Awards von *tripadvisor* und ähnlichen Guides sowie das schwarz-goldene Logo der lokalen *EUSKADI Gastronomika* prangten darauf.

Carmen brachte die Getränke, stellte eine Flasche mit stillem Wasser und zwei Gläser dazu und servierte anschließend einen Teller, auf dem sich gut ein Dutzend winziger Windbeutel, mit Früchten gekrönte Pasteten und mit Nüssen verfeinerter Schichtkuchen befand.

Doctora Cortez nahm eine Pastete mit Mandeln und schloss verzückt die Augen.

»Habe ich Ihnen zu viel versprochen, Doctora Cortez?«

»Nennen Sie mich Gabriela. Ich gehe davon aus, dass wir noch ein paar Tage zusammenarbeiten, da sollten wir uns nicht mit unnötigen Förmlichkeiten belasten.«

»Gern. Ich heiße Rafael. Was meinen Sie mit *Zusammenarbeit*? Ich habe nicht den Eindruck, dass Arbós Verwendung für mich oder meine Kollegen hat.«

»Ich kenne Arbós seit vielen Jahren und bin jedes Mal froh, wenn ich ihm aus dem Weg gehen kann. Aber der Mann hat unbestreitbar ein Talent, nämlich die richtigen Personen zu einem Ermittlungsteam zusammenzustellen und die nötigen Kompetenzen abzufragen. Niemand kann ihn leiden, doch viele reißen sich darum, für ihn zu arbeiten. Seine Erfolgsquote macht sich gut für die eigene Karriere.«

»Wollen Sie mir sagen, er kann gar nichts?«

Cortez lächelte nachsichtig. »Nicht ganz. Es ist schon richtig, er ist weder gut in der Befragung von Zeugen noch in der Analyse von Daten. Er neigt manchmal zu vorschnellen Schlüssen. Dass er die Tote vorhin als Schwedin bezeichnet hat, meint er nicht wörtlich. Für ihn ist es ein griffiger Name. Er sagt *Schwedin*, und sofort wissen alle, wer gemeint ist: das blonde Mädchen, das wir auf den Knochen gefunden haben. Welche Nationalität sie am Ende hat, wenn sie identifiziert ist, ist unerheblich. Vermutlich wird er sie dann immer noch als Schwedin bezeichnen.«

Ibara trank seinen *cortado* und dachte darüber nach, ob er von Arbós bereits einen Namen erhalten hatte. Falls dem so war, war er sicherlich nicht schmeichelhaft.

»Was Arbós kann, ist, die richtigen Experten auszuwählen, sie zur Zusammenarbeit zu bewegen und die Ergebnisse präzise zusammenzusetzen. Manches Mal frage ich mich sogar, ob sein mieses Auftreten eine Art Masche ist. Seine Mitarbeiter bilden Koalitionen gegen ihn, arbeiten aber innerhalb des Teams nicht gegeneinander. Verstehen Sie, was ich meine?«

»Er liefert ihnen ein Feindbild, gegen das sie sich verbünden und an dem sie sich abarbeiten können.« Ibara aß einen Windbeutel. Während er kaute, schüttelte er verwirrt den Kopf. »Eine ziemlich perfide Art der Mitarbeiterführung, und dazu wenig zeitgemäß.«

Cortez hob die Hand. »Es funktioniert. Und das ist das Problem mit Ihnen und der *Ertzaintza*: Er kennt Sie nicht, er hat Sie nicht ausgewählt, aber er muss von Rechts wegen mit der lokalen Polizei zusammenarbeiten. Auch, weil er vielleicht bei manchen Einheimischen, so sie denn involviert sind, auf Granit beißen wird, während Ihnen oder Ihrer Kollegin die Türen offen stehen.«

»Das hieße aber, er würde einen Wert in meiner oder Zamorras Arbeit erkennen.«

»Sein Kommentar, keine seiner Anforderungen würde Ihren Kompetenzen entsprechen, hat Sie getroffen, oder?«

»Wundert Sie das?«

»Nein. Es ist Arbós' Art, Sie zu motivieren, ihm das Gegenteil zu beweisen. Bei den meisten funktionieren diese psychologischen Tricksereien.«

»Sie meinen, ich wäre nun bestrebt, ihm zu zeigen, wo meine Kompetenzen liegen, beispielsweise in der Zusammenarbeit mit den Einheimischen.« Oder den deutschen Touristen. Ibara versuchte, sich an das gestrige Verhör zu erinnern, und fragte sich nun, ob Arbós gezielt als der »böse spanische Bulle« aufgetreten war, damit die vier jungen Männer umso mehr Vertrauen in den »guten Bullen« fassten, der noch dazu ihre Sprache sprach. Wenn er bedachte, mit welcher Arglosigkeit die Deutschen ihm auf Finias Hof gefolgt waren und nun dort verweilten, ohne auch nur einen Gedanken daran zu verschwenden, ob es dafür irgendeine Rechtsgrundlage gab, konnte das sogar funktioniert haben. Ibara jedenfalls fühlte sich manipuliert.

»Das könnte ganz genau so passieren, Rafael.« Cortez lächelte freundlich und nahm ihr Portemonnaie aus der Umhängetasche. »Es tut mir leid, aber jetzt muss ich los. Was bin ich Ihnen schuldig?«

»Einen *café*, wenn ich das nächste Mal in Bilbao bin.«

»Einverstanden.« Sie nahm eine Visitenkarte aus ihrer Börse. »Rufen Sie an, wenn Sie einmal dort sind. Und natürlich auch, falls Ihnen noch etwas einfällt, das uns nützlich sein könnte. Sie waren als Erster am Fundort.«

Ibara erhob sich, und sie schüttelten einander zum Abschied die Hände. Danach ging er zurück zur *Comisaría* und entschied sich, sich erst einmal auf die Aufgaben zu konzentrieren, die er seit Tagen oder Wochen vor sich herschob. Aktenablage, das E-Mail-Postfach aufräumen, die großen Zimmerpflanzen vom Besprechungsraum in den Wartebereich tragen, worum Olea ihn vor einigen Tagen gebeten hatte.

Ihm würde eine Menge einfallen, was er tun könnte. Er könnte am Nachmittag mit Isobel gemeinsam die Hotspots abfahren, an denen die jüngeren Leute herumhingen, die Bars und kleinen Boutiquen. Ihm fiel ein, wie Isobel am Abend zuvor versucht hatte, ihm das Mysterium Instagram zu erklären. Es gäbe, wie inzwischen überall auf der Welt, bestimmte Locations, die besonders beliebt waren und an denen entsprechend viele Selfies gemacht wurden. In Paris, hatte seine Tochter mit faszinierter Fassungslosigkeit erzählt, gäbe es sogar eine Straße, die so von diesen Möchtegernfotografen überlaufen war, dass die Anwohner nun eine Sperrung der Straße verlangt hatten. Hier an der baskischen Küste waren es eher Punkte mit grandioser Aussicht auf die Biskaya oder spektakuläre Sonnenuntergänge – und natürlich die Drehorte der Serie *Game of Thrones*. Die Natur hatte den Vorteil, im Gegensatz zu einem Wohnviertel mitten in Paris weniger zugänglich zu sein, sodass es hier – noch – nicht zu massenhaftem Andrang kam. Aber Isobel hatte mit den entsprechenden Hashtags Fotos bei Instagram herausgesucht und ihm gezeigt. Wenn die »Schwedin« eine Touristin war, würde sie sicherlich irgendeinen dieser Orte besucht und vielleicht ein Foto gemacht haben. Er kannte einige dieser Plätze, mit Isobels Hilfe könnte er weitere identifizieren. Er konnte sich dagegen nicht vorstellen, dass einer der drei Polizisten aus Bilbao die entsprechenden Orte kannte, nicht einmal diese junge Kollegin, die Zamorra so ähnlich sah.

Aber wenn Humpty Dumpty ihn in seinem Team haben wollte, sollte der sich gefälligst selbst überlegen, ob diese oder andere von Ibaras Kompetenzen nützlich waren, und sich um ihn bemühen.

6.

Ibara war nicht ganz sicher, was er nach der Pressekonferenz erwartet hatte. Aber ganz sicher nicht, dass im Grunde nichts passierte. Arbós und sein Team hatten eine Beschreibung des jüngsten Opfers herausgegeben, die die Journalisten veröffentlichen sollten, dazu die vage Angabe, es gäbe weitere, ältere Opfer. Ibara hatte erwartet, dass ein Foto der Toten oder zumindest eine Zeichnung des Gesichtes an die Presse gegeben würde, aber das war nicht der Fall. Auch auf seine Nachfrage erklärte ihm niemand, warum. Vielleicht, dachte er bei sich, wollte man der Öffentlichkeit den Anblick der Leiche nicht zumuten, und das »Phantombild« des Opfers war nicht rechtzeitig fertig geworden, was aber niemand zugeben wollte. Mehr noch als während der Teambesprechung fühlte er sich gründlich ausgeschlossen. Er machte einen weiteren Versuch, Arbós seine Mitarbeit anzubieten. Der Chef der Ermittlung scheuchte ihn aus dem Büro – aus seinem eigenen Büro! – und erklärte, er würde sich später melden. Was nicht passierte.

Am frühen Nachmittag hatte er endgültig genug davon, sich überflüssig zu fühlen. Er verstaute sein Laptop in einer Umhängetasche und verließ den Teamraum, wo er seinen Arbeitsplatz eingerichtet hatte. Drei Stockwerke tiefer traf er auf Olea und Zamorra, die neben der Kollegin am Empfang saß und dort arbeitete.

»Ich gehe, werde noch eine Runde durch Getaria drehen und nach dem Rechten sehen. Casta, kommst du mit?«

Zamorra blickte auf und schien einige Sekunden zu benötigen, um sich zu orientieren, so vertieft war sie in ihre Arbeit gewesen. Ihr Blick huschte zu einer großen Uhr, die an der Wand über dem Wartebereich hing, und riss erschrocken die Augen auf. »Verdammt, schon so spät. Ich muss nach Hause!« Sie sprang auf und riss eine Schublade des Rollcontainers unter dem Schreibtisch auf und begann, ihre Sachen achtlos dort hineinzuwerfen.

»Wie bitte? Jetzt schon?« Ibara runzelte die Stirn. Er wechselte einen Blick mit Olea, die nur ahnungslos mit den Schultern zuckte.

»Ja, tut mir leid.« Sie griff nach dem Schlüsselbund und rammte mit der anderen Hand die Schublade zu. Der Locher verkeilte sich. Leise fluchend schob Zamorra den Inhalt umher, und nach zwei weiteren Versuchen konnte sie die Schublade zuschieben. Sie verschloss sie und wollte den Container wegrollen, bis ihr auffiel, dass sie nicht wusste, wohin. Ratlos schaute sie sich um.

Olea winkte ab. »Lass ihn stehen. Ich schiebe ihn gleich in den Abstellraum neben den Kopierer, wenn du es so eilig hast. Ich gehe ja davon aus, dass du morgen wieder hier sitzt.«

»Super! Danke, Alba!« Zamorra nahm ihre Handtasche und umrundete den Tresen. Sie versuchte, sich an Ibara vorbeizudrängen, der sich das Ganze angesehen hatte, ohne sich einen Reim auf das Verhalten seiner Kollegin machen zu können. Jetzt packte er sie am Arm und hielt sie auf. »Du kannst doch nicht jetzt einfach Feierabend machen!«

»Wieso nicht? Ich habe über achtzig Überstunden, da werde ich doch wohl einmal früher gehen dürfen.« Sie riss sich los und schaute trotzig zu ihm auf.

Ibara las Unsicherheit in ihren Augen, wenn nicht gar einen Anflug von Panik. Was glaubte sie, dass er sie jetzt festhielt oder sofort bei Mendoza anschwärzte? Er seufzte laut.

»Erklärst du mir wenigstens, warum? Ich meine, du musst das nicht tun, aber so unter guten Kollegen?«

Sie lächelte verlegen. »Ich muss Joshua aus der Tagesstätte abholen, das ist alles.«

»Das macht doch normalerweise dein Mann?«

»Roberto ist auf Konzertreise.«

»Dann hau schon ab, nicht dass dein Sohn noch warten muss.« Ibara beobachtete gedankenverloren, wie Zamorra nach einer hastig gemurmelten Verabschiedung durch die Glastür nach draußen verschwand. »Irre ich mich«, sagte er an Olea gewandt, »oder ist Roberto in letzter Zeit ziemlich häufig auf Konzertreise?«

Olea nahm das Headset ab und band ihren Pferdeschwanz neu. »Frag mich nicht, ich weiß wirklich nichts. Sie ist in letzter Zeit ziemlich unausgeglichen und fahrig. Heute Morgen kam sie erst kurz nach zehn Uhr.«

»Ich weiß. Sie ist in die Teambesprechung geplatzt.«

»Hast du gesehen, was sie für Augenringe hatte? Angeblich hatte sie die halbe Nacht nicht geschlafen, weil Joshua Koliken hatte.«

»Und da schickt sie ihn trotzdem in den Kindergarten?«

»Wie gesagt: Frag mich nicht. Du arbeitest mit ihr zusammen, du solltest es eher wissen als ich, was mit ihr los ist.«

»Hast recht.« Und auch Oleas Bemerkungen musste Ibara zustimmen: Zamorra wirkte, als stünde sie ständig unter Strom. Erst jetzt wurde ihm so richtig bewusst, dass seine Kollegin schon seit Wochen Dienst nach Vorschrift schob und schon länger nicht mehr nach Feierabend auf einen Cidre mit in die Stadt gekommen war oder sich länger als nötig in der *Comisaría* aufhielt. Was war da los? Er entschied sich, der Sache auf den Grund zu gehen, doch für heute war Zamorra nicht mehr greifbar.

Er wandte sich an Olea, die inzwischen ihr Headset wieder aufgesetzt und einen Anruf entgegengenommen hatte. »Gab es denn Hinweise zu der jungen Frau?«

»Wenige. Ein paar Leute, die sie gesehen haben wollen. Ich habe alles an Humpty Dumptys Team weitergeleitet, aber falls die irgendeinen Durchbruch hatten, habe ich davon nichts mitgekommen.«

»Was dafür spricht, dass sie wirklich eine Touristin ist. Würde sie hier irgendwo wohnen, würde sie doch jemand vermissen.«

»Sehe ich auch so. Zu den Knochenfunden kamen nämlich einige Anrufe mehr. Alles Leute, die vor Jahren mal jemandem als vermisst gemeldet haben und die nun Aufklärung erhoffen, was mit ihren Angehörigen passiert ist. Aber ob eine dieser Meldungen zu etwas führt? Keine Ahnung.«

»Moment mal. Arbós hat mir heute Morgen zugeworfen, ich solle mich um alte Vermisstenmeldungen kümmern. Warum sagst du mir nichts davon?«

»Weil ich alles an André Peréz weitergeben sollte und auch getan habe. Das ist der Ältere mit den grauen Schläfen und dieser Oberlehrerbrille, der gegenüber von Mendozas Büro sitzt.« Olea zog eine bedauernde Grimasse.

Ibara starrte sie einen Moment lang verblüfft an. Dann gab er sich einen Ruck und ging Richtung Eingang. »Wenn das so ist, mache ich auch Feierabend. Schönen Tag noch.«

7.

Ibara brauchte eine ganze Weile, um sich wieder zu beruhigen. Was sollte dieser ganze Quatsch? Statt dass Arbós froh über jede zusätzliche Person war, wurde er – und vermutlich auch Zamorra, vielleicht sogar sein Chef – behandelt, als wären sie eine Bande grenzdebiler Dorfpolizisten. Zum Teufel, er hatte keine kriminalistische Ausbildung, aber er hatte es in Deutschland bis zum Polizeioberkommissar gebracht, das musste doch für etwas gut sein!

Er dachte an seinen ursprünglichen Plan, nach Getaria zu fahren, und nahm die N-634 an der Küste entlang. Auf der linken Seite der Straße erhoben sich in sanften Wellen saftig grüne Hügel und felsige Steilhänge, die sich mit flacheren baumbewachsenen Abschnitten abwechselten. Vereinzelt gab es einen Parkplatz oder ein Haus, aber die meiste Zeit dominierte eine Mauer aus Natursteinen, die die Abhänge davon abhielt, sich bei starken Regenfällen über die Straße zu verteilen. Das Meer lag zu seiner Rechten ruhig im Sonnenschein, glitzerte in Türkis und Blautönen zwischen Felsbrocken, die sich, grau oder grün mit Moos und Algen überwachsen, wie einsame Schwimmer aus dem Wasser erhoben. Winzige Wellen plätscherten gegen die Küste. Noch war das Wetter warm und ruhig, doch weit draußen über dem Meer ballten sich Wolken, mögliche Vorboten eines Gewitters. Hin und wieder waren Wanderer oder Radfahrer auf der neu angelegten Promenade entlang der Straße unterwegs, aber insgesamt war wenig los. Nach wenigen Kilometern erreichte er das Ortsschild. Die Küste verbreiterte sich zu einem Sandstrand, dahinter lag der Hafen des Fischerstädtchens, geschützt vom Mont San Anton, einem Hügel auf einer Halbinsel, der von einem Leuchtturm gekrönt wurde. Ibara bog nach rechts ab und parkte auf einem großen Parkplatz am Hafen, unweit des mittelalterlichen Stadtkerns.

Immer noch ein wenig aufgebracht lenkte er seine Energie in weit ausgreifende Schritte und befand sich schon bald im Schatten der alten Kirche San Salvador. Inmitten der eng stehenden Häuser mit den kleinen Geschäften fühlte er sich endlich etwas versöhnt und kam zur Ruhe. Der ältere Teil Getarias bestand im Grunde genommen aus drei parallel verlaufenden Straßen, die alle vom Festland über die Halbinsel auf die Kirche zuliefen. Dahinter wurde die Bebauung wieder lockerer, und der Hafen mit seinen Lagerhäusern und Bootswerften zog sich bis an den Leuchtturmhügel heran.

In der *nagusia kalea*, der mittleren und breitesten der drei Straßen, fand Ibara eine Bar und setzte sich an einen Tisch in der Sonne. Der Tag war warm und die Luft im Laufe des Nachmittags stickiger geworden, doch hier zwischen den Häusern war es kühl genug, um es auszuhalten. Er bestellte sich eine Karaffe hausgemachten Eistee und beobachtete müßig die Passanten, die gemächlich an den Geschäften vorbeizogen und hin und wieder stehen blieben, um sich die Ware in den Schaufenstern anzusehen. Touristen – die Männer an den Shorts und den Baseballkappen erkennbar, die Frauen häufig mit Rucksäcken – waren nur noch wenige unterwegs. Die Saison hatte noch nicht richtig begonnen, wobei Ibara fand, dass der Frühsommer deutlich unterschätzt wurde. Es mochte nicht so warm sein, und dazu war es immer klug, mit einem Regenschauer zu rechnen. Auch wehte häufig ein kräftiger Wind. Der Atlantik war bisweilen rau, er war nun einmal ein richtiger Ozean und nicht so zahm wie das Mittelmeer. Wer sich mit solchen Bedingungen nicht anfreunden konnte, war hier falsch. Doch wer gern wanderte und die Natur liebte, kam voll auf seine Kosten. Auch den Radfahrern konnte der Wind dank E-Bikes nicht mehr so viel anhaben, es wurden von Jahr zu Jahr mehr Touristen auf zwei Rädern. Und denen zeigte sich die Landschaft in verschwenderischen Grüntönen, die mit dem Blau des Himmels und des Ozeans wetteiferten. Dazu die baskischen Besonderheiten, die Sprache, die selbst für Ibara nach all der Zeit, die er hier lebte, ein Mysterium blieb, was auch damit zusammenhängen mochte, dass er im Alltag mit Spanisch wunderbar durchkam. Die Kultur war eine wilde einzigartige Mischung aus französischen, spanischen und keltischen Einflüssen, letztere nicht so stark wie in der Bretagne, aber durchaus spürbar.

Während Ibara so darüber nachdachte und wieder einmal feststellte, wie gern er trotz aller widriger Umstände hier lebte, zog sich die Sonne endgültig hinter den Dächern zurück und hinterließ die *nagusia kalea* in frühabendlichem Schatten. Es wurde empfindlich kühl, die Luft dabei allerdings nicht frisch, sondern eher klebrig. Ibara zahlte und lief zurück zum Auto. Der Ausflug hatte seine Laune wieder gebessert. Und er hatte eine Zeit lang nicht an den Mord gedacht. Vielleicht war das ganz gut so, denn wenn er in die Ermittlungen nicht einbezogen wurde, brauchte er sich auch nicht mit ihnen zu beschäftigen.

8.

Finias Hof lag geschützt auf einer Anhöhe, sodass die Sonne hier noch bis zum Untergang ihre volle Kraft entfalten konnte. Ibara hatte das Gefühl, gegen eine heiße Wand zu laufen, als er eine knappe Stunde später aus dem Seat stieg. Schon auf dem Parkplatz in Getaria hatte er bemerkt, dass es endgültig schwül geworden war. Noch schien die Sonne, die Gewitterwolken türmten sich weiterhin über dem Atlantik, schienen aber nicht näher gekommen zu sein. Das konnte sich jederzeit schlagartig ändern – genauso gut konnte die Front sich über dem offenen Wasser abregnen und dann hoffentlich wieder einen frischen Wind zum Festland schicken. Ibara war kein Wetterexperte, doch er hatte gelernt, stets mit allem zu rechnen. Finia würde es besser wissen. Doch wo war sie? Wo war überhaupt irgendwer? Isobel müsste auch zu Hause sein?

Ibara schaute sich um. Seitlich der Scheune standen die beiden Autos der vier Gäste, schräg hinter dem VW konnte er gerade noch deren Zelt erkennen, halb vom Gebäude verdeckt. Nirgendwo eine Menschenseele. Nicht einmal Isobels Australian-Shepherd-Hündin Whoopy lag wie üblich auf dem gepflasterten Platz vor dem großen Wohnhaus oder dem verfallenen ehemaligen Hühnerstall, der sich an die lange Seite des Schuppens schmiegte. Lediglich Rucio kam zum Zaun seiner Wiese getrabt und reckte die Nase über das hölzerne Gatter, während er wild mit den Ohren zuckte, um lästige Fliegen zu vertreiben.

»Na, alter Bursche, wo ist die Familie?«, rief Ibara ihm zu. Rucio schüttelte den Kopf und rieb sich die Nüstern am Holz.

Ibara trat heran und kraulte dem Esel das Ohr, was der mit einem zufriedenen Schnauben quittierte. Am anderen Ende der Weide vor dem Offenstall entdeckte er Isobels Stute Cinderella, die dort mit hängendem Kopf stand und döste.

Plötzlich hörte Ibara in der Ferne Geschrei. Er lauschte. Es klang nach spielenden Kindern, er glaubte, Lachen zu hören, dann ein schrilles Quietschen. Neugierig lief er in Richtung Scheune, betrat das dämmrige Gebäude und durchquerte es. Im Vorbeigehen fielen ihm beiläufig Veränderungen auf. Das Innere der Scheune wirkte anders, größer. Er trat auf der anderen Seite aus einem zweiten Tor wieder hinaus. Dort war ein weiterer Platz, der in Zeiten, als die Landwirtschaft noch in Betrieb gewesen war, von den Äckern jenseits des Hofes direkt angefahren werden konnte. Zwei Feldwege führten dorthin, nur noch selten benutzt und mit hohem Gras überwachsen.

Auf dem Platz rannten die vier jungen Männer und seine Tochter kreischend hin und her wie eine wild gewordene Hühnerschar, dazu umkreiste Whoopy sie wie ein beigebrauner kläffender Schatten, als wollte sie die menschliche Herde zusammentreiben. Lukas hielt den Wasserschlauch auf die anderen. Gerade kippte Enis Frido einen Eimer Wasser über den Kopf. Sie alle waren klatschnass, die Jungs nur mit Shorts bekleidet, Isobel trug immerhin ein dunkelblaues T-Shirt über den Hotpants, das ihr aber deutlich zu eng am Körper klebte.

»Was wird das, wenn es fertig ist?«, schnauzte Ibara. Die fünf hielten inne, schauten ihn überrascht und tropfend an. Whoopy schaute zu ihm, schüttelte sich das Wasser aus dem Pelz und kam schwanzwedelnd auf ihn zu. Er ignorierte die

Hündin und fixierte Isobel, die sich ihm lachend zuwandte. Dabei wischte sie sich einige nasse Strähnen aus dem Gesicht, die ihrem Pferdeschwanz entkommen waren. Wasser perlte über die braun gebrannte Haut ihrer nackten Beine. Auch die Hotpants klebten an ihrem Körper. »Rafa! Da bist du ja endlich.«

Sie schien arglos, sich ihrer sexy Wirkung überhaupt nicht bewusst zu sein. Doch Ibara bemerkte sehr wohl die Blicke, die zumindest Frido und Lukas ihr nachwarfen. Er spürte, wie sich Wut in seiner Brust breitmachte, und zugleich ergriff ihn Panik. Sie war gottverdammte fünfzehn Jahre jung, und sie war seine Tochter. Das Gesicht des toten Mädchens flammte vor seinem geistigen Auge auf. Ibara schluckte gegen die Wut an, konnte sich gerade noch zurückhalten, die vier Jungs einzusammeln, um sie nacheinander übers Knie zu legen. Er war ja selbst schuld. Hatte Finia es nicht direkt gesagt?

Er zwang sich zur Ruhe, atmete tief durch. »Was macht ihr hier?«, wiederholte er seine Frage und kam sich gleichzeitig dumm vor. Eine Wasserschlacht bei schwülem Wetter, wonach sah es sonst aus?

»Wir haben die Scheune entrümpelt.« Tobias zeigte mit ausgestrecktem Finger auf das Gebäude. »Sind eben erst fertig geworden. Und da die Dusche drüben in dem kleinen Haus wirklich nicht gerade komfortabel ist, haben wir gedacht, wir spülen uns den gröbsten Dreck hier schon ab.«

Die Antwort klang so unschuldig wie vernünftig. Jetzt fiel Ibara auch Finias uralter Pritschenwagen auf, auf dessen Ladefläche sich ein größerer Haufen Krempel türmte, der vermutlich noch kurz zuvor in der Scheune gelegen hatte. Kaputte Stühle, verrottete Plastikplanen, Kartons mit alter

Kleidung, alles, was sich im Laufe der Jahre angesammelt hatte, weil niemand es hatte wegwerfen können. Er erkannte einen gusseisernen Kerzenständer, den er vor vielen Jahren Isobels Mutter Sofia zum Hochzeitstag geschenkt hatte. Er hatte ihn immer reparieren wollen, stattdessen war seine Ehe zerbrochen. Jetzt kam der Kerzenständer auch weg, und vielleicht war das besser so.

Ibara war ein Stück beruhigter. Offenbar hatten die vier sich nützlich machen wollen. »Das war die Idee Ihrer Mutter«, erklärte Tobias weiter. *Schwiegermutter*, korrigierte Ibara im Stillen, aber das war jetzt unwichtig. Lukas hatte in der Zwischenzeit das Wasser abgedreht und begann, den Schlauch aufzuwickeln. Enis sammelte die herumliegenden Eimer ein.

»Und du?« Er schaute seine Tochter an, die seinen Blick aus großen Augen erwiderte.

»Ich habe ihnen gesagt, was weggeworfen werden kann und was nicht. Das können die ja kaum entscheiden.« Sie reckte trotzig das Kinn.

»Geh ins Haus und zieh dir was anderes an«, befahl Ibara.

Isobel schien widersprechen zu wollen, kannte ihren Vater jedoch gut genug, um zu wissen, dass sie sich damit keinen Gefallen tat. Sie warf einen flüchtigen Blick über die Schulter, strich sich erneut schwarze glatte Haarsträhnen aus der Stirn und verzog die Mundwinkel zu einem winzigen Lächeln, von dem Ibara nicht erkennen konnte, wem es galt. Dann huschte sie davon. Wieder wallte ein Anflug von panischer Wut in ihm auf, und die verzweifelte Frage, was er sich dabei gedacht hatte, vier junge und – soweit er das beurteilen konnte – nicht einmal unattraktive Männer auf den Hof zu holen.

Tobias wischte sich ein paar Wassertropfen von der Brust und lächelte verlegen. Ihm schien als Einzigem aufgefallen zu sein, was zwischen Vater und Tochter gerade vorgegangen war. »Uns war langweilig. Wir sind den ganzen Vormittag am Strand gewesen, aber als mittags die Wolken aufzogen, sind wir zurückgekommen, weil wir nicht vom Gewitter überrascht werden wollten. Señora Herrero hat uns dann versucht zu sagen, dass wir das Zelt in die Scheune bringen sollen, falls ein Sturm aufkommt. Wir haben sie nicht verstanden, aber zum Glück kam Ihre Tochter und hat gedolmetscht. Sie kann ja auch Deutsch, so gut möchte ich mal Spanisch sprechen.«

Ibara knurrte unwirsch. Bisher hatte sich Isobel immer dagegen gesträubt, mit ihm Deutsch zu sprechen, ihre Noten in der Schule waren leidlich gut. Schon erstaunlich, was die entsprechende Motivation ausmachte. Wen hatte sie denn jetzt vorhin so angesehen, Tobias oder Lukas?

»Was sagt Señora Herrero denn, kommt ein Sturm?«, fragte er laut.

»Sie meint ja, auf jeden Fall. Aber erst, wenn die Sonne untergegangen ist«, erklärte Enis mit einem Hauch Spott in der Stimme, als bezweifelte er Finias Prognose. »Deshalb haben wir ja Platz geschaffen.«

»Also gut, dann zieht meinetwegen in die Scheune. Wenn Finia das so entscheidet, werde ich nichts dagegen sagen«, brummte Ibara und wandte sich zum Gehen.

»Moment, warten Sie. Gibt es denn Neuigkeiten für uns? Wann können wir weiter?«, rief Tobias ihm nach.

Ibara blieb stehen und zuckte verlegen mit den Schultern. »Das weiß ich nicht. Comisario Arbós möchte zuerst, dass die Tote identifiziert wird. Und er kann nicht ausschließen, dass ihr doch etwas bemerkt habt, das wichtig sein könnte.« Während des Sprechens fiel ihm auf, wie er sich von dem Ermittler distanzierte. Er hätte mit einem kollektiven *Wir können nicht ausschließen* antworten müssen. Hatte er schon akzeptiert, dass er nicht Teil des Teams war?

»Aber wir haben damit nichts zu tun!« Lukas klang verzweifelt wie ein bockiges Kind. Er wirkte wirklich mit Abstand am jüngsten.

»Das weiß ich. Aber vielleicht erinnert ihr euch an etwas. Eine Schleifspur, bei der ihr euch nichts gedacht habt. Verlorene Kleidung oder ein Accessoire, dass ihr beiläufig herumliegen sehen habt, es liegt halt überall Müll herum. Arbós möchte, dass ihr in der Nähe seid, wenn euch noch etwas einfällt.« Es klang selbst in Ibaras Ohren lahm und wenig überzeugend. Aber letzten Endes war er nur der Überbringer der Botschaft.

»Schon gut.« Tobias winkte ab. »Heute fahren wir sowieso nirgendwo mehr hin.«

Ibara hob grüßend die Hand und überließ die vier sich selbst. Es lag gar nicht in seiner Macht, den Jungs vorzuschreiben, auf dem Hof zu bleiben. Insgeheim entschied er sich sogar, sie nicht aufzuhalten, falls sie versuchen würden, einfach abzuhauen. Niemand könnte es ihnen verbieten, auch Arbós nicht. Seine Vorgabe, dass sie bleiben sollten, entsprach doch eher einer nachdrücklichen Bitte. Dazu waren ihre Personalien gestern beim Verhör erfasst worden, es wäre also kein Problem, sie später ausfindig zu machen.

Vielmehr beschäftigte ihn, was er Isobel sagen sollte. Er konnte ihr schlecht verbieten, hier auf dem Hof herumzulaufen, was bedeutete, dass sie den Jungs zwangsläufig begegnen würde. Hatte er die Situation falsch eingeschätzt? Setzte er Isobel einer möglichen Gefahr aus? Er hatte die Scheune, die nun wirklich aufgeräumt war, so viel musste er seinen Gästen lassen, durchquert und ging gerade über den Platz, als die Tür des großen Wohnhauses aufgerissen wurde und Finia vor ihm stand. Ihre Miene schwankte zwischen Empörung und Belustigung.

»Du musst wahnsinnig gewesen sein«, sagte sie zur Begrüßung.

Ibara bemerkte aus den Augenwinkeln eine Bewegung. Gerade als Whoopy versuchte, sich an Finia vorbei ins Haus zu stehlen, konnte er sie am Halsband packen und zurückziehen. Isobel hatte die klatschnasse Hündin wohlweislich nicht mit hineingenommen.

Whoopy setzte sich und wedelte zaghaft. Sie war eine Red-Merle-Hündin mit sehr überzeugenden blauen Augen, aus denen sie jetzt mit aller Unschuld dieser Welt zu Ibara aufschaute, als fragte sie sich, was sie nur falsch gemacht haben könnte. Er grinste wider Willen und tätschelte ihr den Kopf. Aus der Weltsicht eines Hundes hatte sicherlich niemand etwas falsch gemacht.

Finia scheuchte Whoopy mit der Hand fort, und die kleine Hündin trollte sich in Richtung ehemaligen Hühnerstall, nicht ohne sich mit leiser Empörung im Blick noch ein paar Mal umzusehen. Dabei wollte sie vermutlich ohnehin gar nicht ins Haus. Unter dem halb verfallenen Holzschuppen hatte sie sich im Laufe der Zeit eine Mulde in den Boden gebuddelt, in der sie am liebsten lag, mit einer guten Rundumsicht auf das Wohnhaus, falls Isobel herauskam, und der Einfahrt, falls es Fremde oder den Postboten zu verbellen galt.

»Komm rein.« Finia packte ihn am Unterarm und zog ihn den kurzen Flur entlang hinter sich her in die Küche. Dort lehnte sie sich mit dem Rücken gegen die Anrichte und fixierte Ibara boshaft. »Du musst mit ihr reden. Heute noch. Das geht sonst nicht gut. Und du weißt das. Sie ist deine Tochter.«

»Was soll denn das jetzt heißen?«

Finia sprach leise und eindringlich. »Sie ist jung und hungrig, und sie hat ein Auge auf diesen kleinen Blonden geworfen. Das wird nicht lang dauern. Kümmere dich darum.«

»Mich darum kümmern? Was soll ich denn machen? Sie einsperren?« Ibara war nicht sicher, ob er wahrhaben wollte, wohin seine Gedanken gerade ganz von selbst führten. »Sie kennt doch Jungs in der Schule, fährt mit denen aus dem Volleyballverein auf Turniere.«

»Das ist etwas vollkommen anderes. Es ist nicht ihr Alltag. Das hier riecht nach Abenteuer.«

»Aber sie … wird doch wissen … ich meine, lernen die das nicht in der Schule?«

»Das fragst du mich? Sie ist deine Tochter. Du bist für ihre Erziehung verantwortlich. Hast du mit ihr jemals über Verhütung gesprochen?«

»Ob ich was?« Ibara wurde blass.

»Also nicht.«

»Das meinst du nicht ernst. Ich kann ihr doch nicht einfach eine Packung Kondome in die Hand drücken.«

»Wäre ein Anfang.« Grimmig lächelnd verschränkte Finia die Arme vor der Brust.

Ibara war gerade nicht sicher, ob sie sich über ihn lustig machte. Er schüttelte heftig den Kopf. »Damit fordere ich sie doch geradezu auf. Glaubst du nicht, dass die Jungs … für alle Fälle vorgesorgt haben?«

»Auch gut. Frag sie. Dann wäre es ja geregelt.«

»Ich …« Ibara fuhr sich mit der Hand durch die Haare. Ihm fehlten die Worte. Das Schlimme war, dass Finia recht hatte. Er musste sich darum kümmern, wer sonst?

Seine Schwiegermutter erlöste ihn mit einem leisen Lachen. »Weißt du, die Burschen gefallen mir. Haben heute kräftig angepackt, sind freundlich und geben sich wirklich Mühe. Außerdem erinnert mich das an dich und Sofia. Bei euch hat es auch so angefangen. Sie war auch noch sehr jung, als ihr euch kennengelernt habt.«

»Aber wir haben doch nicht sofort … Ich meine, wir haben erst viel später …« Wieder stockte er. Wollte er jetzt allen Ernstes seiner Schwiegermutter erzählen, wann er das erste Mal mit ihrer Tochter geschlafen hatte?

»Jetzt beruhige dich.« Finia kam mit leichten Schritten auf ihn zu, tätschelte ihn am Arm. »Ich rede mit ihr. Aber eine Packung Gummis könntest du besorgen. Einverstanden?«

»Ja, natürlich. Mache ich gleich morgen früh.« Solange würde doch wohl noch alles gut gehen. Himmel, wie lange war das her, dass er über so etwas hatte nachdenken müssen? Sofia hatte nach Isobels Geburt die Pille genommen. Seitdem sie ihn, ihre Mutter und ihre Tochter verlassen hatte, um das in ihren Augen triste Leben auf einem baskischen Bauernhof gegen die große weite Welt einzutauschen, existierte für Rafael Ibara kein Liebesleben mehr. Waren seitdem wirklich schon acht Jahre vergangen? Er hatte es nicht wahrhaben wollen, aber in der Zwischenzeit war seine Tochter erwachsen geworden.

Müde nickte er und trat an die Anrichte, um zu sehen, ob noch *café* in der Kanne auf dem Gasherd war. Wobei ihm eher nach einem Schnaps war.

9.

»Rafa.«

Ibara schaute auf. Seine Tochter stand ihm gegenüber, zwei Flaschen Txakoli in der Hand, von denen Kondenswasser perlte. Isobel schwieg, ihr zaghaftes Lächeln wirkte ungewöhnlich schüchtern. Zurückhaltung war eigentlich gar nicht ihre Art.

Er hob fragend die Augenbrauen. Isobel setzte sich auf die Kante der Couch. Dabei klirrten die Flaschen leise aneinander. Ibara schwieg. Er saß in einem der beiden Sessel in Finias Wohnzimmer im Erdgeschoss, dem Raum, in dem sie üblicherweise alle drei abends saßen, wenn sie zu Hause waren. Es war ein gemütlicher, nicht allzu großer Raum im rückwärtigen Teil des Hauses mit einer Fensterfront und Aussicht auf ein Stück Wiese mit Schaukel und einem Gemüsegarten dahinter, dem letzten Überbleibsel aus der Zeit, in der Finia als Bäuerin gelebt und gearbeitet hatte.

»Papa, ich dachte, wir könnten uns vielleicht auf ein Glas Wein zusammensetzen.«

»Das muss dir wichtig sein, wenn du mich *Papa* nennst.«

»Komm, bitte.«

»Du musst morgen in die Schule.«

»Ich habe frei, wegen dieser Konferenz. Habe ich dir letzten Montag gesagt.«

»Ach ja.« Er sagte nichts weiter, fand, dass es ihre Aufgabe war, zu erklären, mit wem sie Wein trinken wollte. Er hatte den starken Verdacht, dass sie nicht ihn und ihre Amama meinte.

Isobel rutschte auf der Sofakante herum. »Ich finde schon, dass es höflich wäre, den Jungs die beiden Flaschen zu bringen. Die haben heute echt geschuftet, da müssen wir uns doch irgendwie bedanken.«

Für einen Moment schloss Ibara die Augen und lehnte den Kopf gegen den Sesselrücken. Er spürte, wie die alten Federn des Möbels sich unter seinem Gewicht bogen. Die Einrichtung stammte aus der Mitte der Neunziger, und entsprechend abgewohnt war sie. Wie so vieles auf dem Hof alt, verbraucht und verschlissen war. Insofern hatte Isobel einen Punkt getroffen. Das Entrümpeln der Scheune war ein bescheidener, aber guter Schritt in die richtige Richtung, und dafür sollte er dankbar sein. Doch er sorgte sich, und war das nicht sein gutes Recht? Es hatte keinen Sinn, einfach wegzusehen, da musste er Finia recht geben.

Er öffnete die Augen, rückte mit dem Oberkörper vor und wandte sich demonstrativ seiner Tochter zu. »Du möchtest also mit vier fremden jungen Männern Wein trinken. Mal ehrlich, hältst du das für eine gute Idee?«

Sie schaute ihn offen verwirrt an. »Du sollst doch mitkommen.«

»Ich?«

»Ja, klar. Wir setzen uns zu denen und quatschen. Meinst du, ich schäme mich für dich? Du bist nie so peinlich wie die Eltern meiner Freundinnen. Außerdem mögen die dich.«

»Danke.« Ibara wusste nicht, was er sagen sollte. Ihm war nie in den Sinn gekommen, dass seine Tochter sich für ihn schämen könnte. Aber ja, sie war in diesem Alter, da konnte das passieren. Was konnte er jetzt so einer Charmeoffensive entgegenhalten? Er lächelte breit und sprang auf. »Also gut.«

Obwohl es die längsten Tage des Jahres waren und es gerade einmal auf einundzwanzig Uhr zuging, war es schon fast dunkel, als sie den Platz zur Scheune überquerten, denn die Gewitterwolken hatten endgültig ihren Vormarsch auf das Festland begonnen. In der Ferne zuckten Blitze über den Himmel. Vom Donner war noch nichts zu hören, aber das würde sich bald ändern. Kräftige Windböen zerrten an den einzeln stehenden Bäumen auf der Pferdeweide.

In der Scheune war es stickig, Staubpartikel tanzten im Licht mehrerer Öllampen, die die Jungs um ihr Lager aufgehängt hatten. Das hintere Tor war verschlossen, davor hatten sie das Zelt aufgestellt. In einer alten Metallschale brannte ein winziges Feuer – natürlich hatten sie gefragt, und Ibara hatte es erlaubt, die Decke der Scheune war hoch genug. Um das Feuer herum saßen die vier auf zwei Holzkisten beziehungsweise Isomatten und Luftmatratzen, ein paar Bierdosen standen in einem gefüllten Wassereimer kalt.

»*Buenas tardes*, dürfen wir uns dazusetzen?«, rief Ibara schon von Weitem.

»Na klar!« Enis sprang von einer Kiste auf und ließ sich neben Tobias auf die Luftmatratze plumpsen. Bier schwappte aus seiner Dose, was ihm freundschaftlich empörten Protest einbrachte. Frido lachte und prostete ihnen zu. Lukas verschwand im Zelt und kam mit einer weiteren Luftmatratze zurück, die er Isobel mit einem auffordernden Nicken reichte.

Sie stieß die beiden Flaschen klirrend aneinander. »Wir wollten euch ein bisschen Kultur beibringen«, rief sie in fast akzentfreiem Deutsch. »Das ist guter Weißwein direkt hier aus der Gegend. Also stellt euer Gesöff weg.«

Die jungen Männer gehorchten lachend und nahmen die einfachen Weingläser entgegen, die Ibara ihnen reichte. Aus dem Alter, dass er mit ein paar Fremden gemeinsam aus einer Weinflasche tränke, wäre er dann doch heraus, hatte er Isobel zuvor erklärt, und sie hatte überraschend schnell zugestimmt. Jetzt trat Ibara an sie heran und sagte leise: »Du kannst es also doch. Warum sind dann deine Noten so schlecht?«

»Die Deutschlehrerin ist einfach scheiße.« Sie knautschte die Luftmatratze zurecht und setzte sich. Ibara ließ sich auf der Kiste nieder, als ein gewaltiger Donner ertönte. Er schaute einen kurzen Moment hinauf zum Scheunendach. Das Gebäude hatte fast einhundert Jahre hinter sich, da würde es nicht hoffentlich gerade heute zusammenbrechen?

Von irgendwoher tauchte Whoopy hechelnd auf, quetschte sich zwischen die Beine ihres Frauchens und rührte sich nicht mehr. Unbewusst kraulte Isobel sie an einem Ohr.

»Woher können Sie denn jetzt so gut Deutsch?« Frido schien sich endlich zu trauen, diese Frage zu stellen, die ihm offenbar schon länger auf der Zunge brannte.

Isobel grinste. »Wir sind sogar Deutsche. Also ein bisschen. Rafa ist in Hamburg geboren und aufgewachsen. Mein Urgroßvater war Kapitän auf einem Ozeandampfer.«

»Das stimmt«, sagte Ibara. »Aber es ist weniger spektakulär, als es sich anhört. Meine Eltern hatten noch Verwandte im Norden und sind Anfang der Siebziger dorthin ausgewandert, weil es mit der Franco-Diktatur kein Ende nahm. Sie arbeiteten später im diplomatischen Dienst und gingen nach Brüssel, als ich fünfzehn war. Ich bin nach meinem *baccalauréat* zurück nach Hamburg und habe dort meine Ausbildung gemacht.«

»Stimmt, in Spanien gab es ja noch einen Diktator«, murmelte Tobias. »Voll krass, kann ich mir gar nicht mehr vorstellen.«

Ibara nickte zustimmend. »Dann solltest du *Der Schatten des Windes* von Zafón lesen. Mein Vater sagte, dass das Buch genau beschreibt, wie es sich für ihn angefühlt hat. Er war Teil einer verbotenen Organisation, und angeblich kam er als junger Mann nur knapp davon.«

»Und dann sind Sie als Kommissar hierhergekommen?«, fragte Lukas.

»So ist es. Es gab ein europäisches Austauschprogramm, zu dem ich mich gemeldet habe. Ich werde vor allem dann gerufen, wenn es Schwierigkeiten mit oder zwischen Touristen gibt.« Seine Eltern waren damals alles andere als begeistert gewesen. Die Diktatur mochte seit den Siebzigern vorbei gewesen sein, doch gerade im Baskenland war die ETA immer noch aktiv und machte bevorzugt Jagd auf Polizei- und Armeeangehörige. Nicht gerade die besten Voraussetzungen, aber Ibara hatte das Land seines Vaters kennenlernen wollen, und obwohl ihm die baskische Sprache ein Rätsel blieb – sein Vater hatte mit ihm und seiner Mutter ausschließlich Spanisch gesprochen –, war es seine Heimat geworden, was nicht zuletzt an Sofia und ihrer jungen Mutter Finia lag, die ihn damals herzlich empfangen hatten.

Er war geblieben, auch als das Austauschprogramm längst beendet worden war. Irgendwie hatten sie ihn übersehen, und weder er noch sein Chef Mendoza würden jemals danach fragen, warum oder aus welchen EU-Töpfen sein Gehalt nach wie vor bezahlt wurde, solange es monatlich auf seinem Konto einging. *Never change a running system*, so die stillschweigende Übereinkunft.

»Ermitteln Sie denn auch jetzt wegen der Toten?«, fragte Lukas in die entstandene Stille hinein.

Ibara räusperte sich unbehaglich. »Eigentlich bin ich hier so was wie ein Polizist auf Streife. Ich habe keine Ahnung, wie das weitergeht, die Ermittlungen beginnen ja gerade erst.«

Tobias rieb sich über den Nasenrücken. »Haben Sie denn irgendeine Idee? Wie geht das vor sich mit der Suche?«

»Ich vermute, dass es eine Touristin ist, aber woher sie kommt? Keine Ahnung.«

Isobel hatte ihr Smartphone hervorgekramt und las stirnrunzelnd. »In der Zeitung steht, wie sie aussieht, aber wirklich aussagekräftig ist das nicht.« Sie blickte auf und kaute auf ihrer Unterlippe, in der einen Hand das Telefon, in der anderen das Weinglas. Ibara achtete darauf, wie viel sie trank, bisher hatte sie nur mehrfach genippt. Es machte gar nicht den Eindruck, als würde sie den frischen Wein mögen. Vielleicht war das auch Teil des Abenteuers, wie Finia es nennen würde.

Isobel stellte das Glas auf dem Boden ab und tippte in atemberaubender Geschwindigkeit. »Wenn sie Touristin ist, könnte es doch sein, dass sie Bilder bei Facebook oder Instagram gepostet hat.«

Ibara zuckte mit den Schultern. »Gut möglich, aber wie willst du die finden?« Er hätte es ja eher mit einer Anfrage an ehemalige Kollegen in Hamburg und Brüssel versucht. Er hatte gute Kontakte dorthin. Aber da er keine Gelegenheit gehabt hatte, Arbós diesen Vorschlag zu unterbreiten, verfolgte er den Gedanken bisher nicht weiter.

»Ach, Rafa, habe ich dir doch gestern erklärt.« In Isobels Worten schwang ein so nachsichtig vorwurfsvoller Tonfall mit, dass Ibara direkt ein schlechtes Gewissen bekam.

Alle vier jungen Männer hatten nun ebenfalls ihre Telefone gezückt und tippten. Vor dem Scheunentor zuckten die Blitze über den Himmel, das Gewitter nahm Fahrt auf.

»Hashtags«, erklärte Tobias.

»Ja? Logisch!« Ibara grinste ratlos. Ihm erklärte das gar nichts. Er wusste zwar, dass bei den Facebook-Einträgen seiner Tochter neuerdings viele Worte mit einem Doppelkreuz versehen wurden und dass sie diese Worte dann *hashtags* nannte, aber den Sinn hatte er noch nicht herausgefunden. Ratlos schaute er seiner Tochter über die Schulter.

Lukas schaute zu Isobel. »Dieses Kloster hier in der Nähe, wo sie *Game of Thrones* gedreht haben, das mit dieser langen Treppe quer übers Meer.«

»Das ist Gaztelugatxe«, murmelte Isobel.

Ibara beobachtete, wie sie nacheinander *#gaztelugatxe #travel #basquecountry* eingab und anschließend durch eine lange Reihe Fotos scrollte.

»Zu viele Treffer. Das muss spezieller sein.«

»Versuch es mit Itzurun«, schlug Frido vor. »Das war auch ein Drehort.«

Lukas schaute wieder zu Isobel. »War das nicht auch der Strand, den du uns zum Surfen empfohlen hattest? Da wollten wir morgen hin, wenn wir nicht weiterfahren dürfen.«

»Ihr fahrt morgen nicht weiter«, brummte Ibara beiläufig. Er versuchte sich immer noch einen Reim darauf zu machen, wonach sie nun alle so hektisch suchten.

Plötzlich hielt Isobel ihm das Smartphone unter die Nase. Das helle Display blendete, und Ibara zuckte unwillkürlich zurück. Flüchtig erkannte er eine Unmenge Fotos, viele mit einem ähnlichen Motiv, einer Aussicht auf die Biskaya von irgendeinem Hügel.

»Was ist das?«, fragte er.

»Die Hashtags sind dazu da, dass ich Bilder und Beiträge zu einem bestimmten Thema finde«, erklärte Isobel. »Das ist jetzt Instagram, die App, die ich dir gestern gezeigt habe.

Diese Bilder sind alle mit *#itzurunbeach* getaggt – also markiert: mit dem Wort und einem Doppelkreuz davor.«

Ibara winkte lachend ab. »Das habe ich verstanden.«

»Und guck mal hier: Da ist eine junge Frau drauf. Ist sie das?« Isobel klickte. Eines der Fotos füllte nun das gesamte Display.

Sofort schüttelte Ibara den Kopf. »Sie war heller blond und viel jünger.«

»Haare kann man färben, Rafa.« Isobel schüttelte mit gespielter Entrüstung über so viel Ignoranz den Kopf.

»Mag sein, aber das Altern geht nicht so schnell.« Wobei es schneller ging, als ihm lieb war, wenn er seine Tochter betrachtete.

Sie klickte in atemberaubender Geschwindigkeit, schüttelte geistesabwesend den Kopf und kaute auf ihrer Unterlippe. Zwischendurch kraulte sie immer wieder Whoopy, die trotz des Gewitters zwischen ihren Beinen eingeschlafen war und leise schnarchte. Die vier jungen Männer starrten ebenfalls gebannt auf ihre Displays. Ibara kam sich ein wenig überflüssig vor. War das jetzt der Suche geschuldet, oder saßen Jugendliche heutzutage so beieinander? Stumm und jeder mit seinem Smartphone beschäftigt? Schrieben sie sich jetzt auch gegenseitig Textnachrichten?

»Hier!« Erneut hielt Isobel ihm das Telefon hin. Ibara starrte auf das Bild. Eine junge Frau vor einer Felsformation, angeblich am Strand von Itzurun, auch wenn das nicht erkennbar war. Dieses braungraue Kliff könnte überall am Atlantik, von der Bretagne bis nach Portugal sein, aber darum ging es gerade nicht.

Es war ein Selfie, die Frau lachte in die Kamera, hielt sich mit einer Hand blonde Strähnen fest, die ihr ins Gesicht wehten. Eine Sonnenbrille war hoch über den Haaransatz geschoben. Eine kleine Nase, blaue Augen, die Lippen zu einem Kussmund gespitzt. Ibara überlief ein Schauder. Sie wirkte so fröhlich, lebendig. »Das könnte sie sein«, murmelte er.

»Sie hat Biskaya falsch geschrieben.« Isobel riss das Smartphone an sich, tippte und wischte. »Kann aber auch Absicht sein. Influencer kreieren ihre eigenen Hashtags.«

»Mann, du klingst wie mein Prof im Marketingseminar.« Frido grinste, was Ibara wieder an ein Murmeltier denken ließ. Lukas kicherte und zeigte einen erhobenen Daumen.

Er konzentrierte sich wieder auf seine Tochter. »Was hast du gerade gesagt? Da war nichts falsch geschrieben.«

»Doch. Oder was soll *#biskaje* für eine Sprache sein?«

»Niederländisch.«

»Was?« Isobel hielt inne, und ihr Kopf flog auf. »Du verarschst mich.«

»Ganz und gar nicht. Da stand doch eben auch *#kust* und was von Reisen.«

»Ja.« Isobels Antwort klang gedehnt, ihr Blick huschte bereits wieder über das Display. »Alina Daamen. Über 8000 Follower, nicht schlecht. Angeblich aus Gouda. Was die Leute sich für einen Quatsch ausdenken.«

»Gouda ist eine Stadt in den Niederlanden.«

»Was jetzt, echt?« Tobias grinste. »Ich dachte, das ist ein Käse.«

Ibara verdrehte die Augen. »Der Käse kommt daher. Isa, zeig mal die Bilder von dieser Alina.«

Sie reichte ihm das Smartphone, nippte an ihrem Wein und fing mit dem Finger einen Kondenstropfen, der vom Glas perlte. Frido und Lukas waren dabei, das Profil aufzurufen,

Enis hatte sich zurückgelehnt, lag auf den Ellbogen und gähnte verstohlen.

Ibara wurde dagegen beinahe übel. Das war sie, ohne Zweifel. Alina Daamen aus Gouda. Wenn er das richtig verstand, führten ihre Eltern ein Reisebüro. Sie reiste durch die Welt und dokumentierte die Stationen mit dem Hashtag *#alinareist*. Sie bekam Hunderte *Gefällt-mir*-Klicks pro Bild. Isobel fragte ihn etwas, doch er ignorierte sie. Bilbao, immer wieder die blaue und grüne Küste des Baskenlandes. Selfies vor Statuen, in einer Bar, vor einer Hotelanlage, die ihm vage bekannt vorkam. Nahaufnahmen von *pintxos*, kleine Häppchen mit Garnelen, Schinken, hauchdünnen Zucchini und Tomatenscheiben, Ziegenkäse dick mit dunklem Honig beträufelt und Kräutern garniert. Auf einem Bild prostete Alina dem Betrachter mit einem Glas Txakoli zu und erklärte in dem Beitrag, wie gut ihr der frische Weißwein geschmeckt habe. Die Bilder in diesem Profil hätte der Tourismusverband des Baskenlandes nicht besser in Szene setzen können.

Und dann entdeckte er das bunt geblümte Kleid. Ibara hielt die Luft an, klickte. Das Bild war vom 3. Juni. Dieses Mal war es kein Selfie, das Foto musste jemand von ihr gemacht haben. Alina stand vor einer Hofeinfahrt, einen Trolley neben sich, das Hotel im Hintergrund, ein Neubau mit mondän geschwungenem Dach. Mit einer Hand hielt sie einen Sonnenhut fest. Sie trug eine Sonnenbrille und lachte breit in die Kamera. Ihre Haltung war selbstbewusst, ein Bein leicht ausgestellt, es wirkte, als lehnte sie lässig auf dem Griff des Rollkoffers. Das knielange Kleid flatterte ganz leicht, die Füße steckten in bequem aussehenden flachen Pumps. Das Foto war so gekonnt gemacht – oder bearbeitet, was wusste Ibara schon davon –, es hätte die Titelseite eines Prospektes sein können.

Erst jetzt bemerkte Ibara, dass alle fünf ihn erwartungsvoll ansahen. Er gab seiner Tochter das Smartphone zurück.

Isobel nickte leicht. »Das ist sie.«

»Und was machen Sie jetzt?«, fragte Tobias.

»Ich sollte Bescheid geben.« Ibara zögerte. Wenn seine Tochter das nach einer guten halben Stunde gezielten Surfens herausfinden konnte, dann mussten die Ermittler doch inzwischen selbst so weit sein? Wurde Alina Daamen vermisst? Er blickte auf. »Wann hat sie die letzten Fotos gepostet?«

»Am …« Sie stocke und runzelte die Stirn und blickte auf, ihre Miene wirkte irgendwie verlegen. »Gestern.«

»Wie bitte?« Tobias fuhr auf und verschüttete dabei sein Bier. »Das kann doch gar nicht sein. Dann ist sie es doch nicht.«

»Na ja.« Isobel zuckte mit den Schultern. »Doch, natürlich kann das sein. Diese Frau hat einen Business-Account. Und ganz sicher nutzt sie zusätzliche Apps. Damit kann sie Beiträge planen. Es sind die ganze letzte Woche Beiträge gepostet worden.«

»Logisch.« Die jungen Männer nickten, als wäre es das Selbstverständlichste auf der Welt. Ibara fand den Gedanken, dass jemand tot war und dessen Social-Media-Account dennoch fleißig weiter Beiträge schaltete, ziemlich verstörend. Dazu war es gut möglich, dass sie deshalb noch gar nicht vermisst wurde.

»Und wie hilft uns das jetzt weiter?«, fragte er unsicher, während er sich verstohlen über die Arme rieb, damit niemand seine Gänsehaut bemerkte.

»Du weißt jetzt, wer sie ist. Das ist doch eine ganze Menge, oder nicht?«

»Stimmt schon.« Ibara nickte nachdenklich. Wenn er sich wirklich nicht irrte. Bis vor wenigen Minuten war er sich noch vollkommen sicher gewesen, doch die Tatsache, dass es noch aktuelle Beiträge gab, brachte diese Gewissheit ins Wanken. War es wirklich eine App, mit der die Beiträge veröffentlicht wurden? Wahrscheinlicher war doch, dass er sich irrte und lächerlich machte, wenn er sich jetzt bei Arbós mit seinem Verdacht meldete? Dieses Kleid war nichts Besonderes, es konnte tausendfach bei H&M über die Ladentheke gegangen sein. Die Augenfarbe stimmte nicht ganz, Doctora Cortez hatte von blaugrauen Augen gesprochen, die von Alina waren stahlblau.

Er blickte zu seiner Tochter und erinnerte sich lächelnd, was sie ihm abends zuvor über Bild-Filter erklärt hatte: Instagram stellte eine Vielzahl an Möglichkeiten bereit, die Fotos zu verändern, dazu gab es Dutzende Apps, mit denen weitere Modifikationen möglich waren. Dass die Augenfarbe auf den Fotos intensiver war als in der Realität, sagte gar nichts.

Nein, es war Alina, er war sicher. Ibara zog sein eigenes Smartphone aus der Tasche. Es war inzwischen fast halb elf. Heute würde das Ermittlerteam sicherlich nichts mehr weiter unternehmen. Und dazu nutzte es niemandem, wenn die Eltern der jungen Frau mitten in der Nacht aus dem Bett geholt wurden. Egal, wie die ganze Sache ausging, die würden den Schock fürs Leben bekommen. Aber Alina war bereits seit Tagen tot. Was machten da ein paar Stunden mehr oder weniger, bis die Eltern die schlechte Nachricht übermittelt bekamen?

»Ich werde heute Abend gar nichts mehr unternehmen und gleich morgen früh das Ermittlerteam informieren«, erklärte er laut und leerte sein Weinglas in einem Zug. Richtig wohl fühlte er sich mit der Entscheidung nicht, seine innerlichen Rechtfertigungen fühlten sich arg dünn an. Zugleich kam aber – das konnte er sich durchaus eingestehen – eine gute Portion Trotz hinzu. Es hatte ihn niemand darum gebeten, mit seiner Tochter nach der Toten zu suchen, im Gegenteil. Sie war seit Tagen tot, der oder die Täter vermutlich über alle Berge, was machten da ein paar Stunden mehr oder weniger? Immer unter der Voraussetzung, dass niemand auf eine ähnliche Idee gekommen war und die sozialen Medien nach der jungen Frau abgesucht hatte und sie längst identifiziert war. Und davon sollte er doch ausgehen, wenn das Team angeblich so gut war. Eine Sache allerdings konnte er tun, und das konnte ihm schlecht jemand verbieten.

Neugierig beugte sich Isobel näher. »Wem schreibst du, Rafa?«

»Wim Driessen. Ich schicke ihm den Namen, vielleicht hat er ja was gehört.« Wim war einer von Ibaras ältesten Freunden, wenn nicht sein bester; der Sohn eines höheren Beamten bei der Europäischen Union. Sie waren gemeinsam in Brüssel zur Schule gegangen und hatten sich danach für eine ähnliche berufliche Laufbahn entschieden, der Belgier bei der belgischen Polizei, Ibara bei der deutschen. Es war nach wie vor eine intensive Freundschaft, obwohl sich ihr Kontakt zumeist auf WhatsApp-Nachrichten und gelegentliche gegenseitige Besuche beschränkte. Er war, vereinfacht gesagt, so intensiv, wie es auf die Distanz hin möglich war. Wim war ausgezeichnet vernetzt, die belgische und niederländische Polizei arbeiteten ohnehin eng zusammen, außerdem hatte er Kontakte zu Interpol. Falls es etwas zu Alina zu wissen gab, war er eine gute Adresse.

»Schöne Grüße! Wir könnten ihn mal wieder besuchen, oder?« Isobel knuffte Ibara mit dem Ellbogen in die Seite, sodass er lächeln musste.

»Könnten wir. Wenn du Ferien hast.« Er schickte die Nachricht ab, steckte das Telefon ein und erhob sich. Der Regen und das Gewitter hatten sich inzwischen ausgetobt. »Und jetzt komm. Meinetwegen kannst du ausschlafen, aber ich muss morgen früh raus. *Buenas noches, muchachos!*«

Die vier jungen Männer prosteten ihm mit Weinglas oder Bierdose zu, und Isobel folgte ihm zu seinem Erstaunen ohne den geringsten Protest. Whoopy streckte sich gähnend und trabte ihnen hinterher.

FREITAG, 13. JUNI

10.

Eigentlich hatte Ibara früh am nächsten Morgen zur *Comisaría* fahren und seinen Verdacht äußern wollen, doch der Tag wollte nicht vernünftig beginnen. Statt nach dem Frühstück unterwegs zu sein, kauerte er in einem nassen T-Shirt unter der Küchenspüle und versuchte vergeblich, mit einer Rohrzange den Siphon des Abflusses zu öffnen, um eine Verstopfung zu beseitigen.

»Komm, zieh dich um und fahr zur Arbeit, ich mach das schon selbst«, hörte er Finias barschen Befehl.

Er kroch aus dem Unterschrank hervor und wischte sich den Schweiß von der Stirn. »Das ist vom Dreck und Staub der Jahre festgebacken. Nichts für ungut, Amama, aber wenn ich nicht einmal die Kraft aufbringe, das Gewinde hier aufzuschrauben, wie willst du das dann schaffen?« Sein Blick fiel auf die Kücheneinrichtung, und ihm wurde wieder einmal bewusst, wie abgewohnt alles in diesem Haus war. Der Gasherd und das steinerne Spülbecken stammten noch aus den späten siebziger Jahren des vorigen Jahrhunderts und waren damit so alt wie Ibara selbst. Nachdem er und Sofia geheiratet hatten und endgültig bei Finia eingezogen waren, wurde die Einrichtung mit der billigen Einbauküche aus seiner damaligen Hamburger Wohnung ergänzt. Die Schränke hatten erstaunlich viele Jahre durchgehalten, die Scheidung überlebt und nur hin und wieder ein neues Scharnier benötigt. Im letzten Jahr hatte Isobel die Fronten mit rot-weißgepunkteter Lackfolie überklebt, damit es nicht so schäbig aussah, allerdings hatte seine Tochter mehr Enthusiasmus als Kompetenz an den Tag gelegt, sodass die Folie Blasen geworfen hatte und an vielen Ecken abblätterte, weshalb das ganze Ensemble jetzt noch trübseliger aussah als mit der verblichenen Kunststoffoberfläche zuvor.

Einzig der Esstisch, ein schweres Ungetüm aus massivem Eichenholz und seit über hundert Jahren in Besitz von Finias Familie, war samt den Stühlen unverwüstlich und leistete solide seine Dienste.

Ibara schaute wieder hoch zu Finia. »Was hast du gesagt?«

»Ich habe gesagt, dass ich mir notfalls einen der Burschen aus der Scheune zu Hilfe hole. Du hast einen Mord aufzuklären.«

»Einen Scheiß habe ich.« Ibara legte die Rohrzange zur Seite und erhob sich. Vielleicht trödelte er auch einfach nur herum, weil er die Begegnung mit Arbós scheute. Er sollte zur *Comisaría* fahren, sagen, was er zu sagen hatte, und sich dann mit Zamorra für den Rest des Tages auf Streife ins Hinterland verziehen. Vielleicht ergab sich sogar eine Gelegenheit, mit seiner Kollegin einmal über ihre Zeitprobleme zu reden.

»Raus jetzt hier!« Finia schob energisch das Kinn vor, und Ibara verzog sich gehorsam. Als er im Obergeschoss ins Bad wollte, um sich den schmierigen Dreck von den Fingern zu waschen, stellte er fest, dass Isobel ihm zuvorgekommen war. Mit einem missmutigen Brummen stellte er sich ans Fenster und blickte hinaus, während er wartete. Die letzten Wolken hatten sich in der Nacht verzogen und einen tiefblauen Himmel hinterlassen, der einen heißen Tag versprach. Die Morgensonne ließ die noch regenfeuchte Landschaft schimmern und glitzern, die Bäume bogen sich unter einem leichten Wind. Unten auf der Weide tollte Rucio mit schlackernden Ohren über das Gras, bis er unvermittelt die Vorderbeine einknickte, sich auf die Seite plumpsen ließ und sich genüsslich über den Rasen wälzte. Aus dem Scheunentor tauchte plötzlich Whoopy auf und trabte zielstrebig auf das Haus zu. Als die kleine Hündin näher kam, konnte Ibara erkennen, dass sie sich mit der Zunge über die Schnauze schleckte. Offenbar hatte sie irgendwelche Essenreste der Gäste in der Scheune entdeckt und fachgerecht entsorgt. Ibara lächelte versonnen. Das hier war sein kleines Paradies. Er sollte zusehen, dass er ein paar längst fällige Reparaturen am Haus durchführte und mit Finia über die Finanzierung einiger neuer Möbel sprach. Es war ja nicht so, dass sie gar kein Geld hatten.

Seine Tochter zerstörte den Moment, indem sie die Tür aufriss und sich mit einem genuschelten Morgengruß an ihm vorbeidrückte. Ibara fragte sich, warum sie überhaupt so früh schon wach – sofern er gewillt war, ihren Zustand so zu bezeichnen – war. Vermutlich hatte die Hitze in ihrem Zimmer unter dem Dach sie aus dem Bett getrieben.

Er wusch sich, zog sich ein frisches Hemd an und packte seine Sachen zusammen. Er war gerade auf dem Weg zu seinem Seat, die Autoschlüssel schon in der Hand, als ein Mini Cooper in halsbrecherischem Tempo durch das Tor raste und vor dem Wohnhaus eine Vollbremsung machte. Ibara glaubte, verbranntes Gummi zu riechen, aber sicherlich war das Einbildung. Er kannte das Fahrzeug, konnte sich jedoch nicht an den Besitzer erinnern. Doch der Fahrer tat ihm den Gefallen, das Rätsel sofort aufzulösen, indem er die Tür aufriss und hinaussprang. Halbherzig erwartete Ibara, dass sein Gegenüber die Arme ausbreiten und »Tadaah!« rufen würde.

Ibara kam auf ihn zu. »*Kaixo,* Esteban. Dich habe ich lange nicht mehr gesehen. Was verschafft mir die Ehre?«

Esteban war ein schlaksiger junger Mann Mitte zwanzig mit schwarzen Locken, hoher Stirn und kohlschwarzen Augen unter dichten Brauen. Ibara wusste, dass er viel Wert auf ein lässiges Auftreten legte, weshalb es wenig wunderte, dass er zu einem weiten T-Shirt mit modischem Druck knöchellange kanariengelbe Chinos trug, bei denen es zu Ibaras Zeiten geheißen hätte, sie hätten Hochwasser. Laut Isobel war Esteban immer, wie sie es nannte, »eins drüber«, zu stylisch, zu knallig bei der Farbwahl, was ihn jedoch nicht davon abhielt, sich wie der angesagteste Latin Lover der Gegend aufzuführen.

Esteban nahm die verspiegelte Sonnenbrille ab und grinste breit. »Miren will unbedingt mit dir reden. Ich habe sie nur gefahren.« Er umkreiste das Auto und öffnete die Beifahrertür.

Ibara folgte ihm und verkniff sich seinerseits ein amüsiertes Grinsen. Was definitiv nicht zu Estebans Versuch passte, den großen Aufreißer zu markieren, war die liebevolle Fürsorge für seine Tante. Dabei machte ihn das in Ibaras Augen viel sympathischer, aber wie die Frauenwelt das sah, konnte er nicht beurteilen. Jetzt jedenfalls beugte der junge Mann sich vor und reichte der alten Señora den Arm, damit sie sich aufstützen und aus dem niedrigen Mini aussteigen konnte.

Geduldig wartete Ibara, bis Miren Silbermann endlich die Hand ihres Enkels tätschelte und sich zu ihrer vollen kleinen Größe aufgerichtet hatte. Sie war winzig, sicherlich fast drei Köpfe kleiner als Ibara, was sie mit einer unfassbaren Ausstrahlung wettmachte. So wie sie ihren Rücken kerzengerade streckte, die Lippen bleckte und dabei ihr makelloses Gebiss in dem runzeligen Gesicht zeigte, war sie gerade zweifelsohne unfassbar wütend.

»Ich weiß, wer das tote Mädchen ist!«, stieß sie zur Begrüßung hervor. Noch ehe Ibara ein Wort sagen konnte, fuhr sie fort: »Nicht mal vorgelassen haben die mich. Eine sehr nette Polizistin am Empfang hat es versucht, aber nichts! Sie wollten es nicht hören. Bornierte Pavianärsche. Dann kam so ein Fettwanst und hat … dass er mich nicht ausgelacht hat, war auch alles! Tat, als hätte er etwas zu sagen. Hat mir kein Wort geglaubt. So ein Vollidiot!«

Esteban lächelte verlegen und setzte sich die Sonnenbrille wieder auf. »Sie dachten, da will sich eine senile Alte wichtigtun. Aber sie wollte ja unbedingt allein reingehen, ich sollte im Auto warten.«

Es sah beinahe so aus, als wolle Miren ausspucken. »So weit kommt es noch, ich brauche keinen Pfleger. Sind sie doch selbst schuld. Ich würde es ja auf sich beruhen lassen, aber ihr müsst den fassen, der der Frau das angetan hat. Und ich kann es ja sogar beweisen. Der Dicke hätte mich nur ausreden lassen sollen. Weggeschickt hat er mich. Wie einen räudigen Köter!« Jetzt spuckte sie tatsächlich aus, und Esteban hüstelte beschämt.

Ibara unterdrückte ein Schmunzeln. Er ahnte bereits, um was es ging, doch er fragte nach.

Umständlich nestelte Miren an ihrer kleinen Handtasche und zog eine Visitenkarte hervor. »Am Samstag, den 31. Mai – das habe ich nachgesehen, kannst du mir ruhig glauben – spazierte eine junge Frau bei mir um die Häuser. Hat eine Menge Fotos gemacht, von Pedros Katze, Marias Hausfassade, du weißt schon, das Übliche. Und dann mich, wie ich unter dem Baum im Schatten sitze. Sie war ganz entzückend, ist nicht in meinen Hof getrampelt, hat sich vernünftig verabschiedet und mir diese Karte gegeben. Hier!«

Ibara stieß den Atem durch die Zähne aus.

Reiseagentur Daamen
Alina Daamen (Scout)
Gouda

las er, gefolgt von einer Telefonnummer, Mail- und Internetadresse. Sie war es.

Und Arbós hatte Miren Silbermann nicht anhören wollen? Was sollte das? Das konnte ja nur bedeuten, dass die Tote bereits identifiziert worden war und er selbst nicht länger ein schlechtes Gewissen haben musste, dass er nicht schon gestern Abend von seinem Verdacht berichtet hatte.

Er nickte Miren anerkennend zu. »Hat das Mädchen irgendetwas gesagt? Wo sie herkam oder wo sie hinwollte?«

Die alte Frau schnalzte mit der Zunge. »Ich habe sie nicht verstanden. Dachte darüber nach, es auf Deutsch zu versuchen, aber da war es schon zu spät. Tut mir leid. Ich weiß, wer sie ist und wo sie vor zwei Wochen war. Ich dachte, das interessiert euch, und das ist jetzt nicht genug?«

»Doch, das ist großartig, ich danke dir! Das bringt die Ermittlungen ganz sicher voran.«

Jetzt schien sie zufrieden, erlaubte sich ein kleines Lächeln. »Schmeißt den Dicken raus, der behindert euch nur.« Einen Moment lang war Ibara versucht, sich mit ihr gemeinsam über Comisario Arbós zu empören, aber er hatte es tags zuvor schon mit der Loyalität nicht allzu genau genommen. Er sollte sich da eine Grenze setzen.

»Das war sicherlich nur ein Missverständnis, Doña Miren, aber ich werde dem Kollegen ins Gewissen reden.«

Sie nickte resolut, schien mit der Antwort zufrieden.

»Nun, ich muss jetzt auch los, aber wollt ihr nicht zu Finia gehen und noch einen *cortado* trinken? Sie freut sich sicherlich.«

Miren Silbermann wirkte unschlüssig, aber ihr Neffe hatte den Wink verstanden, fasste sie am Arm und zog sie mit einem Abschiedsgruß mit sich.

Ibara setzte sich in sein Auto und wollte gerade starten, als sein Handy eine merkwürdige Musik spielte, die er noch nie gehört hatte. Verdutzt holte er es hervor und stellte fest, dass er den ersten eingehenden Skype-Anruf seines Lebens in Empfang nehmen konnte. Bisher hatte er solche Internetanrufe immer nur am PC im Büro oder zu Hause gemacht, auf Isobels Drängen hin hatte er die App auf dem Smartphone installiert und danach vergessen. Jetzt blinkte das Foto seines Freundes Wim auf dem Display. Er drückte das rote Symbol und hielt das Telefon ans Ohr.

»Hallo?«

»Rafa, du solltest auf das Display schauen, wenn du mich sehen willst!« Das vertraute dröhnende Lachen seines Freundes schallte ihm entgegen.

Verwirrt hielt Ibara das Gerät in einigem Abstand vors Gesicht. »Jedes Mal etwas Neues. Verstehst du mich denn jetzt auch?«

»Gut genug.« Wim lachte wieder und winkte in die Kamera. Er trug einen Kopfhörer und saß an einem Schreibtisch, vermutlich im Büro seiner Dienststelle.

»Mensch, wie geht es dir? Das tut gut, dich zu sehen.« Ibara meinte es aus ganzem Herzen. Erst jetzt wurde ihm bewusst, wie allein er sich die letzten beiden Tage gefühlt hatte. Nicht nur, weil er nicht Teil des Ermittlerteams war, sondern auch, weil Zamorra sich so zurückgezogen hatte.

Wim reckte einen Daumen in die Höhe. »Uns geht es allen

großartig. Für Lara ist gerade die Schule zu Ende, und sie ist nur noch im Feiermodus. Karla und ich lassen sie, wir kennen das noch, oder? Außerdem hat sie den drittbesten Notendurchschnitt ihres Jahrgangs, da will ich mich nicht beschweren. Und Ben, bisher zu faul zum Lernen, hat es sich nun zum Ziel gesetzt, ihre Leistung zu schlagen. Ich werde ihn sicher nicht von diesem Vorhaben abhalten, das kannst du glauben. Verrücktes Kind!«

»Ganz der Vater.« Ibara lächelte, gewöhnte sich allmählich an den Umstand, im Auto zu sitzen und seinen besten Freund auf dem Display zu sehen.

»Du und Isobel, ihr solltet mal wieder kommen. Sie ist doch jetzt sechzehn, oder? Ich muss ihr endlich beibringen, dass es nichts Besseres gibt als belgische Biere.«

»Untersteh dich. Ein paar Monate hat sie noch.«

»Im Herbst kommt ihr.« Wims Tonfall duldete nicht nur keine Widerrede, er wechselte auch abrupt das Thema. »Wegen der jungen Frau, nach der du gefragt hast, das scheint eine üble Geschichte zu werden. Gestern hat das Ehepaar Daamen aus Gouda seine erwachsene Tochter Alina bei der niederländischen Polizei als vermisst gemeldet. Sie hat sich am Morgen des 3. Juni zuletzt per WhatsApp-Nachricht gemeldet und sollte am gleichen Tag nach Ecuador reisen.«

»Moment. Gemeldet von woher? Wo war sie?«

Wim verzog das Gesicht, als habe er Zahnschmerzen. »In einer Hotelanlage in der Nähe von Getaria.«

Ibara nickte stumm.

Wim schaute nach unten und nahm einen Zettel. Dann blickte er wieder in die Kamera – und er blickte wirklich in die Kamera und nicht auf seinen Bildschirm, wie Ibara das immer tat. Sein Freund schien mit dieser Internet-Telefonie einige Erfahrung zu haben.

»Alina sollte eine Woche in Quito bleiben und am Abend des 10. Juni in Paris landen. Die Eltern haben sich wenig dabei gedacht, eine ganze Woche nichts von ihr zu hören. Alina wäre manchmal zu faul, sich entsprechende Tarife zu buchen, um nach Hause zu kommunizieren, und würde sich ab und zu eine Auszeit von der digitalen Welt nehmen, so ihre Begründung. Aber Paris ist Europa, also müsste sie dort wieder erreichbar sein. Nachdem sie auch am Mittwoch nichts gehört hatten, haben sie die Vermisstenmeldung gestern aufgegeben.«

Und das vielleicht, nachdem die spanische Polizei die Anfrage gestellt hatte, sodass sich das Ganze zeitlich überschnitten hatte. Die aktuelle Vermisstenmeldung konnte gestern Nachmittag oder heute Morgen bei den spanischen Kollegen eingegangen sein, sodass sie vermutlich gerade erst bearbeitet wurde.

»Sie ist es«, murmelte Ibara mehr zu sich selbst.

»Was hast du gesagt?«

Ibara streckte den Rücken durch und unterdrückte den Impuls, das Telefon wieder ans Ohr zu halten. »Sie ist die Tote«, erklärte er lauter in Richtung Display. »Ich bin ganz sicher. Ich habe eben einen weiteren Hinweis bekommen, dass Alina hier in der Gegend unterwegs war. Es kann gar nicht anders sein.« Das Kleid war dasselbe, die Beschreibung passte, das Alter der Toten und der Vermissten stimmte überein. Arbós' »Schwedin« war eine Niederländerin.

»*Godverdomme!* Was für eine schöne Scheiße.«

»Danke dir sehr, Wim. Ich muss zur Station, und du musst auch weiterarbeiten. Wir schreiben!«

»Klar. Wenn du noch was brauchst, melde dich. *Adiós, amigo!*«

Ibara war froh, dass Wim das Gespräch beendete, ihm war nämlich nicht klar, wie er das hätte tun müssen. So aber gab das Smartphone ein merkwürdiges blubberndes Geräusch von sich, und Wims Kamerabild verschwand.

Ibara legte das Telefon in ein Fach unter dem Autoradio und fuhr los. Unterwegs grübelte er darüber nach, was er von seinen Erkenntnissen nun hatte. Einerseits war es schade, dass sein Wissensvorsprung dahin war, andererseits musste er sich nicht länger vorwerfen, dass er dem Team nicht schon am Abend zuvor von seinen Vermutungen berichtet hatte. Er war gespannt, ob und wie es die Ermittlungen nun weiterbrachte. Wenn er zu entscheiden hätte, würde er versuchen, die letzten Tage in Alinas Leben zu rekonstruieren. Wo war sie zwischen dem 31. Mai und dem 3. Juni gewesen, hatte wen getroffen, mit wem gesprochen? Das bedeutete auch, dass sie den Todeszeitpunkt eingrenzen konnten. Doctora Cortez hatte recht gehabt, die Angabe würde nun immer genauer werden: Alina konnte längstens acht Tage tot gewesen sein. Und wenn die vier Surfer aus Deutschland nicht wild gecampt und ihr Zeug den Abhang hinuntergekugelt hätten, wäre ihr Verschwinden vermutlich über Monate, wenn nicht Jahre, ungeklärt geblieben. Die Knochen, auf denen die Tote gelegen hatte, waren Jahrzehnte nicht entdeckt worden.

Unbehaglich fragte Ibara sich, was schlimmer wäre: Als Vater oder Mutter die eigene Tochter zu vermissen, über lange Zeit nicht zu erfahren, was mit ihr geschehen war. Oder aber Besuch von der Polizei zu bekommen, die den Eltern mitteilte, dass die Tochter Opfer eines Gewaltverbrechens geworden war. Das eine erschien ihm nicht weniger grausam als das andere. Plötzlich überkam ihn der dringende Wunsch zurückzufahren, Isobel ganz fest in die Arme zu schließen und nie wieder loszulassen.

Er packte das Lenkrad fester und fuhr weiter, konzentrierte sich auf den Anblick der Straße und des entgegenkommenden Verkehrs, bis das Bedürfnis nachließ. Es hatte ja ohnehin keinen Sinn. Er konnte Isobel erklären, dass manches in dieser Welt schlecht und grausam war, doch er konnte sie nicht vor allem und jedem bewahren. Sie würde bald die Schule beenden und dann Gott weiß wohin zum Studieren fortgehen. Es war vollkommen klar, dass ein heruntergekommener ehemaliger Bauernhof einem jungen Mädchen keine Perspektive bot. Sie hatte ein Recht auf ein eigenes Leben, auch wenn er sie dann nicht mehr beschützen könnte. Besser, er fand sich schon jetzt damit ab. Auch wenn es verdammt schwerfiel.

11.

Alba Olea empfing ihn mit einem säuerlichen Lächeln, kaum dass er den Vorraum betreten hatte. »Wenigstens ein normaler Mensch. Hier geht gerade die Post ab. Sie haben die Tote identifiziert.«

»Wo ist denn Casta?«

»Kommt später, müsste aber gleich da sein. Interessiert dich gar nicht, wer das Mädchen ist?«

»Alina Daamen, eine niederländische Touristin.«

Olea blickte ihn verwirrt an. »Woher weißt du ...? Ach, Miren Silbermann. Sie war bei dir, sie ist deine Nachbarin, richtig? Dann hatte sie also doch recht.«

»Warum hat unser Humpty Dumpty nicht auf sie hören wollen?«

Olea tat, als müsste sie erst ein paar Papiere auf ihrem Schreibtisch sortieren. Ibara dagegen schien es, als würde sie sich auf diese Weise davon abhalten, Dinge zu sagen, die sie später bereuen würde. »Er hielt sie nicht für glaubwürdig«, erklärte sie dann gestelzt.

Ibara zog amüsiert die Augenbrauen hoch. »Ich nehme an, er hat das weniger höflich ausgedrückt.«

Olea seufzte laut. »Ehrlich, Rafa, ich erkenne das hier alles nicht wieder. Sogar Mendoza ist gereizt. Ich arbeite seit sieben Jahren mit ihm, und so habe ich unseren Chef noch nie erlebt.«

»Und Casta drückt sich.«

Olea verdrehte kurz die Augen und zog es vor zu schweigen. Sie war normalerweise ein Mensch, der sich aus den üblichen kollegialen Querelen heraushielt. Mit Casta Zamorra war sie jedoch enger befreundet, daher hatte Ibara eigentlich eine Verteidigung oder zumindest Erklärung erwartet. Dass Olea nichts dazu sagte, sprach Bände.

Er zögerte, blieb am Empfangstresen stehen, da er ohnehin keine Ahnung hatte, wo er hingehen könnte.

»Kann ich etwas für dich tun?«, hörte er Olea fragen.

Er wandte sich ihr wieder zu. »Ich frage mich wirklich, was mit Casta los ist. Ich meine, warum sie Dienst nach Vorschrift schiebt. Ich sehe sie ja kaum noch.«

»Jetzt übertreibst du aber.«

»Ich glaube, du weißt ziemlich genau, was ich meine.«

»Dann solltest du nicht dich, sondern sie selbst fragen. Mir sagt sie jedenfalls nichts.« Olea neigte den Kopf und wies dann mit dem Finger auf ihr Headset. Ein Telefonanruf. Ibara nickte zum Zeichen, dass er verstanden hatte, rückte die Laptoptasche auf der Schulter zurecht und ging mit einem kurzen Wink Richtung Treppe. Gerade als er den unteren Absatz erreicht hatte, hörte er, wie Zamorra mit einem hastigen *»Buenos!«* die Station betrat. Mit einem freundlichen Lächeln ging er zurück.

»Schön, dass du kommst.« Weiter kam er nicht, denn die Miene seiner Kollegin verzog sich augenblicklich wütend. Instinktiv hob Ibara abwehrend die Hand.

Zamorras hübsche braune Augen schienen zornige Funken zu sprühen. »Soll das ein Vorwurf sein, Ibara? Habe ich nicht gestern schon gesagt, dass ich reichlich Überstunden angesammelt habe?«

»Ich meinte das ernst, ich …«

»Das kannst du deiner Großmutter erzählen.« Zamorra warf ihre Uniformjacke auf einen der Stühle im Wartebereich und umrundete den Tresen. Dort sah sie sich hektisch um. »Wo ist mein Container?«

Olea drückte einen Knopf an der Telefonanlage und wandte sich ihr zu. »Im Kopierraum. Habe ich gestern dort hingeschoben, damit er nicht im Weg ist.«

»Ach ja.«

»Hör mal, Rafa meinte das wirklich …«

»Kümmert euch um euren eigenen Kram.«

Zamorra rauschte durch eine Verbindungstür und war verschwunden.

Ibara schaute Olea ratlos an, die seinem Blick ebenso begegnete.

Als Zamorra nicht wiederauftauchte, zuckte er mit den Schultern. »Ich gehe wohl besser.«

»Bis später. Tut mir leid.«

»Du kannst doch nichts dafür.«

»Trotzdem.« Olea zögerte abermals und fügte dann hinzu: »Wir sollten zusammenhalten. Die Stimmung hier ist mies genug mit den ganzen Fremden, da ist es dumm, wenn wir auch noch streiten.« Sie lächelte böse. »Übrigens ist auch die Kaffeemaschine kaputt. Irgendwer von den Fremden hat wohl versucht, an den Einstellungen herumzufummeln, und jetzt muckst sie sich gar nicht mehr.«

»Das wird ja immer besser.« Ibara wandte sich ab. Er war gedanklich noch mit Zamorras Reaktion beschäftigt. Er konnte sich nicht erklären, wieso seine Kollegin seine Aussage in den falschen Hals bekommen hatte. Sie war normalerweise nicht so dünnhäutig, konnte so manchen dummen Kommentar ab, ohne etwas krummzunehmen. Allerspätestens jetzt hörte er im Geiste sämtliche Alarmglocken schrillen, dass etwas nicht stimmte.

Ibara war am Teamraum angekommen, klopfte kurz, steckte den Kopf durch den Türspalt und schloss die Tür wieder, da der Raum besetzt war. Vergeblich versuchte er, sich daran zu erinnern, ob diese vier Leute bei der gestrigen Besprechung dabei gewesen waren. Olea hatte recht, hier waren entschieden zu viele Menschen in der kleinen Station.

Ein Stockwerk tiefer schaute er in sein Büro, das, wie er entsetzt feststellte, noch chaotischer aussah, noch mehr Bilder, Ausdrucke, gebrauchte Kaffeetassen, Bonbonpapier stapelten sich auf jedem Fleck, gelbe Post-its prangten scheinbar willkürlich überall. Auf dem Whiteboard gegenüber dem Fenster standen kryptische Worte, Namen und komplett unleserliche Kritzeleien. *Escapio* war das einzige Wort, das Ibara entziffern konnte und das ihm etwas sagte: So hieß das nagelneue Luxusresort von Alfredo Torres südwestlich von Getaria. Aber dass Alina dort abgestiegen war, schien nicht sehr wahrscheinlich, das würde sie sich doch kaum leisten können.

Ibara wartete eine Weile, starrte auf das Whiteboard, das ihm keine weiteren Geheimnisse enthüllte, und verließ das Büro, um Subcomisario Mendoza aufzusuchen. Dessen Bürotür war geschlossen. Ibara schüttelte fassungslos den Kopf. Auch etwas, das er in den sechzehn Jahren, die er hier schon arbeitete, noch nicht erlebt hatte.

Er klopfte und betrat das Büro seines Chefs, nachdem er von drinnen ein »Herein!« gehört hatte.

»Rafael.« Mendoza saß hinter seinem Schreibtisch und empfing ihn mit einem schiefen Grinsen. »Wenigstens ein vertrautes Gesicht heute Morgen. Wie geht es dir?«

»Das Mädchen ist identifiziert, ja?«

»Es sieht ganz danach aus. Eine niederländische Touristin wird seit einigen Tagen vermisst, ihr letzter bekannter Aufenthaltsort war das Hotel vom Torres.«

»*Escapio?* Ist sie wirklich dort abgestiegen?«

»Merkwürdig, oder? Ich hätte erwartet, dass die Preise für den Großteil der üblichen Touristen zu hoch wären. Arbós will jedenfalls gleich hinfahren und mit Torres reden. Ich werde mitkommen.« Ibara musste ungewollt eine verdutzte Grimasse gezogen haben, denn Mendoza faltete die Hände zusammen, als wolle er beten. »Ich muss sehen, dass ich das Schlimmste verhindern kann. Arbós benimmt sich wie ein Elefant im Porzellanladen. Heute Morgen erst hat er Miren Silbermann ...«

»Ich bin im Bilde. Sie war schon bei mir, um sich zu beschweren. Sie hat nach der Meldung in der Zeitung richtigerweise geglaubt, eine Touristin, die sie Ende Mai getroffen hatte, könnte das Opfer gewesen sein.«

Jetzt vergrub Mendoza stöhnend das Gesicht in seinen Händen. »Da hast du es. Er mag ein guter Ermittler sein, das kann ich ja gar nicht beurteilen, aber für den Umgang mit den Leuten hier hat er kein Gefühl.«

Ibara setzte sich auf den Stuhl vor dem Schreibtisch. »Wie viele Fehler kann er bei Torres machen, was denkst du?«

Mendoza richtete sich wieder auf und schluckte sichtbar, sodass sein Adamsapfel auf und ab hüpfte. »Torres ist einer der größten Arbeitgeber hier. Ihm gehören vier Hotels und ein Campingplatz, plus dieses neue Luxusding. Er war schon seit Anbeginn der Zeiten der Gemeinde gegenüber immer großzügig, hat einen Kindergarten bauen lassen und war an der Finanzierung der Renovierung einer kleinen Dorfkapelle beteiligt. Jetzt sag du mir, in wie viele Fettnäpfchen Arbós treten kann, wenn er einen Alfredo Torres mit einem Mord in Verbindung bringt.«

»Aber der Mord muss aufgeklärt werden«, widersprach

Ibara. »Und nur weil Alina dort übernachtet hat, heißt das doch noch lange nicht, dass Torres oder einer seiner Mitarbeiter etwas damit zu tun haben.«

»Natürlich nicht. So meinte ich das auch gar nicht.« Mendoza seufzte. »Mir geht es darum, dass Arbós die gesamte Angelegenheit mit Diskretion und Feingefühl behandelt. Und da befürchte ich das Schlimmste. Was meinst du, was das für Auswirkungen haben könnte, wenn sich herumspricht, dass hier Touristinnen umgebracht werden.«

»Na ja.« Ibara schob sich eine Locke aus der Stirn. »In New York und London werden auch immer wieder Menschen umgebracht, das hält die Touristen nicht vom Besuch der Städte ab.«

»Trotzdem. Das Baskenland ist zwar im Aufwind und erfreut sich, nicht nur dank dieser Fantasy-Serie – wie hieß sie?«

»A Game of Thrones.«

»Genau. Nicht nur dank dieser Menschen, die die Drehorte besuchen wollen, kommen immer mehr Touristen. Schlechte Publicity können wir uns nicht leisten.«

Verwirrt runzelte Ibara die Stirn. »Nichts für ungut, aber was willst du mir damit eigentlich sagen?«

Mendoza faltete wieder die Hände und schloss die Augen. »Ich weiß es selbst nicht. Ich würde mir einfach nur wünschen, dass dieser Albtraum endlich ein Ende hat.«

Das wollen die Eltern von Alina sicherlich noch viel mehr als du, dachte Ibara, behielt den Gedanken jedoch für sich. Arbós und sein Team hatten nun wirklich einigen Wirbel verursacht, da brauchte es den Hinweis nicht, dass der Mord an einem jungen Mädchen für die Angehörigen sicherlich schlimmer war als für den Leiter einer lokalen Polizeibehörde.

Mendoza hielt die Augen geschlossen. »Armes Mädchen.«

Ibara nickte zustimmend. Da hatte er es. Denn es hieß ja auch nicht, dass ihn das Geschehen kaltließ. So schwiegen sie eine Weile einvernehmlich, bis Mendoza sich mit einem Seufzen streckte. »Du und Zamorra, fahrt ein wenig herum und haltet die Augen offen. Ihr kennt die Leute, ihr kennt die Plätze, die bei Touristen beliebt sind.« Er zögerte. »Ich möchte ehrlich sein. Ich glaube nicht, dass wir etwas herausfinden, was Arbós entgeht. Aber ich möchte mir auch nicht den Vorwurf anhören müssen, wir hätten nicht kooperiert und den Ermittlern nicht sämtliche Unterstützung zukommen lassen, die ihnen zusteht.«

»Das ist selbstverständlich. Wir werden uns alle Mühe geben, Andoni. Und so sind wir hier aus dem Weg, wir haben ohnehin keinen Platz zum Arbeiten.«

Mendoza rieb sich mit den Handflächen über die Wangen. »Du warst in deinem Büro, nicht wahr? Die Heiligen mögen verhindern, dass es dem Ministerium gerade jetzt einfällt, eine Kontrolle bezüglich der Einhaltung von Arbeitsstandards durchzuführen.«

Mit einem frustrierten Lächeln verabschiedete Ibara sich und hoffte, dass dies wirklich nicht passierte. Er hatte den Eindruck, dass das Schicksal es mit solchen Zufällen im Moment nicht gut mit ihm meinte.

Er fand Zamorra im Eingangsbereich neben Olea mit Kopfhörern auf den Laptopmonitor starrend.

Er winkte, und sie schaute auf. »Hey, Casta, ich wusste gar nicht …« Er brach ab und zog eine verlegene Grimasse, weil sich wieder diese unschöne steile Falte über ihrer Nase zeigte, ja, beinahe schon eingegraben zu sein schien. Ob sie neuerdings Büroarbeit so sehr liebe, dass sie sich gar nicht losreißen könne, hatte er fragen wollen. Ein harmloser Scherz, ein dummer Spruch, aber bei ihrer derzeitigen Laune würde sie das entweder als Vorwurf auffassen, weil sie nicht auf Streife unterwegs war, oder als Abwertung dessen, was sie gerade tat, weil es nicht gut genug war. Oder was zur Hölle ihr sonst für ein verrückter Grund einfiel, sauer auf ihn zu sein.

»Mendoza möchte, dass wir losziehen und uns ein wenig umhören«, erklärte er stattdessen betont sachlich. »kommst du mit?«

»Na klar.« Die Antwort kam mit wenig Enthusiasmus.

Ibara unterdrückte ein gequältes Stöhnen. War die gesamte Situation nicht schon anstrengend genug? Zufällig traf sein Blick den von Olea. Sie verdrehte die Augen und schenkte ihm ein aufmunterndes Lächeln. Er verzog die Mundwinkel ein wenig nach oben und nickte zurück. Mehr brachte er gerade nicht zustande.

Zamorra wollte nach ihrer Uniformjacke greifen, entschied sich dann jedoch anders. Es war warm genug. Ibara beneidete sie nicht um die dicke Hose und schweren Stiefel, aber seine Kollegin behauptete immer, es mache ihr nichts aus. Aber sie waren sich in der Regel auch nicht einig über die gefühlten Temperaturen. Ibara war schnell zu warm, er konnte auch ohne Probleme im Winter mit einem T-Shirt herumlaufen, während Zamorra über die Kälte lamentierte, sobald die Temperatur unter zwanzig Grad Celsius fiel. Vielleicht war in diesem Fall bei Ibara doch das nordische Erbe seines Großvaters durchgeschlagen, jedenfalls stellte er immer wieder fest, dass er in dieser Hinsicht vom typischen Gebaren der südeuropäischen Menschen abwich.

Ibara übergab Olea seine Laptoptasche, die sie sofort wegschloss. Schweigend verließen sie das Gebäude und steuerten, ohne dass es einer weiteren Absprache bedurfte, auf Ibaras Seat Arona zu, da sie annahmen, dass Mendoza den Dienstwagen benötigte.

Sie verließen Zarautz auf der Küstenstraße N-634 Richtung Getaria. Zamorra schwieg, wobei Ibara beinahe das Gefühl hatte, eine Wolke aus Wut und Frust über ihrem Kopf schweben zu sehen. Er war sich nach wie vor keiner Schuld bewusst, hatte aber auch keine Idee, wie er ein unverfängliches Gespräch beginnen könnte. Daher schaltete er das Radio ein und trommelte im Takt englischer Popmusik aus den Neunzigern mit.

An diesem späten Vormittag herrschte noch wenig Verkehr. Das würde sich am Nachmittag ändern, wenn Urlauber und Ausflügler eintrafen. Ibara hatte ursprünglich in Getaria halten und sich in den Bars und Cafés ein wenig umhören wollen, doch einer Eingebung folgend ließ er den Ort links liegen und bog stattdessen in eine Landstraße ins Landesinnere ein.

Das lockte auch endlich eine Reaktion bei Zamorra hervor. »Wo fährst du hin?«

»Zu Miren Silbermann. Ich wollte noch einmal mit ihr sprechen. Vielleicht fällt ihr noch etwas ein.«

»Alba hat mir alles erzählt. Arbós muss die alte Señora ziemlich rüde behandelt haben.«

»Damit hat er einen Riesenfehler gemacht. Miren lebt seit fast achtzig Jahren hier in der Gegend. Die kennt jeden Stein.«

»Sie ist auch Deutsche, oder? Ihr habt mal Deutsch miteinander gesprochen, wenn ich mich richtig erinnere.«

Ibara lächelte nachsichtig. »Ja, sie spricht Deutsch, aber ihre Eltern stammen aus Österreich. Eine jüdische Familie, die im Krieg vor den Nazis zu Verwandten nach Portugal fliehen wollte und dann wegen irgendwelcher Umstände auf dem Weg dorthin hier hängen geblieben ist. Sie war das jüngste Kind und ist die Letzte, die von der Familie noch lebt. Sie hat Verwandte in Porto, von dort stammt auch Esteban. Er ist gar nicht ihr direkter Neffe.«

»Aber er kümmert sich um sie, der Rest ist Nebensache.«

»Genau so sehe ich das auch.« Ibara atmete innerlich auf. Zamorra schien endlich wieder zu einem normalen Umgangston zurückzufinden.

Sie parkten neben der kleinen Kirche und stiegen aus. Nach den Regenfällen der vergangenen Nacht schien die Natur explodiert zu sein, die Luft war schwer von Blütenduft. Die Landschaft wirkte beinahe noch grüner als sonst. Die Bäume auf dem Platz vor der Kirche reckten ein dichtes Blätterdach in den Himmel, das leise im Wind raschelte, der vom Atlantik her wehte. Ibara fand es warm, Zamorra rieb sich dagegen fröstelnd die nackten Arme, beschwerte sich jedoch nicht.

Miren saß nicht unter der Platane vor ihrem Baum. Sie fanden die alte Frau im Hof ihres Anwesens, wo sie gerade Blumen goss. Sie blinzelte ihnen entgegen, als sie durch das verfallene Tor traten, und lächelte dann, als sie erkannte, wer die Besucher waren.

»Ich hätte nicht gedacht, dass wir uns so schnell wiedersehen. Und so offiziell. Soll ich doch eine Aussage machen?«

Zum ersten Mal seit Tagen lächelte Zamorra herzlich und hielt der alten Señora die Hand zur Begrüßung hin.

»Wir wollten nur noch ein paar Fragen stellen.« Ibara begrüßte sie ebenfalls. »Wieso gießt du die Blumen? Es hat doch gestern geschüttet wie aus Eimern.«

Miren deutete mit dem Finger nach oben zum Dach. »Der Wind stand falsch, die Büsche hier stehen unter dem Vorsprung und haben fast nichts abbekommen. Und das ist auch gut so, der Regen hätte nämlich die ganzen Blüten abgeschlagen. Da gieße ich lieber. Trinkt ihr einen *café* mit? Setzt euch da drüben hin, ich habe die Stühle schon trockengewischt.« Sie schien ein *Nein* als Antwort gar nicht in Betracht zu ziehen und wies auf eine sonnige Ecke, in der vier Gartenstühle um einen Tisch herum gruppiert waren. Im nächsten Augenblick hatte sie die Gießkanne abgestellt und war bereits auf dem Weg ins Innere des Hauses.

Zamorra setzte sich nahe der Wand und blinzelte in die Sonne. Eine dunkle Haarsträhne löste sich aus ihrem Pferdeschwanz und kitzelte ihr über die Wangen. Ibara setzte sich ihr gegenüber. Es machte ihn ganz nervös, weil seine Kollegin die Strähne nicht aus dem Gesicht wischte. Er spürte selbst ein Jucken und rieb sich mit der flachen Hand über die Wange, während er Zamorra weiter aus den Augenwinkeln beobachtete. Ihre üblicherweise olivfarbene Haut schien grau, die Züge vor allem um den Mund müde und abgespannt. Sie presste die Lippen ungewöhnlich hart aufeinander. Es kam Ibara so vor, als wollte sie sich davon abhalten, einfach loszuschreien.

»Bist du eigentlich sauer auf mich?«, fragte er leise.

Zamorra riss die Augen auf. »Auf dich? Nein! Wieso sollte ich?«

»Ich dachte nur, weil ich heute Morgen … Du hast mich so angefahren. Ich wollte das klären, wenn da was zwischen uns ist.«

»Na ja, das war ein seltsamer Spruch heute Morgen, aber ich war einfach müde. Und vorgestern hast du auch so blöd reagiert, weil ich wegmusste.« Sie lächelte verlegen. »Das habe ich dir schon übel genommen. Aber Schwamm drüber.«

»Blöd reagiert? Ich wollte nicht allein mit diesem Humpty Dumpty bleiben, während er die vier Jungs auseinandernimmt, das war alles.«

»Ja, das habe ich später auch eingesehen. Wie gesagt, vergiss es.«

Ibara schwieg verunsichert. Zu gern hätte er gefragt, warum sie es denn ständig so eilig hätte. Wegen dem Kleinen und Roberto auf Konzertreise, das hatte sie ja bereits erklärt. Er hatte nur irgendwie den Eindruck, dass dies nicht die ganze Wahrheit war.

»Wie geht es Joshua?«

»Gut.« Sie klang nicht nur verdutzt, sondern guckte ihn an wie ein erschrockenes Reh, das von Autoscheinwerfern geblendet wird. »Wieso?«

»Alba meinte, er hätte Koliken gehabt.«

»Ach so, das.« Sie winkte ab. »Alles in Ordnung, so was geht bei kleinen Kindern doch immer schnell vorbei.«

Ibara runzelte die Stirn. Sicher, nicht alle Eltern machten ein Drama aus den Wehwehchen ihrer Kinder. In seinen Ohren klang das für die Mutter eines kleinen Sohnes aber entschieden zu sorglos. Ihm kam es eher so vor, als hätte Zamorra geschwindelt.

Während er noch darüber nachgrübelte, ob er seine Kollegin nun ansprechen sollte oder er sich erneut damit unbeliebt machte, indem er sich in private Dinge einmischte, die ihn nun wirklich nichts angingen, erlöste Miren ihn. Sie brachte ein Tablett samt Kaffeetassen, einer French Press Kaffeekanne und einem Teller mit Keksen. Sie goss ihnen beiden ein und stellte die Kekse, Milch und Zucker bereit.

Danach setzte sie sich mit einem leisen Ächzen. »Nun, ihr beiden. Was kann ich für euch tun?«

»Wir dachten, dass dir vielleicht noch etwas einfällt, was Alina Daamen an dem Tag gemacht hat, bevor du sie getroffen hast. Oder danach.« Ibara nahm seine Tasse, löffelte Zucker hinein und sog genießerisch den Kaffeeduft ein.

Miren neigte den Kopf und verzog den Mund zu einem spitzen O. Dann hob sie die Schultern. »Bedaure. Dazu kann ich überhaupt nichts sagen. Sie hat ja auf ihrer Webseite geschrieben, dass sie im *Escapio* übernachtet und ganz begeistert von der Landschaft ist, daher nehme ich an …«

»Moment, du hast dir ihre Webseite angesehen?«

Miren nickte verblüfft. »Ihr etwa nicht?«

Ibara zog es vor zu schweigen, während Zamorra mit einem breiten Grinsen ihr Smartphone hervorholte und die Seite mit wenigen Klicks gefunden hatte. Zwischendurch warf sie Ibara einen verstohlenen Blick zu, den er eindeutig als schadenfroh deutete. Und sie hatte ja recht. Er war offensichtlich doch nicht der geborene Ermittler.

»Die Seite ist auf Niederländisch«, erklärte Zamorra verwundert und wandte sich an Miren. »Kannst du das verstehen?«

»Natürlich nicht. Esteban hat das in meinem iPad so eingestellt, dass es automatisch ins Spanische übersetzt wird. Da kommt manchmal ein ganz schöner Unsinn heraus. Aber im Großen und Ganzen ist das zu verstehen. Außerdem hat das Mädchen viele Bilder veröffentlicht, und die sind eindeutig.« Sie nahm ihre Kaffeetasse und rührte umständlich eine Portion Milch hinein. »Esteban arbeitet gelegentlich als Kurierfahrer bei Torres. Ab Herbst soll er auch in der Gartenanlage helfen. Er hat mich zur Eröffnung mitgenommen, erinnert ihr euch? Der Bürgermeister war da und sogar die Landesministerin.«

»Das war Ende April«, stimmte Ibara zu. »Dann läuft das Geschäft mit dem Exklusiv-Tourismus also?«

»Was weiß ich?« Miren zuckte erneut mit den Schultern. »Ich kann kaum bestreiten, dass Torres ein gutes Gespür für den richtigen Moment hat. Am Anfang hat er sicherlich Glück gehabt, aber als es erst einmal mit seinen Hotels lief, ging es immer nur aufwärts mit ihm.«

»Glück gehabt? Was meinst du damit?« Ibara beugte sich interessiert vor.

Zamorra antwortete ihm. »Das ist kein Geheimnis. Er hatte gerade ein Grundstück von seinem Großvater geerbt, als die Eigentümer des Nachbaranwesens bei einem Anschlag der ETA ums Leben kamen. Es gab wohl Erben, die aus dem Grund und Boden möglichst schnell Geld machen wollten und extrem günstig verkauft haben. Dort hat er damals sein erstes Hotel gebaut.«

»Wann war das?«

»Keine Ahnung. In den Achtzigern irgendwann, in der ganz heißen Zeit. Warum? Ich sehe nicht, was das mit Alina Daamens Tod zu tun haben sollte?«

Ibara nickte. »Ich auch nicht. Das war eher meine Neugier. Meine Eltern haben sich wegen möglicher Anschläge damals große Sorgen gemacht, als ich hierher wollte, um zu arbeiten – ausgerechnet als Polizist –, aber hier ist nichts mehr passiert, seitdem ich hier bin. Das macht es irgendwie so unwirklich. Etwas, das in den Geschichtsbüchern steht und lange her ist.«

»Ist es nicht.« Miren knurrte beinahe. »Und gerade jetzt blühen sie doch alle wieder auf, diese kruden Ideen von Separatismus und Ausgrenzung von Leuten, die solchen Nationalisten nicht in den Kram passen. Das bringt nur Unglück, oder, Rafael?«

Ibara blickte verlegen zu Boden. Sie spielte auf das Schicksal ihrer jüdischen Familie und die Vertreibung aus ihrer Heimat an. Ihm fiel keine passende Antwort ein. In seinem ganzen Leben war ihm seine Nationalität nie wichtig gewesen. Er hatte sich immer dort wohlgefühlt, wo er gerade lebte und die Menschen waren, die er liebte. Die Frage, ob er sich eher spanisch oder deutsch fühlte, hatte sich ihm nie gestellt. Doch in solchen Momenten schämte er sich für sein deutsches Erbe.

»Passt schon, Rafael, schau nicht so drein«, sagte Miren auf Deutsch, beugte sich vor und tätschelte ihm das Knie. »Du kannst sicherlich nichts dafür.« Sie zwinkerte. »Nur Baske, das wirst du nie sein.«

»Was hast du gesagt?« Zamorra klang augenblicklich beleidigt, sodass Ibara abwehrend mit der Hand wedelte. »Dass ich kein Baske bin.«

»Stimmt ja auch. Vielleicht solltest du doch mal Sprachunterricht nehmen.«

»Dafür habe ich dich, oder?«

Zamorra stutzte und Ibara befürchtete schon, sie hätte das wieder in den falschen Hals bekommen, doch dann lächelte sie und prostete ihm mit ihrer Kaffeetasse zu.

»So oder so, Alina könnte im Hotel etwas aufgeschnappt haben, das ihr zum Verhängnis wurde«, nahm Ibara den Faden wieder auf. »Arbós und sein Team müssen also die Gästeliste und die der Angestellten in der fraglichen Zeit erstellen und die Leute befragen. Na, das wird ja ein ganz schöner Aufwand.«

Zamorra stellte ihre Kaffeetasse ab und nickte. Sie sah nicht danach aus, als ob sie die Aussicht auf diese Arbeit attraktiv fand. Ibara dagegen freute sich insgeheim. Arbós würde viele Leute benötigen, damit bekam er endlich etwas zu tun. Außerdem ergab sich vielleicht die Gelegenheit, das *Escapio* einmal von innen zu besichtigen.

Miren langte nach ihrem Kaffeelöffel, kippte abermals Milch in ihre Tasse und hielt dann mitten in der Bewegung inne. »Mir fällt da noch etwas ein. Es hat nicht direkt mit dem toten Mädchen zu tun, aber wer weiß?«

Ibara und Zamorra nickten beide auffordernd.

»Sie hat sehr viele Fotos gemacht. Rafael, das habe ich heute Morgen schon erwähnt, oder nicht?«

»Doch, hast du. Die üblichen Urlaubsmotive, meintest du.«

»Genau. Und ein paar Tage später hat Xabi Hernandez, das ist der Bauer, der hier am Ende der Straße wohnt, gemeint, dass es ihn unglaublich stört, wie ständig überall herumgeknipst und gefilmt würde. Er erwähnte, dass in letzter Zeit auch viele Drohnen umherfliegen würden. An manchen Tagen wünschte er sich ein Luftgewehr, um die Dinger herunterzuholen, hat er gesagt.« Sie wedelte sofort beschwichtigend mit dem Löffel. »Also nicht, dass ihr denkt, er hätte jemals geschossen. Er hat ja kein Gewehr. Er sagt das nur so. Was jedenfalls, wenn Alina unwissentlich etwas fotografiert hat, das niemand sehen durfte?« Triumphierend hielt sie den Kaffeelöffel in die Höhe.

Ibara blies die Backen auf und prustete genervt. »Damit erweiterst du die Möglichkeiten ins Unendliche, solange wir nicht wissen, wo sie überall gewesen ist.« Ein paar Hinweise würden ihnen bestimmt die Bilder ihres Instagram-Accounts liefern. Ibara erinnerte sich vage an eine Bar, die Alina im Text zu den Fotos von *pintxos* erwähnt hatte. Das ließ sich rasch überprüfen.

»Niemand hat behauptet, dass es einfach wäre, einen Mord aufzuklären, Ibara.« Zamorra erhob sich und verabschiedete sich von Miren Silbermann mit einem flüchtigen Kuss auf die Wange. Die alte Señora war sichtlich gerührt.

Ibara tat es Zamorra nach und folgte ihr zum Auto.

12.

Kaum waren sie losgefahren, spürte er eine kribbelnde Nervosität. Er wollte etwas tun, Fragen stellen, Hinweisen nachgehen. Sie hatten weder eine Spur noch einen offiziellen Auftrag, aber Mendozas Aufforderung, die Augen und Ohren offen zu halten, reichten ihm.

»Wo fahren wir hin?«, fragte Zamorra nach einer Weile.

Ibara entging nicht, dass sie dabei auf ihre Armbanduhr schielte. »Zum Strand von Zumaia. Dort ist Alina gewesen. Ich will mir einfach ein Bild davon machen, was sie interessiert hat.«

»Woher weißt du, dass sie dort gewesen ist?«

Ibara erzählte ihr von Isobels und seiner Entdeckung des Instagram-Accounts. Sofort zog Zamorra ihr Smartphone aus der Tasche und schaute sich Alinas Beiträge an.

»Das ist ja großartig, damit lässt sich ihr Aufenthalt zumindest teilweise chronologisch rekonstruieren. Hast du das Humpty Dumpty schon gesagt?«

»Ich habe heute Morgen in der *Comisaría* vergeblich versucht, ihn zu erwischen. Aber ein Ermittler seines Formates wird das doch inzwischen selbst herausgefunden haben, meinst du nicht?«

»Keine Ahnung.« Zamorra blickte aus dem Seitenfenster. »Aber du hast schon recht, die Social-Media-Kanäle eines jungen Opfers zu überprüfen gehört vermutlich heutzutage zum Einmaleins der Ermittlungsarbeit. Wir haben alle ein analoges und ein digitales Leben.«

»Ein digitales Leben? Ist das nicht etwas übertrieben?«

»Sogar du hast einen Facebook-Account und benutzt WhatsApp.«

»Sogar ich? Was willst du denn jetzt damit sagen? Dass ich zu alt für ein digitales Leben bin?« Ibara tat empört, in Wahrheit verstand er, was Zamorra meinte.

Zamorra senkte das Kinn auf die Brust. »Entschuldigung, so meinte ich das nicht.« Die ganze Zeit war ihr Tonfall erfrischend normal gewesen, jetzt klang sie auf einmal wieder defensiv und gereizt.

»Schon gut!« Ibara lachte. »Ich muss doch nur Isobel zuschauen. Mir kommt es vor, als wäre sie mit ihrem Smartphone verwachsen. Sie tippt in atemberaubender Geschwindigkeit – wenn sie überhaupt noch tippt. Ihre neue Masche ist, alles zu diktieren.«

Jetzt kicherte auch Zamorra wieder. »Kein Witz: Ich habe letztens auf einer Bahnfahrt zwei ungefähr Fünfzehnjährige belauscht, die darüber sinnierten, wie toll es doch wäre, wenn man WhatsApp-Sprachnachrichten zeitgleich senden könnte. Ich wäre beinahe aufgestanden, um ihnen zu erklären, dass sie mit ihren Geräten üblicherweise auch telefonieren können.«

»Da bin ich lieber altmodisch und analog.«

»Du sagst es.« Ein weiterer Blick auf die Armbanduhr.

Ibara tat, als bemerkte er es nicht. Es war gerade einmal zwei Uhr mittags, er konnte sich nicht vorstellen, was Zamorra Zeitkritisches zu erledigen hätte. Ihr Dienst endete offiziell erst in zweieinhalb Stunden.

Sie fuhren so weit wie möglich an den Strand heran. Ibara parkte direkt auf der Aussichtsplattform. Ein stämmiger Strandwächter mit einer orange-weiß gestreiften Sicherheitsweste kam sofort auf sie zu und begann zu gestikulieren, um sie zu verscheuchen. Nachdem Zamorra ausgestiegen war und er ihre Uniform erkannt hatte, winkte er jedoch ab und wollte umkehren. Ibara hob die Hand und rief ihm zu: »Señor, warten Sie! Wir haben ein paar Fragen an Sie.«

Der Mann kam auf sie zu. Dem Alter nach war er ein Rentner, der sich mit der Strandwacht ein paar Euro dazuverdiente. Graue Haarsträhnen lugten unter einer dunkelblauen Baskenmütze hervor, auch die Bartstoppeln um das Kinn waren eisgrau.

Ibara blickte in das zerfurchte Gesicht eines Mannes, der vermutlich die meiste Zeit seines Lebens im Freien verbracht hatte. Er lächelte freundlich. »Sind Sie häufig hier im Einsatz?«

Der Mann nickte. Er blieb in zwei oder drei Metern Entfernung stehen und verschränkte die Hände vor seinem Bäuchlein. Ibara kannte das, in solchen Situationen hielten viele Menschen von ihm Abstand, damit sie nicht allzu sehr zu ihm aufblicken mussten. Er ließ unauffällig die Schultern ein wenig nach vorne sacken, damit er weniger groß erschien.

»Wann beginnt die Saison? Wie üblich am ersten Juni?«

»Richtig.« Sein Spanisch war sehr gut, aber von einem schweren Akzent durchsetzt. Ibara blickte zu Zamorra. Manchmal war es besser, sich mit den Bewohnern der ländlicheren Gebiete auf Baskisch zu unterhalten. Die ihnen vertrautere Sprache half manchmal, den Argwohn gegenüber der Polizei abzubauen, und machte sie zugänglicher. Aber Zamorra reagierte nicht, also ließ er den Mann reden. »Im Winter wird dreimal in der Woche sauber gemacht, damit sich kein Müll oder Strandgut ansammelt. Ab Juni säubern wir täglich. Strandwacht ist von halb elf Uhr morgens bis halb acht abends besetzt.« Er blickte in den Himmel, als müsste er demonstrieren, dass er auch auf das Wetter zu achten hätte.

Ibara wandte sich an Zamorra. »Kannst du nachsehen, wann Alina hier war?«

Zamorra wischte über ihr Telefon und nickte nach wenigen Sekunden. »Wir haben Glück. Zweiter Juni.«

Hast du ein Bild von ihr, bitte?«

»Klar.« Zamorra reichte ihm das Smartphone. »Das ist das Profilbild.«

Ibara hielt dem Strandwächter das Bild vor die Nase. Der holte eine Brille aus einer Brusttasche der Weste und betrachtete es eingehend, bis das Display sich ausschaltete. Zamorra wollte es wieder entsperren, aber der Mann schüttelte den Kopf. »Ich weiß, um was es geht. Das ist die Tote, oder? Die ihr auf den Knochen gefunden habt.«

Zamorra steckte ihr Telefon ein. »Richtig.«

»Die war hier. Trug 'n blauen Rucksack von Herschel, wie sie gerade gefragt sind, Wanderhose und hatte eine Kamera dabei. Also einen großen Fotoapparat, nicht so'n Knipsding. War freundlich und offen, der Strand gefiel ihr. Hätte gern mehr mit ihr geredet, aber dazu reicht mein Englisch nicht. Kann ein paar Floskeln über den Wind und das Meer, schrei den Leuten ein paar Verbote zu, aber für eine Unterhaltung reicht's nicht. Und sie konnte kein Spanisch.«

»Wissen Sie, was sie gemacht hat? Wie lange sie geblieben ist?«

»Den ganzen Vormittag. Ich denk mal, sie wollte sich in die Sonne legen. War aber zu windig. Sie ist ein paarmal auf und ab und dann wieder verschwunden.«

»Danke sehr! Komm, wir schauen uns noch am Wasser um, wenn wir schon mal hier sind.« Ibara winkte Zamorra zu und ging den betonierten Fußweg hinunter zum Strand. Erst als er den schmalen Sandstreifen erreicht hatte, bemerkte er, dass seine Kollegin ihn in ziemlichem Abstand folgte. Er wartete und schaute sich um. Ähnlich wie der Strandwächter es beschrieben hatte, wehte auch jetzt ein kühler Wind. Spaziergänger, unerwartet viele, fand Ibara, liefen in Outdoorkleidung und mit Wanderstöcken oder Kameras bewaffnet umher. Ein paar Unerschrockene saßen mit T-Shirts bekleidet auf Handtüchern oder Luftmatratzen, ein paar Surfer probierten sich an den Wellen aus, doch für einen sonnigen Junitag war der Strand recht leer. Allerdings hatte die Flut gerade ihren Höhepunkt erreicht. Der Gezeitenunterschied betrug an der Biskaya immerhin noch knapp zwei Meter, was hieß, dass an diesem Strand nicht mehr viel Liegefläche übrig blieb. Wer sich zudem nicht mit dem Anblick der schuppenartigen Klippen begnügen, sondern auch die Felsformationen ansehen wollte, die das Meer über die Jahrtausende in den Strand gegraben hatte, musste warten, bis das Wasser in ungefähr drei Stunden wieder einen niedrigeren Stand erreichte.

»Schon schön.« Zamorra blieb neben ihm stehen und rieb sich fröstelnd über die Arme.

»Ich frage mich, ob Alina hier etwas gesehen hat«, murmelte Ibara mehr zu sich.

»Flysch.«

»Wie bitte?«

»Sie hat Flysch gesehen. Das macht diesen Küstenabschnitt hier so besonders.«

Ibara wandte sich ihr zu und kratzte sich ratlos an der Schläfe.

Zamorra lachte und machte eine weit ausladende Armbewegung. »Diese Steinrillen in den Klippen und im Sand. Weichere Steinschichten sind über Jahrmillionen durch Wind und Wasser ausgewaschen worden und härtere stehen geblieben.«

»Ich wusste gar nicht, dass es dafür einen Fachbegriff gibt. Aber klar, warum nicht? Experten haben für alles ihre eigene Sprache.« Ibara blickte versonnen auf die Felsen, die sich vor ihm erhoben. Kalk war beteiligt, so viel wusste er. Und zum Teil erinnerte ihn das Gestein an Schiefer, aber ob das richtig war? »Ich hätte es als Schuppen bezeichnet. Insofern war die Wahl der Macher von *Game of Thrones* ziemlich gut. Oder Rillen, wie du es genannt hast. Kennst du dich damit aus?«

»Überhaupt nicht. Ich habe nur das Wort Flysch aus der Schule behalten. Ich war sicherlich seit zehn Jahren nicht mehr hier. Dieser Strand ist wirklich schön, aber zu eng und zu weit weg. Zarautz oder Getaria haben Strände, die für uns leichter erreichbar sind. Ich habe außerdem gehört, dass man hier genau wegen dieses Hypes um die Serie in der Hochsaison keinen Platz findet, beziehungsweise ein Haufen Leute hier herumrennt, alles abfotografiert und wieder verschwindet.« Zamorra machte einige zögernde Schritte in Richtung der Strandpromenade, die zurück hinauf auf die Klippen führte.

Dieses Mal konnte Ibara sich nicht zurückhalten. »Hast du es eilig?«

Schuldbewusst schaute sie zu Boden. »Was wollen wir denn noch hier?«

Ibara schwieg und ließ seinen Blick über das grünblau glitzernde Meer schweifen. Die Wellen waren vergleichsweise flach für den so oft ruppigen Atlantik, bildeten trotz des Windes kaum Schaumkronen. Es war schön und friedlich hier, er könnte sich durchaus vorstellen, sich an einem windgeschützten Winkel hinzusetzen, aufs Wasser zu schauen und seine Gedanken wandern zu lassen. Doch Zamorras Ungeduld schien beinahe greifbar wie Dunst zu ihm zu wabern und an ihm zu zupfen, damit er nicht länger als nötig verweilte.

Er seufzte vernehmlich. »Schon gut, wir fahren zurück. Wobei es sich hier doch ganz gut aushalten lässt. In der *Comisaría* sitzen wir nur auf der Ersatzbank.«

»Schon, aber wir haben nicht ewig Zeit.« Zamorra setzte sich mit resoluten Schritten in Bewegung, wobei sie mit den schweren Stiefeln im Sand einen Vorteil gegenüber Ibara hatte, der nur Sneaker trug.

Doch er hatte lange Beine, und so war er nach wenigen Metern wieder heran. »Was soll das heißen? Was haben wir denn schon groß zu tun außer den üblichen Routinearbeiten?«

»Ehrlich gesagt wollte ich nach Hause, sobald wir zurück in Zarautz sind. Ich muss Joshua pünktlich vom Kindergarten abholen.«

»Seit wann sind die so kleinlich?«, rutschte es ihm heraus.

Zamorra riss die Augen weit auf und presste die Lippen zusammen. Sie wirkte wie ertappt, aber Ibara konnte sich beim besten Willen nicht vorstellen, was falsch an seiner Frage war. Er hatte seine Tochter allein aufgezogen, seit sie sieben Jahre alt gewesen war. Zugegeben, mit ein wenig Hilfe seitens seiner Schwiegermutter, doch die war damals noch mit dem Hof beschäftigt gewesen. Ibara hatte es manche Male eilig gehabt, war auf die Kulanz der Schule oder des Sportvereins angewiesen gewesen, wenn er Isobel mal wieder ein paar Minuten zu spät abgeholt hatte, aber in den meisten Fällen hatten seine Mitmenschen dafür Verständnis gehabt. Warum sollte das bei Zamorra anders sein?

Sie deutete sein Schweigen offenbar falsch. »Ich hatte ja erzählt, dass es ihm nicht gut geht. Er hatte letzte Nacht Koliken. Und da finde ich, mein Sohn hat ein Recht darauf, ein wenig verwöhnt zu werden und nicht länger als nötig auf seine Mami zu warten.«

»Ja. Sicher«, erwiderte Ibara tonlos. Hatte sie nicht vorhin bei Miren Silbermann noch alles heruntergespielt? Jetzt war das Kind wieder krank? Warum blieb sie dann nicht gleich ganz zu Hause, um für den Kleinen da zu sein?

Ibara begriff es nicht. Er hatte eigentlich in Getaria nach der Bar suchen wollen, in der Alina *pintxos* fotografiert und danach ziemlich sicher auch gegessen hatte. Doch das würde eine Weile dauern und Zamorra in der Zwischenzeit vermutlich durchdrehen. Was das anbelangte, erkannte er seine sonst so ausgeglichene Kollegin nicht wieder.

»Wann kommt denn Roberto zurück?«

Zamorra ging voraus, drehte sich nicht herum, aber Ibara hätte schwören können, dass sich ihr Oberkörper versteifte. »Das steht noch nicht fest. Er ist in Italien unterwegs. Eigentlich sollte er Ende nächster Woche zurück sein, doch er könnte ohnehin nur ein paar Tage bleiben und müsste dann weiter. Es kann aber auch sein, dass er gar nicht kommt, wenn er keinen günstigen Flug bekommt.«

Ibara gab auf. Diese Antwort entsprach ganz und gar nicht dem üblichen Muster. Roberto war Italiener, aufgewachsen in Apulien, Bassist und ein gefragter Studiomusiker. Normalerweise erzählte Casta Zamorra haarklein und mit leuchtenden Augen, wo und wann Roberto spielte, welchen Prominenten er dabei begegnete, sowohl auf als auch vor der Bühne. Welches Lied bei einem Auftritt besonders gut ankam oder wie er das Publikum verzauberte, wenn er den riesigen Kontrabass zum Einsatz brachte. Dieses »Er ist in Italien unterwegs« war total nichtssagend, genauso gut hätte sie »Er ist auf Konzertreise« wiederholen können.

13.

Die Fahrt zurück verlief schweigend. Zamorra schien keine Lust auf weitere Erklärungen zu haben, und Ibara war es leid, mit vagen Antworten abgespeist zu werden. Er setzte sie vor der *Comisaría* ab und fuhr auf direktem Wege zurück nach Getaria. Wie tags zuvor parkte er am Hafen, nahm jedoch die parallel zur *nagusia kalea* verlaufende schmalere *elkano kalea*, in der sich eine Menge *pintxos*-Bars befanden. Am Wochenende wurden häufig Touren angeboten, bei denen verschiedene Bars der Reihe nach besucht wurden. Dort gab es dann ein Glas Txakoli oder Rioja und ein oder zwei *pintxos* nach Wahl des Hauses. Nicht nur Touristen, auch Einheimische nahmen das Angebot gerne wahr, denn die Variationen der kleinen Leckerbissen wurden, hatte zumindest Ibara den Eindruck, von Jahr zu Jahr unüberschaubarer. Da nahmen einige die Möglichkeit, die Auswahl durch die Bars vornehmen zu lassen, gerne wahr. Ibara hatte selbst zweimal bei Touren mitgemacht, doch ihm waren die *pintxos* der neuen Generation nicht ganz geheuer. Ihn erinnerten sie eher an die *Grüße aus der Küche*, die es gab, wenn er als Junge mit seinen Eltern in feineren Restaurants zum Essen gewesen war. Für ihn brauchte es weder Wachtel-Spiegeleier auf Scampi-Mousse noch Spargelstückchen in Bärlauch-Tarte, ihm reichten eine in Speck gewickelte Dattel, das klassische Kartoffelomelett, die *tortilla de patatas* oder ein Stück *jamón serrano* vollkommen aus. Was seine gebürtig aus dem Baskenland stammenden Begleiter natürlich empört hatte aufschreien lassen: Die *pintxos*, ja die gesamte Kultur um diese Häppchen, hätten doch mit den spanischen Tapas rein gar nichts zu tun. Ibara war da nur ein entschuldigendes Grinsen geblieben. Nicht nur bei der Sprache, auch an diesem Teil der Esskultur scheiterte er einfach an diesem Landstrich, den er über alles liebte. Wobei er nicht einmal behaupten wollte, diese *»haute cuisine pintxos«* würden ihm nicht schmecken, er fand sie nur einfach übertrieben.

Unterwegs achtete er wenig auf seine Umgebung, da er das Instagram-Profil von Alina aufgerufen hatte und die Bilder mit der Wirklichkeit verglich. Alina hatte die Orte angegeben, an denen sie gegessen hatte, und Ibara fand die *taberna Bat-Zortzi-Hiru-Bost* mühelos. Er hatte sie zwar noch nicht persönlich besucht, doch sie genoss einen guten Ruf. Sein Baskisch taugte so weit, dass er den Namen übersetzen konnte, der mit *eins-acht-drei-fünf* vermutlich auf das Baujahr des Hauses anspielte. Ibaras Blick glitt über die Sandsteinfassade hinauf zu den oberen Stockwerken. Ein schmales viergeschossiges Haus, das sich kaum von seinesgleichen in der Straße unterschied. Über dem Sandstein im Erdgeschoss weiß verputzt, zwei bodentiefe Fenster mit Ziergittern pro Etage, überhängendes Dach. Der Eingang zur *taberna* war so niedrig, dass Ibara sich unter den Türsturz bücken musste – das musste er häufiger, aber in diesem Fall wäre er keine Ausnahme. Im Innern des hell erleuchteten lang gestreckten Raumes empfing ihn das zu erwartende Ambiente einer modernen Bar. Eine lange Theke aus weißem Holz mit hellbraun abgesetzter Platte zur Rechten und ein paar Tische mit Stühlen, die eine herzförmig geschwungene Rückenlehne hatten, zur Linken. Es war noch zu früh für das Glas Wein zum Feierabend, daher saßen nur wenige Leute, der sommerlichen Funktionskleidung nach Touristen, an den Tischen oder der Bar. Ein schlaksiger schwarzhaariger Mann Anfang zwanzig mit dünnem Schnurrbart bediente die Gäste.

Ibara setzte sich an die Bar und legte sein Smartphone neben sich ab.

Mit einem schwungvollen *»Buenos!«* kam der Barkeeper auf ihn zu. »Was darf's sein?«

Ibara lächelte. »Eine Cola, bitte.«

»Kommt sofort.«

Ibara wartete, bis der Mann mit seiner Bestellung zurückkehrte und ihm außer der Cola einen Teller mit vier fingergroßen zusammengerollten *crêpes* brachte, in denen jeweils ein Zahnstocher steckte. Er schob den Teller Ibara über die Theke zu und machte eine einladende Geste. »Haben Sie Lust? Wir suchen noch Testesser für eine neue *pintxos*-Kreation.«

Ibara trank einen Schluck und beäugte die *crêpes* misstrauisch. »Sind die süß oder salzig?«

Der Barkeeper nickte ernst und zeigte auf die beiden dunkleren Röllchen. »Berechtigte Frage. Das ist eine Art westeuropäische *fusion kitchen*. Diese beiden sind *galettes* nach original bretonischem Rezept aus Buchweizenmehl mit einer leicht gewürzten *Crème fraîche* gefüllt. Die helleren sind süße *crêpes* aus Weizenmehl. Darin hat mein Vater eine dünne Schicht Zuckerrübensirup verarbeitet. Die Idee hat er vor ein paar Wochen gehabt, als ihm eine niederländische Touristin was von Waffeln mit diesem Sirup erzählt hat. Ich finde es ziemlich süß, aber nach ein paar herzhaften *pintxos* ein interessanter Abschluss.«

Ibara griff nach einem der süßen Röllchen. »Interessant gut oder interessant schlecht?«

»Müssen die Gäste entscheiden. Auf jeden Fall etwas Besonderes, das die anderen Bars noch nicht anbieten, soweit ich weiß.« Der Barkeeper grinste und wollte sich abwenden.

»Warten Sie. Dann bin ich hier vielleicht schon direkt an der richtigen Adresse.« Er kaute und schluckte. Der Sirup klebte an den Zähnen, und ein bittersüßer Karamellgeschmack, den er nur allzu gut kannte, breitete sich über seinen Gaumen aus. Der Geschmack seiner Kindheit und Jugend. »Ich suche eine Bar, in der vor einigen Wochen eine Niederländerin war. Und diese Waffeln heißen übrigens *stroopwafels*.«

»Ja, genau! Ziemlich klebrige Angelegenheit, was?«

Ibara hielt die Hand vor den Mund und puhlte sich mit dem Zahnstocher einen Karamellfaden aus den Zähnen. Dann griff er rasch nach seinem Telefon und zeigte dem Barkeeper das Profilbild von Alina Daamen. »War das die Touristin, die von den Waffeln erzählt hat?«

Er hielt seinem Gegenüber das Bild entgegen, doch der warf nur einen flüchtigen Blick darauf. »Könnte sein. Aber warten Sie.«

Er wandte sich ab und verschwand durch einen Vorhang aus orangenen Plastikbändern. Nur wenige Augenblicke später kam er mit einem ungefähr fünfzigjährigen Mann zurück, der schwarze Kochkleidung trug und ein Tuch um seine Haare gebunden hatte. Vermutlich war er mit dem Barkeeper verwandt, denn er hatte dieselbe schlaksige Statur wie der Jüngere und ähnlich lebhafte Augen, um die jedoch ein deutlich ausgeprägteres Netz aus feinen Fältchen lag. Er lächelte breit und nickte Ibara zu.

»Die Niederländerin? Zeigen Sie mal.«

Er schaute ebenfalls nicht lange auf das Foto, sondern nickte sofort. »Ja, das ist sie. Alina, so hieß sie. Sie hat sehr positiv über uns berichtet und mir eine Menge Inspirationen mitgegeben. Wie finden Sie die *fusion pintxos*? Als Nächstes werde ich versuchen, *poffertjes* zu backen.«

Ibara unterdrückte ein gequältes Stöhnen. Bei den süßen Varianten mochte es noch angehen, ansonsten hielt er weder die belgische noch die niederländische Küche als Grundlage für solche Experimente geeignet. Aber solange es der Koch nicht mit Pommes frites in Erdnussbutter als *pintxos*-Variante versuchte, sollte es ihm recht sein. Und selbst wenn, er musste es ja nicht essen.

Der Koch deutete mit dem Kinn auf das Telefon. »Was ist mit der Frau?«

»Sie ist das Opfer, das vorgestern an einem Picknickplatz in der Gegend westlich von Donastia gefunden wurde.« Er hielt inne, da er das plötzlich aufkeimende Misstrauen auf den Mienen der Männer erkannte.

»Opfer von was?«, fragte der Jüngere prompt.

Ibara war schon dabei, sein Portemonnaie aus der Hosentasche zu ziehen, und entnahm ihm den Dienstausweis. »Ich bin von der Polizei.«

Das Misstrauen wich ratlosem Erschrecken.

Ibara zog verwirrt die Stirn in Falten. »Sie scheinen nicht zu wissen, um was es geht, oder? Bekommen Sie keine Nachrichten mit?«

Der Koch schaute verlegen zu Boden und kratzte sich am Hinterkopf. »Meine Frau ist seit einigen Wochen im Krankenhaus, und wir müssen uns um sie kümmern. Die Fahrten ins Krankenhaus, der Haushalt und die Bar … Mein Sohn«, er zeigte auf den Jüngeren. »meine Tochter und ich arbeiten im Moment bis zu sechzehn Stunden am Tag, damit der Laden läuft. Das ist der Fluch bei einem Familienbetrieb. Dann bleibt die Arbeit an den Übrigen hängen.«

Ibara war nicht überzeugt. »Und gestern Abend? Wurde da nicht an der Bar über die Tote gesprochen?«

»Doch, jetzt, wo Sie es sagen.« Der Barkeeper nickte und schluckte sichtlich. »Da hieß es, sie habe in einem Grab gelegen, es war immer von mehreren Opfern die Rede?« Er zupfte sich mit einer unsicheren Geste am Ohrläppchen.

»Ja, es gab einen weiteren Fund dreier Leichen. Deren Tod allerdings schon Jahrzehnte zurückliegen muss.«

»Genau.« Er nickte eifrig, schien ein wenig sicherer zu werden. »Es waren die Einheimischen, die darüber gesprochen haben, und vor allem haben sie gerätselt, wer diese älteren Toten sein könnten. Über was die Touristen so reden, kann ich nicht sagen. Ich kann etwas Deutsch und Englisch, um Bestellungen aufzunehmen, aber mehr auch nicht.«

»Verstehe.«

»Ich habe das auch nicht mit der Frau von damals in Verbindung gebracht. Sind Sie denn ganz sicher, dass sie es ist?«

»So sieht es aus, ja. Ich versuche, die letzten Tage von Alina Daamen zu rekonstruieren, wen sie getroffen, mit wem sie gesprochen hat. Wenn Sie also eine Idee haben, wer ihr das angetan haben könnte, oder Ihnen etwas verdächtig vorkam, können Sie mir das gern sagen.«

Beide nickten, offenbar unschlüssig, was sie mit der Aussage anfangen sollten. Ibara musterte den Barkeeper unauffällig. Während sein Vater unruhig herumzutänzeln begann, da er vermutlich an seine Arbeit in der Küche dachte, schien er sich zu verkrampfen, bemühte sich um ein unverbindlich ausdrucksloses Gesicht.

Ibara lächelte dem Älteren zu. »Herzlichen Dank.« Der verstand, dass er entlassen war, und verschwand mit einem kurzen Abschiedsgruß. Als er durch den Durchgang verschwunden war, wandte sich Ibara dem wieder dem jungen Mann zu. »Wie heißen Sie eigentlich?«

»Pello Txurruka.« Er neigte den Kopf und starrte auf den Tresen. Dann wandte er sich ab und bediente zwei Männer, die sich in der Zwischenzeit an die Theke gesetzt hatten.

Ibara nahm eine Mini-Galette und probierte. Eine leicht bitter-salzige Note mit einem Hauch Kräutern. Nicht schlecht. Er aß das zweite direkt hinterher, trank seine Cola aus und nahm einen Fünf-Euro-Schein aus der Tasche.

Pello Txurruka kam mit dem Kassenbon und dem Wechselgeld zurück und legte ihn neben den Teller. Wieder vermied er es, Ibara direkt anzusehen.

Ibara ließ das Geld liegen. Er stand auf, streckte seine Schultern durch und stützte sich mit beiden Armen auf die Theke. »Nun sagen Sie schon, was Sie auf dem Herzen haben.«

Der Barkeeper zierte sich einige Augenblicke, doch er schien nur auf diese Aufforderung gewartet zu haben. Er holte Luft. »Diese Alina hat an dem Abend einen Freund von mir kennengelernt. Die beiden haben sich gut verstanden. Aber er ist nicht … ich kann mir nicht vorstellen …« Er brach ab.

Ibara sagte nichts.

Pello Txurruka lächelte schief. »Ich sollte das die Polizei entscheiden lassen, oder?«

Ibara nickte und schwieg weiter.

Mit einem lauten Seufzen zog sein Gegenüber sein Telefon aus der hinteren Hosentasche, angelte nach einem Kuli nahe der Espressomaschine und kritzelte dann einen Namen und eine Nummer auf den Kassenbon. »Fernando Morales«, sagte er. »Er macht Bootstouren für Touristen und ist vermutlich jetzt unterwegs. Ich würde für ihn meine Hand ins Feuer legen.«

Manch einer hätte sich bestimmt schon verbrannt, aber Ibara sah keinen Sinn darin, den jungen Mann weiter zu verunsichern. »Es ist ja nicht gesagt, dass er mit der Sache etwas zu tun hat. Aber vielleicht hat Alina zu ihm etwas gesagt, das wichtig sein könnte. Noch ist alles denkbar.«

»Sie haben recht.« Pello Txurruka nickte etwas zuversichtlicher.

Ibara steckte den Zettel ein, bedankte sich und verließ die Bar. Draußen empfing ihn ein heller warmer Spätnachmittag. Touristen mit Rucksäcken und Sonnenhüten schlenderten die schmale Straße entlang, manch kleines Kind an der Hand der Mutter oder in einer Trage auf dem Rücken des Vaters. Ein älteres Paar kam ihm entgegen, sie und er in identischen blauen Outdoor-Shirts, einen braunen Labrador an der Leine, der schwanzwedelnd hin und her stromerte, um die Häuserecken zu beschnüffeln. Ibara blieb stehen und betrachtete die Leute einen Moment lang. Er versuchte, die Straße mit den winzigen Läden mit den Augen der Touristen zu sehen. War Alina gezielt hergekommen? Hatte ihr jemand einen Tipp gegeben, oder hatte sie sich einfach treiben lassen? Und hatte die Antwort darauf etwas mit ihrem Tod zu tun?

Er nahm den Zettel aus der Tasche, speicherte die Nummer im Telefon und rief an. Eine Mailbox meldete sich und forderte freundlich auf Englisch und anschließend Spanisch dazu auf, für die Buchung einer Bootstour eine Nachricht zu hinterlassen. Ibara verzichtete darauf. Er würde es später noch einmal versuchen. Zunächst einmal wollte er jetzt zurück in die *Comisaría* und Bericht erstatten. Am Ende war es völlig falsch, hier herumzulaufen und Fragen zu stellen. Sein Chef Mendoza hatte ihn zwar aufgefordert, sich umzuhören, aber wie weit er dabei gehen durfte und welche Kompetenzen er in dieser Angelegenheit hatte, wusste er nicht. Ibara fühlte sich ganz und gar nicht wohl damit, so ohne konkrete Anweisungen in der Luft zu hängen. Zwar war er es gewohnt, eigene Entscheidungen zu treffen, und es machte ihm nichts aus, die Konsequenzen zu tragen, wenn er etwas falsch machte. Aber die Aufklärung eines Mordes war nicht mit einem Taschendiebstahl in den Straßen von Zarautz oder dem Einbruch in ein Ferienhaus zu vergleichen. Und trotz aller Antipathie, die er Arbós entgegenbrachte, machte der Mann aus Bilbao den Eindruck, dass er wusste, was er tat. Beziehungsweise, wenn er an das Gespräch mit Doctora Cortez zurückdachte, die richtigen Leute aus seinem Team auswählte, die wussten, was sie taten.

Erstaunlicherweise war die *Comisaría* wie ausgestorben. Nur Alba Olea hielt am Empfang die Stellung und hatte lediglich ein Schulterzucken übrig, als Ibara sie fragte, wo alle wären. Sie übergab ihm sein Laptop, und nach einem kurzen Abstecher in sein Büro, dessen chaotischer Zustand sich nicht verändert zu haben schien, setzte er sich zu ihr an den Empfang. Dann schrieb er eine kurze interne Mail an Mendoza über seine Gespräche mit Miren Silbermann, Pello Txurruka und dessen Vater und bat seinen Chef, diese weiterzuleiten und ihm gegebenenfalls weitere Anweisungen zu geben. Danach probierte er es noch einmal bei Txurrukas

Bekannten Fernando Morales und landete erneut auf der Mailbox. Dieses Mal hinterließ er seinen Namen und eine Bitte um Rückruf. Danach verabschiedete er sich und fuhr nach Hause. Im Grunde hatte er ja auch nichts gegen einen frühen und friedlichen Feierabend.

14.

Hätte Ibara gewusst, dass von einem friedlichen Feierabend nicht im Geringsten die Rede sein konnte, wäre er vielleicht in seinen Sportclub gefahren, um sich gründlich zu verausgaben und danach den schlechten Nachrichten mit meditativer Gelassenheit zu begegnen. In frühester Kindheit hatte er mit Judo angefangen und war als Jugendlicher über die Begegnung mit ein paar portugiesischstämmigen Sportlern zu Capoeira gewechselt. Seine Ausbildung bei der Polizei hatte ihm den entsprechenden Spielraum gegeben, dass er es mit zweiundzwanzig sogar zur deutschen Meisterschaft gebracht hatte. Neben der ausgezeichneten körperlichen Verfassung hatte ihm der Sport einen inneren Gleichmut verschafft, den ihm niemand so leicht nehmen konnte – normalerweise. Doch allmählich spürte er, wie die Ereignisse der letzten Tage an ihm zehrten.

Er schaffte es durchaus, sich nach außen hin ruhig zu geben, als ihm die vier jungen Männer, seine Tochter und seine Schwiegermutter mit aufgeregten Gesichtern auf dem Hof gegenüberstanden, doch innerlich hatte er nach dem, was Finia und Isobel ihm gerade zu sagen versuchten, das dringende Bedürfnis, irgendetwas kurz und klein zu schlagen. Immerhin hatte es mit den vier Burschen nichts zu tun, die wollten ganz andere Dinge loswerden. Doch das musste warten.

Ibara hob die Hand. »Jetzt mal ruhig und der Reihe nach, Leute, ich kann nur einer Person gleichzeitig zuhören.«

Isobel setzte an, doch Finia packte sie am Unterarm und zog sie sanft, aber unerbittlich in Richtung Weide, wo Rucio und Cinderella Gras kauten und den menschlichen Auflauf mäßig interessiert beobachteten. »Du gehst jetzt und machst den Stall sauber, Señorita! Du kannst sicher sein, dass Rafa alles von mir erfährt, was er wissen muss.«

Leise vor sich hin murrend fügte Isobel sich.

»Warte, ich helfe dir!«, rief Lukas und folgte ihr. Ibara ging zwar davon aus, dass der Bursche ebenso wie die anderen nichts verstanden hatte, doch an Isobels Grimasse war unschwer abzulesen, dass sie eine Aufgabe bekommen hatte, für die sie wenig Begeisterung aufbrachte. Die übrigen drei standen mit ratlosen Gesichtern herum, bis Finia sie mit einem energischen Wink fortscheuchte. Mit einer ähnlichen Geste forderte sie Ibara auf, ins Haus zu gehen. Er lächelte verstohlen. Offenbar waren die derzeitigen Hofbewohner zu einer effektiven Zeichensprache übergegangen. Immerhin hatte ihm Finias Manöver etwas Zeit gegeben, sich innerlich etwas zu sammeln.

Er wartete jedoch nicht ab, bis sie das Haus betreten hatten, sondern platzte heraus: »War das dein Ernst? Sie haben Xabi Hernandez verhaftet? Wann? Warum? Und was haben die Burschen hier damit zu tun? Sie sagten was von einer Wasserleitung. Was haben sie vorhin gemeint?«

Auf Finias wettergegerbte Miene trat ein stolzer Ausdruck. »Ach, das hat damit gar nichts zu tun. Sie wollten dir nur erzählen, was sie heute alles gemacht haben. Waren fleißig und machen sich nützlich, ich mag die gar nicht mehr gehen lassen.«

Ibara fasste sich an die Stirn. »Warum Xabi Hernandez? das ist doch der Bauer, der zwei Häuser weiter neben Miren wohnt.«

»Richtig. Der mit den paar Ziegen und der Käserei. Und Esteban.«

»Was? Miren Silbermanns Neffen? Verhaftet?«

»Wenn ich es dir sage.«

Finia nickte grimmig und wandte sich erneut ab, um ins Haus gehen, doch Ibara hielt sie zurück, die Autoschlüssel schon in der Hand. »Das verstehe ich nicht. Müssen wir hin?«

Finia seufzte laut. »Nein. Alize hat mich angerufen, das ist die junge Frau, die linker Hand neben Miren wohnt und im Haushalt der alten Señora nach dem Rechten schaut. Sie ist bei Miren. Du solltest vielmehr zur *Comisaría* fahren und zusehen, ob du etwas für Esteban tun kannst. Der bringt doch niemanden um!«

»Dann stehen Sie unter Mordverdacht? Xabi und Esteban? Du machst Witze!«

Finia erwiderte nichts, doch sie wirkte plötzlich müde und kraftlos. Einen Moment lang standen sie einander wortlos gegenüber, dann gab sie sich einen Ruck. »Morgen früh werde ich Farbe kaufen. Die vier Burschen wollen die Wetterseite der Scheune streichen. Ich werde sie nicht abhalten.«

Ibara wollte nichts weiter darüber hören. Er wandte sich ab, zog sein Telefon hervor und rief in der *Comisaría* an, erreichte jedoch niemanden mehr, der Anruf wurde an die nächste Station mit Notrufbesetzung weitergeleitet. Die wussten natürlich gar nichts. Vermutlich hatten sie die beiden Verdächtigen direkt nach Bilbao gebracht.

Ibara fluchte frustriert. Kurz überlegte er, ob er nach Bilbao fahren sollte. Aber was konnte er schon ausrichten? Bis er dort war, sollte ein Anwalt eingetroffen sein und Esteban zur Seite stehen. Sie befanden sich schließlich in einem Rechtsstaat. Und woher wollte er wissen, ob Esteban wirklich nichts auf dem Kerbholz hatte? Nur weil Ibara ihn mochte und von nichts wusste, hieß das noch gar nichts. Er konnte es sich zwar nicht im Geringsten vorstellen, dass der junge Kerl in einen Mord verwickelt war, aber dennoch. Und Xabi Hernandez kannte er so gut wie gar nicht. Wie so ziemlich alle Leute, die in dieser Gegend lebten, waren sie einander zu verschiedenen Gelegenheiten über den Weg gelaufen. Ibara erinnerte sich vage an ein Dorffest vor zwei oder drei Jahren, bei dem der alte Bauer einen Stand gehabt und dort Ziegenkäse verkauft hatte. Aber ihm wollte nicht einmal einfallen, wie Hernandez aussah. Wie wollte er da abschätzen, was der angestellt haben könnte und in das er Esteban mit reingezogen hatte? Man konnte den Menschen nicht in den Kopf gucken.

Ibara zwang sich, mehrmals tief durchzuatmen. Er hatte keine Lust, wieder nach Getaria zum Sportclub zu fahren. Aber eine große Joggingrunde, die würde ihm sicherlich jetzt guttun.

SAMSTAG, 14. JUNI

15.

»Stimmt das, dass in Deutschland nicht Dienstag, der 13., sondern Freitag, der 13. als Unglückstag gilt?«, fragte Isobel, während sie auf einem Frühstücksbrötchen herumkaute und dabei auf ihrem Smartphone herumtippte.

»Ja, das stimmt«, sagte Ibara.

Isobel grinste. »Dann können wir ja froh sein, dass wir in Spanien sind, sonst wäre dein Tag gestern vielleicht noch mieser verlaufen.«

Ibara schnaubte belustigt. »Ich denke eher, das ist ein Beleg dafür, dass dieses Gerede von Daten, die Unglück bringen, ziemlicher Unsinn ist. Denn so richtig mies war der Tag doch gestern für Esteban und Miren. Und ich glaube auch nicht, dass der heutige besser wird.«

Er stand auf und trank einen letzten Schluck *café* im Stehen. »Ich muss los.«

»Heute?« Isobel runzelte die Stirn. »Es ist Samstag. Ich dachte, du hilfst beim Anstreichen.«

Ibara starrte sie verwirrt an, bis ihm einfiel, dass irgendwer am Vorabend erwähnt hatte, dass sie die Scheune streichen wollten.

»Lass ihn.« Finia streckte ihre Hand aus und tätschelte ihrer Enkelin begütigend den Unterarm. »Er muss zusehen, ob er etwas für Esteban tun kann.« Sie schaute zu Ibara auf. »Meinst du, ich kann die Jungs fragen, ob sie mich zu Miren fahren können?«

Ibara zuckte ratlos mit den Schultern, während seine Tochter empört die Lippen schürzte.

»Natürlich machen die das«, erklärte Isobel in entschiedenem Ton, bevor er etwas sagen konnte. »Die haben das doch gestern alle mitgekriegt! Ich frage Tobias, dann fahren wir erst zu Miren und dann zum Baumarkt.«

»Na gut.« Finia fuhr mit zwei Fingern die Knopfleiste ihrer Bluse entlang und warf Ibara einen Blick zu, aus dem er eindeutig ein *Habe ich es dir nicht gesagt?* herauslas. Isobel sprach über Tobias wie über einen langjährigen Freund, wenn nicht gar Bruder.

Ibara nickte, war unschlüssig, ob er Finia wirklich mit Isobel und ihren neuen Bekanntschaften allein lassen wollte. Andererseits hatte sie gestern von ihm verlangt, er solle sich für Esteban einsetzen. Dazu musste er erst einmal herausfinden, wo sich Mirens Neffe befand und was genau ihm vorgeworfen wurde.

»Ihr macht das schon.« Ibara ging zur Anrichte, zog das Ladekabel aus seinem Smartphone und steckte es ein. Ich melde mich zwischendurch, sobald ich Neuigkeiten habe. *Adiós.*«

16.

»Sag das noch mal.« Ibara sprang von seinem Stuhl auf und beugte sich über Mendozas Schreibtisch. Er starrte seinen Chef an und fragte sich, ob er das alles eigentlich träumte. Falls dem so war, wollte er gerne endlich aufwachen. Doch es sah nicht so aus, als würde ihm dieser Wunsch erfüllt.

Der Subcomisario hielt ihm ein amtliches Schreiben entgegen. »Xabi Hernandez und Esteban Ribeiro wurden verhaftet wegen Verdacht auf Mord beziehungsweise Beihilfe zum Mord und Verdacht auf Mitgliedschaft in einer terroristischen Vereinigung.«

Ibara lachte hilflos auf und ließ sich wieder auf den Stuhl fallen. »Die ETA? Esteban soll etwas mit der ETA zu tun haben? Das ist doch völlig absurd.«

»Leider nicht, ganz im Gegenteil. Es passt alles gut zusammen. Alina Daamen sollte am 3. Juni nach Ecuador abreisen und ist jedoch nach dem Check-out im *Escapio* am Vormittag nie am Flughafen angekommen.« Mendoza lehnte sich zurück, sodass die Federn seines Drehstuhls knarzten. »Xabi Hernandez hat seine gesamten sechsundsiebzig Jahre hier gelebt. Er hat immer mit den Zielen der ETA sympathisiert und nie ein Geheimnis daraus gemacht. Sein Onkel ist Anfang der Achtziger wegen eines versuchten Anschlags verurteilt worden.«

»Mit Ideen zu sympathisieren heißt aber noch lange nicht, dass er aktiv war oder ist!« Ibara merkte, dass er laut wurde, und senkte seine Stimme. »Es gibt einige Sympathisanten, das heißt gar nichts, im Gegenteil. Separatismus ist doch neuerdings total in Mode. Denk nur mal daran, was vor einigen Monaten in Katalonien los war. Aber das heißt doch nicht, dass nun die Basken, die sich die Unabhängigkeit wünschen, sofort wieder zu den Waffen greifen und Leute umbringen.« Er hob anklagend den rechten Zeigefinger in die Höhe. »Und dass in Spanien Sippenhaft gilt, ist mir neu. Sein Onkel wurde verhaftet, was sagt das über Xabi Hernandez aus? Nichts!«

»Hernandez hat außerdem in der Anlage von Torres gearbeitet, und zwar auch zu der Zeit, in der Alina Daamen dort zu Gast war. Er hat geholfen, Weinreben anzupflanzen«, fuhr Mendoza ungerührt fort, als hätte Ibara kein Wort gesagt. »Die Niederländerin hat mit sehr vielen Hotelangestellten gesprochen, es haben sich einige gut an sie erinnert. Sie hat Fragen zur ETA gestellt, auch das lässt sich anhand mehrerer Zeugen übereinstimmend belegen.«

»Die ETA hat sich 2018 aufgelöst.«

»Es könnte sich eine Nachfolgeorganisation gebildet haben. Spielt das eine Rolle, wie sich eine mögliche Terrorgruppe nennt?«

»Nein, wohl nicht.« Ibara seufzte laut.

»Na also.« Mendoza warf einen kurzen Blick auf das Schreiben und fuhr fort: »Esteban Ribeiro arbeitet gelegentlich als Kurierfahrer für Torres. Genau wie Hernandez bestreitet er, Alina Daamen gesehen zu haben, doch es besteht eine gute Chance, dass sie einander begegnet sind.«

»Esteban ist Portugiese.« Ibara verdrehte genervt die Augen. »Was sollte der mit der ETA zu schaffen haben?«

»Rafael, jetzt beruhige dich mal. Mir passt das auch nicht, was die ganze Sache für eine Entwicklung nimmt. Aber Alina Daamen hat dort irgendetwas ausgegraben und vielleicht eine Frage zu viel gestellt. Arbós vermutet, dass sie deshalb auch bei Hernandez am Hof war. Dass dem so ist, lässt sich mit Miren Silbermanns Aussage belegen.« Mendoza hob die Hand, weil Ibara schon wieder Luft geholt hatte. »Ja, ihre Aussage ist schlussendlich bei ihm angekommen, keine Ahnung, wann und wie, aber er hat sie berücksichtigt.«

Ibara verlor allmählich die Energie. Wenn alles so klar war, dann irrte er sich vielleicht wirklich, und die Indizien sprachen gegen die beiden Verdächtigen. »Aber wie passt Esteban da rein?«

»Sie vermuten, dass er nur ein Handlanger war. Hernandez hat keinen Führerschein, Esteban dagegen Zugriff auf den Fuhrpark von Torres. Im Moment ist die Spurensicherung dabei, die Reifenabdrücke, die sie an der Lichtung gesammelt haben, mit den Autos abzugleichen. Und bevor du weiter fragst: Esteban ist in ständiger Geldnot. Es ist also sehr gut möglich, dass Xabi Hernandez ihm einen ordentlichen Geldbetrag gezahlt hat, damit er die Leiche der Frau entsorgt.«

»Und woher soll ein Ziegenbauer diesen *ordentlichen Geldbetrag* hergehabt haben?«

»Das weiß ich nicht. Aber wenn es so ist, werden sie es herausfinden, meinst du nicht?«

Ibara stand auf, steckte die Hände in die Taschen seiner Jeans und trat ans Fenster. In Mendozas Büro war es dank der Klimaanlage angenehm, für draußen versprach der Wetterbericht das erste richtig heiße Frühsommerwochenende des Jahres. Entsprechend schien die Sonne von einem azurblauen Himmel, nur vereinzelt trieben weiße wattige Wolken dahin. Ein kräftiger Wind bauschte die Laubbäume gegenüber dem Gebäude der *Comisaría*. Passanten liefen in T-Shirts, Shorts oder Röcken über die Straße, lachend und ahnungslos, dass vielleicht das Leben eines jungen Mannes wegen eines falschen Verdachts ruiniert werden würde.

Natürlich war Ibara bewusst, dass er ungerecht war. Humpty Dumpty und sein Team schienen gute Arbeit gemacht zu haben. Alles passte zusammen, es gab Motive. Hatte er nicht gestern darüber nachgedacht, dass er Hernandez kaum kannte? Oberflächlich betrachtet sprach nichts dagegen, im Gegenteil: Es war durchaus möglich, dass eine zu große Nähe zur ETA bestand und der alte Mann nach ein paar gezielten Fragen von der Sorge getrieben worden war, nach all der Zeit noch enttarnt zu werden. Auch Estebans Geldnot war allgemein bekannt und unbestreitbar. Dazu die Indizien wie Reifenspuren. Alinas Leiche war nicht in einem Sack oder mit einer Decke verhüllt gewesen, wer sie transportiert hatte, musste zweifelsfrei gewusst haben, dass er dabei war, eine Tote zu entsorgen.

Alles, was er dem entgegenhalten konnte, war sein Bauchgefühl. Dann fiel ihm etwas ein. Er fuhr herum.

»Was ist mit den Knochen? Den drei Toten von vor dreißig Jahren? Da war Esteban noch nicht einmal geboren.«

Mendoza lächelte schwach. »Dazu gibt es bisher keine neuen Erkenntnisse. Aber es ist ja nicht gesagt, dass es einen Zusammenhang zwischen den Toten von damals und Alina gibt.«

»Ach ja.« Ibara legte eine Hand in den Nacken und massierte sich die Muskeln, während er weiter darüber nachdachte, warum das alles nicht so sein konnte. Aber er fand keine Schwachstelle. Im Moment sprach einiges für Arbós' Verdacht und wenig dagegen.

»Da ist allerdings eine Sache, über die ich schon seit gestern Abend nachgrübele«, hörte er Mendoza murmeln.

Er drehte sich um und erblickte seinen Chef, dessen Miene zu Ibaras Erstaunen zwischen Bedauern und Triumph schwankte.

Ibara hob fragend die Augenbrauen.

Mendoza winkte ihn zu sich und deutete auf den Computermonitor. Gemeinsam beugten sie sich über eine Satellitenansicht der Gegend bei Google Maps. Mendoza deutete auf eine Straße, die nur schwach als Einschnitt zwischen Bäumen zu erkennen war. »Hier, das ist die Straße zu der Lichtung am Fundort der Leiche. Ich habe nachgesehen. Sie wurde erst vor zwölf Jahren asphaltiert. Wenn wir einmal annehmen, dass die drei Menschen damals nicht durch ein tragisches Unglück ums Leben gekommen sind, sondern – nur mal theoretisch – auch umgebracht und ihre Leichen dort entsorgt worden sind, dann müssten der oder die Täter über eine sehr gute Ortskenntnis verfügen.«

»Was willst du damit sagen? Entlastet das Hernandez? Esteban kann es mit Sicherheit damals nicht gewesen sein.«

Mendoza lehnte sich zurück in seinen Drehstuhl und winkte Ibara, sich ebenfalls wieder zu setzen. Er faltete die Hände zu einem Dach, lehnte den Kopf in den Nacken und schloss die Augen. Eine Gestik, die so typisch für ihn war, dass Ibara der Anblick unwillkürlich etwas zur Ruhe brachte. Er konzentrierte sich auf das, was sein Chef sagen wollte.

»Ich war gestern bei den Gesprächen mit Torres dabei. Ich muss gestehen, dass es mir schwerfällt, dem Mann gegenüber gerecht zu bleiben«, sagte Mendoza nach einem Moment des Schweigens. »Torres hat einen wahnsinnigen Erfolg, er schwimmt in Geld. Da gibt es einerseits Gerüchte, dass bei seinen Geschäften nicht immer alles mit rechten Dingen zuginge. Andererseits kann der Ursprung eines solchen Geredes im Neid solcher Leute begründet sein, die weniger Glück bei ihren Investitionen hatten.«

Ibara schwieg. Das war ihm nichts Neues.

»Torres war gestern sehr … bemüht«, fuhr Mendoza fort, öffnete die Augen und richtete einen eindringlichen Blick auf Ibara.

»Sehr bemüht?«

»Du weißt, was ich meine, oder? Er war offen und zugänglich, quatschte endlos wie ein Papagei, er wolle alles tun, um die Ermittlungen zu unterstützen, das Team habe freie Hand auf dem Gelände des *Escapio*, nur bitte mit Rücksicht auf die Gäste, falls sie etwas bräuchten, er stünde zur Verfügung und so weiter und so weiter.« Mendoza räusperte sich. »Er ist lange Zeit in der Lokalpolitik aktiv gewesen, da hat er sicherlich gelernt, sich so zu geben. Aber mir war dieser ganze Auftritt zu glatt, eine Spur zu souverän, irgendwie künstlich.« Er brach mit einer lahmen Handbewegung ab.

Ibara grinste breit. »Du willst mir sagen, dass du ein unbestimmtes Bauchgefühl hast, das gegen Arbós und seine Erkenntnisse spricht.«

Mendoza zeigte auf seinen Monitor. »Das und ein weiteres Detail: Torres ist als Sohn einer mittellosen Weinbauernfamilie in genau dreihundert Meter Luftlinie vom Fundort aufgewachsen.«

»Wie bitte?«

»Glaub mir. Ich habe es gestern Nachmittag im Katasteramt nachsehen lassen. Das Grundstück gehört heute seiner Schwester. Er könnte den Fundort also kennen. Ganz theoretisch.«

»Hast du das Arbós gesagt?«

»Natürlich, was denkst du von mir?« Mendoza verzog die Mundwinkel. Es wirkte müde und frustriert.

Mit einem freundlichen Nicken versuchte Ibara, ihn dazu zu bewegen, weiterzusprechen. Stattdessen schwieg Mendoza lange. Das Summen seines Computers war das einzige Geräusch im Raum. Irgendwo im Gebäude knallte eine Tür.

Dann wischte Mendoza sich mit der Hand übers Gesicht. »Ich weiß es nicht. Meine Sorge, Arbós könnte unsensibel sein oder Torres auf die Füße treten, war völlig unbegründet. Die beiden waren sofort auf einer Wellenlänge. Vielleicht war das auch der Grund, weshalb ich den Eindruck hatte, dass der Verdacht sehr schnell auf Hernandez kam. Aber auch das ist nur ein Gefühl, verstehst du? Es war ja nicht so, dass Torres uns sofort zu ihm geschickt hat. Es passte einfach nur sehr schnell alles zusammen.«

Er holte Luft, doch er sprach nicht weiter. Im erneut folgenden Schweigen lag noch etwas Unausgesprochenes. Ibara rührte sich nicht vom Fleck.

Mendoza drehte sich mit seinem Stuhl Richtung Fenster und starrte hinaus. »Vielleicht ist es auch nur mein Eindruck, dass Arbós mehr daran gelegen ist, während der Pressekonferenz eine gute Figur zu machen. Er ist schon wieder auf dem Weg nach Bilbao und wird in ein paar Stunden die Ermittlungserfolge bekannt geben. Soweit ich das beurteilen kann, reicht der Verdacht, damit Xabi Hernandez in Untersuchungshaft bleibt. Wie es mit Esteban Ribeiro weitergeht? Ich würde sagen, dass die Vorwürfe gegen ihn nicht schwerwiegend genug sind, aber was weiß ich schon?«

»Ich kann mir nicht vorstellen, dass Esteban so abgebrüht ist, eine tote Frau in seinen Kofferraum zu laden und abzutransportieren. Wenn sie Alina in einen Teppich eingerollt oder in blickdichte Säcke verpackt hätten, vielleicht. Der Esteban, den ich kenne, ist so jung und unbedarft, der würde beim Anblick einer Leiche eher die Nerven verlieren, als sie kaltblütig im Grünen zu entsorgen.«

Mendoza nickte geistesabwesend.

Ibara hatte genug gehört. Er stand auf und winkte zum Abschied. »Ich kann mich ja noch ein wenig weiter umhören. Selbst wenn das alles den Tatsachen entspricht, gibt es da ja immer noch drei Tote, über die wir nichts wissen. Ich kann mich ja offiziell weiter darum bemühen, etwas darüber herauszufinden.«

»Sei in Gottes Namen vorsichtig, Rafael. Bitte sei vorsichtig.«

17.

Kaum hatte er das Büro verlassen, zog er sein Handy hervor und wählte Zamorras Nummer. Sie war sofort dran.

»*Buenos* Casta, schon gefrühstückt?«

»Rafa, was willst du?« Es klang gereizt, sie gähnte hörbar.

»Hast du gehört, dass Arbós zwei Verdächtige verhaftet hat?«

»Ja, das kam eben im Radio. Sie haben aber keine Namen genannt. Weißt du, wer es ist?«

»Xabi Hernandez, ein Nachbar von Miren Silbermann. Und ihr Neffe Esteban.«

»Schau an.«

»Mehr fällt dir dazu nicht ein?«

Sie gähnte abermals. »Rafa, ich habe eine Scheißnacht hinter mir. Was willst du?«

»Ich hatte gehofft, du begleitest mich, wenn ich noch ein paar Fragen stelle.«

»Wem? Warum? Hast du nicht gerade gesagt, es wurden zwei Leute verhaftet?«

»Es gibt noch drei weitere Tote.«

»Ach ja. Die Knochen.«

»Was ist, kommst du mit?« Ibara wurde allmählich ungeduldig. Er verstand Zamorras Reaktion nicht. Sie war sonst nicht so leidenschaftslos.

»Wieso?« Jetzt wurde ihr Tonfall offen aggressiv. »Habe ich eine Schicht übersehen? Muss ich heute arbeiten?«

»Nein, das nicht, aber …«

»Es ist *Samstag*!«

»Es ist nur wegen Esteban, der …«

»Deine blöden Knochen haben jahrzehntelang im Dreck gelegen. Ob wir heute oder Montag oder in drei Wochen herausfinden, wer die waren, ist völlig egal.«

»Jetzt komm mal runter, Casta! Seit wann so pietätlos?«, konterte Ibara. Er hatte allmählich genug.

Er hörte Zamorra laut durchatmen. »Ja, tut mir leid. Aber echt nicht. Zieh los, wenn du den Sherlock Holmes spielen willst, aber ohne mich. Ich habe Familie.«

Sie legte auf.

»Was zur Hölle?« Ibara blieb im Flur der *Comisaría* stehen und starrte ratlos auf das Display, bis es erlosch. Was war denn los mit der? Hatte es am Ende doch mit ihm zu tun, hatte er etwas falsch gemacht? Fühlte sie sich unfair behandelt? Fluchend steckte er das Telefon ein und verließ das Gebäude. Auf der Straße verharrte er einen Moment und blinzelte in die Sonne. Dann entschied er sich, in der *Gozotegia* um die Ecke einen *café* zu trinken und in Ruhe über die gesamte Situation nachzudenken. Erst jetzt wurde ihm bewusst, dass er fest mit Zamorra gerechnet hatte. Er mochte der routiniertere Polizist sein, auf jeden Fall der mit der weitaus größeren Erfahrung, schließlich war er siebzehn Jahre älter. Aber sie war hier in der Gegend aufgewachsen, zur Schule gegangen, kannte unzählige Leute in und um Getaria und Zarautz. Sie hatte das, was Ibara scherzhaft als »Straßenwissen« bezeichnete, das Wissen um die angeblichen Geheimnisse unter Nachbarn, die in Wahrheit alle kannten, die kleinen Skandale, die alten Geschichten der lokalen Größen. Er hätte sie zu gern über Torres ausgefragt. Natürlich könnte er Mendoza bitten, ihm zu erzählen, was er wusste. Aber erst einmal der *café*.

Ibara setzte sich an denselben Tisch, an dem er mit Cortez gesessen hatte. Er sah Carmen hinter der Theke und machte ihr ein Zeichen. Sie nickte und wusste, dass er einen *café cortado* und ein Glas Mineralwasser bestellen wollte, dazu war er oft genug hier. Zu seinem Erstaunen brachte sie ihm jedoch ungefragt einen Teller *pastelitos* mit. Ibara wollte ablehnen, aber dann wurde er schwach und dankte Carmen, die scheu lächelte, ohne ihn anzusehen.

Während er sich den Mandelpasteten hingab, wählte er einmal mehr die Nummer von Fernando Morales. Wieder ging der Anrufbeantworter an, doch der Text der Ansage war neu. Morales entschuldigte sich für ausbleibende Rückmeldungen, da er für das gesamte Wochenende ausgebucht wäre und keine weiteren Bootstouren anbieten könne. Er versprach, sich Anfang der kommenden Woche bei allen Anrufern zu melden. Ibara hinterließ keine weitere Nachricht. Inzwischen glaubte er selbst nicht mehr, dass das Gespräch mit Morales irgendetwas bringen würde. Der Mann hatte Alina Daamen zufällig kennengelernt. Falls zwischen den beiden etwas gelaufen war, das eskaliert sein könnte, wäre es dann für einen Mann mit einem Boot nicht naheliegender, ihre Leiche ins Meer zu versenken? Warum sich die Mühe machen und sie an Land in unwegsames Gelände zu transportieren? Bliebe also nur noch, dass Alina etwas zu Morales gesagt haben könnte, das ihn weiterbrachte. Das war nur ein äußerst dünner Strohhalm. Dazu konnten es ja doch Hernandez und Esteban gewesen sein. Es sprach einiges dafür und wenig dagegen. Außerdem hatte sich ohnehin bisher niemand für die Rückmeldungen über seine Ermittlungen interessiert, warum also weitermachen?

Missmutig spielte Ibara mit seinem Kaffeelöffel. Das brachte doch alles nichts. Er sollte es wie Zamorra machen, nach Hause fahren und Isobel und den Jungs dabei helfen, die Scheune zu streichen. Überhaupt sollte er Tobias und seiner Truppe sagen, dass sie weiterfahren konnten. Von Humpty Dumpty würde in der Hinsicht sicherlich so bald keinerlei Signal kommen.

Bei dem Gedanken an Zamorra fiel ihm wieder ihre Reaktion ein. Er zögerte, doch dann schrieb er ihr eine längere WhatsApp-Nachricht, in der er sich entschuldigte, sie am Samstag gestört zu haben, und ihr ein Gespräch anbot, falls er etwas falsch gemacht hatte. Die Frau war ihm im Moment ein völliges Rätsel. Sie waren immer gut ausgekommen, hatten einander gut ergänzt. Und jetzt auf einmal dieser ... Zickenalarm? Das passt nicht einmal zu ihr, fand Ibara, fragte sich jedoch zugleich, ob er sie wirklich gut genug kannte, um das beurteilen zu können.

Er hatte sein Telefon gerade auf den Tisch gelegt, als es klingelte. Einen Moment hoffte er, es wäre Zamorra, doch stattdessen meldete sich Isobel.

»Rafa, wir brauchen deine Hilfe, unbedingt!«

Ibara wurde ganz flau im Magen. »Was ist passiert?« Er sprang auf und fingerte sein Portemonnaie aus der Hosentasche.

»Wir kommen gerade von Miren. Sie und die Nachbarn sind besorgt wegen der Ziegen. Sie meinten, ob du nicht den Schlüssel zum Stall holen könntest. Weil die doch gestern Abend zum letzten Mal gefüttert worden sind. Außerdem müssten die doch gemolken werden!«

Ibara winkte Richtung Geschäft und konnte erkennen, wie Jiannis, der Inhaber der *Gozotegia*, zurückwinkte. Er legte einen Zehneuroschein unter die Kaffeetasse und ging in Richtung seines Autos, das er gegenüber der *Comisaría* geparkt hatte. Isobel hatte inzwischen weitergeplappert.

»Jetzt mal langsam, Iso. Was für Ziegen? Wovon redest du?«

Er hörte, wie Isobel Luft holte. Im Hintergrund konnte er weitere Stimmen ausmachen.

»Xabi Hernandez hat gut zwei Dutzend Ziegen.«

»Ach ja, ich erinnere mich.«

»Die stehen im Moment im Stall, und niemand kommt ran. Ein Nachbar versorgt die normalerweise, wenn Xabi mal nicht kann, aber er hat keinen Schlüssel. Den hat er bestimmt bei sich. Und da dachten wir, du könntest den Schlüssel besorgen, damit wir in den Stall und die Ziegen versorgen können. Weiß doch keiner, wann die ihn aus der Untersuchungshaft entlassen?«

»Verstehe.« Ibara war insgeheim erleichtert. Natürlich mussten die Tiere versorgt werden, aber er hatte nach Isobels Tonfall mit weit größeren Katastrophen gerechnet. Aber sofern er das einschätzen konnte, standen die Viecher nicht vor dem Hungertod. »Und der Stall ist verschlossen? Hat denn sonst niemand einen Schlüssel?«

»Ja. Nee.«

»Könnt ihr die Tür nicht aufbrechen? Ich meine, wir reden über eine Stalltür.«

»Warte.« Er hörte, wie Isobel im Hintergrund mit anderen sprach. »Sie sagen, das würden sie machen, wenn es keine andere Lösung gibt. Aber lieber wäre es ihnen, wenn du den Schlüssel besorgst.«

»Also gut.« Ibara schaute auf die Uhr, es war kurz nach elf. »Ich werde sehen, was sich machen lässt. Ich brauche aber ein paar Stunden.«

»Du bist großartig, Papa!«

»Jetzt warte ab, ich weiß nicht, ob ich was erreiche.«

»Du schaffst das!«

Ibara lächelte und beendete das Gespräch. Es musste ihr sehr wichtig sein, wenn sie ihn *Papa* nannte, was selten genug vorkam. Sie hatte vor gut einem Jahr begonnen, ihn *Rafa* zu nennen, weil sie das erwachsener fand. Wundern sollte es ihn allerdings nicht, denn wenn es um Tiere ging, war seine Tochter schwer zu halten.

Er ging zurück zu Mendoza, um zu fragen, wo Hernandez in Haft saß. Der Subcomisario wusste nicht mehr als er selbst, doch er versprach, es herauszufinden, während Ibara Richtung Bilbao aufbrach. Dorthin hatten sie die Verdächtigen am Vorabend gebracht, es war nur wahrscheinlich, dass sie in der Nähe untergebracht worden waren.

Nachdem Ibara ungefähr eine halbe Stunde auf der Autobahn unterwegs war, meldete Mendoza sich. »Ich habe mit Arbós persönlich gesprochen. Es war ein bisschen kompliziert, aber du kannst den Schlüssel auf der *Comisaría* abholen.«

»Das heißt, sie lassen mich nicht mit Hernandez sprechen?« Oder noch lieber Esteban? Er hatte gehofft, Miren aus erster Hand berichten zu können, wie es ihm ging.

»Nein, keine Chance. Ich hatte mir gedacht, dass du das gern tun würdest, aber die beiden Verdächtigen sind bis auf Weiteres von allem abgeschirmt, heißt es.«

»Wirklich? Ist das normal?«

»Ich denke, das hängt mit dem Terrorverdacht zusammen. Sie wollten den Schlüssel zuerst auch nicht herausrücken, meinten, der Stall müsse noch kriminaltechnisch untersucht werden. Ich habe denen gedroht, mich an einen Tierschutzverein zu wenden.«

Ibara lachte. »Kennst du da jemanden?«

»Im Gegenteil, nicht im Geringsten. Aber so etwas kann ganz schnell schlechte Presse geben. Stell dir mal diese Überschrift vor: *Polizei lässt Ziegen qualvoll verhungern.* Das ist genau das, was Arbós nicht möchte.«

»Stimmt.«

»Außerdem habe ich dagegengehalten, dass du keine Beweise vernichten wirst. Beziehungsweise dass das jemand längst getan hätte, wenn es etwas zu vernichten gäbe.«

»Also gut. Ich werde die ganzen gefälschten Ausweise unter den Stalldielen liegen lassen und die Munition in den Futtertrögen nicht anrühren.«

»Ich finde das nicht so witzig, Rafael. Was denn, wenn Hernandez wirklich was auf dem Kerbholz hat?«

»Schon gut, war ein ziemlich schlechter Scherz. Wir sehen zu, dass wir die Ziegen versorgt bekommen, und lassen den Schlüssel bei dem Nachbarn, der das sonst auch macht. Meine Tochter wird da schon alles in die Wege leiten.« Er verabschiedete sich und beendete das Gespräch. Dann gab er Isobel Bescheid, die vor Erleichterung lauthals ins Telefon quietschte. Nach einer weiteren halben Stunde parkte er vor der *Comisaría* und fragte sich zum Büro von Arbós durch. Er klopfte an, betrat den Raum, schloss die Tür und blieb direkt dahinter stehen. Miefiger Geruch nach altem Schweiß und vergilbtem Papier empfing ihn. Der Raum war nicht ganz so durcheinander, wie er erwartet hatte. Auf einem hüfthohen Aktenschrank und den beiden Fensterbänken stapelten sich unordentliche Papierhaufen, doch der große Schreibtisch war erstaunlich leer. Dahinter saß Arbós, schlürfte geräuschvoll aus einem Pappbecher und kaute auf einem Mars-Riegel.

»Wird auch Zeit«, knurrte er statt einer Begrüßung. »In zehn Minuten beginnt die Pressekonferenz. Dann hätten Sie warten müssen. Wobei Sie sich das auf jeden Fall anhören sollten, damit Sie mal lernen, wie gute Ermittlungsarbeit geht.« Er griff nach einem Schlüsselbund und warf es ohne Vorwarnung in Ibaras Richtung. Der fing es gerade noch auf, bevor es ihm vor die Brust donnerte, und rammte sich dabei ein spitzes Schlüsselende in die Handfläche. Mit einem stummen Fluch verzog er den Mund zu einem gequälten Lächeln und steckte die Schlüssel ein.

»Heißt das denn, es ist sicher, dass es Hernandez war und Ribeiro ihm geholfen hat?«

Arbós biss in den Mars-Riegel. »Es sind nur noch Detailfragen zu klären«, erklärte er selbstzufrieden schmatzend. Er stand auf, und der Geruch nach altem Schweiß wurde stärker. Mit einem Anflug von Ekel bemerkte Ibara unter dessen Achseln weiße Ränder auf dem Jackett. Er bemühte sich, unauffällig durch den Mund zu atmen.

Der Comisario umrundete seinen Schreibtisch, stellte sich an eines der beiden Fenster und schaute gedankenverloren hinaus. Dabei aß er den Riegel auf und ließ das zerknüllte Papier achtlos fallen.

Ibara versuchte seinem Blick zu folgen, konnte aber nichts außer austauschbaren Gebäudefassaden erkennen. Bilbao war in den letzten dreißig Jahren von einem Geheimtipp zu einem der beliebtesten touristischen Ziele für Kunst- und Architekturliebhaber aufgestiegen – was nicht hieß, dass es nicht auch solche Gegenden mit charakterlosen Bauten gab, die einzig dem Zweck dienten, möglichst viele Leute auf einem Fleck in Büros zu pferchen. Er wartete. Er konnte das Büro nicht einfach so verlassen, obwohl er nichts lieber als das getan hätte.

»Sie kennen den kleinen Ribeiro, stimmt's?« Arbós klang immer noch so, als habe er den Mund voll.

Ibara wäre um ein Haar zusammengeschreckt. »Flüchtig, ja. Er ist der Neffe einer Nachbarin und häufig bei ihr.«

»Ja, diese Alte, die eine Aussage gemacht hat.« Er sagte das in einem Tonfall, als hätte Miren Silbermann ihn mit einem dämonischen Bannfluch belegt.

Ibara konzentrierte sich darauf, einen neutralen Gesichtsausdruck zu bewahren und flach zu atmen.

»Ich glaube nicht, dass der beteiligt ist«, fuhr Arbós überraschenderweise fort. »Wenn wir nichts finden oder er eine Aussage macht, werden wir ihn heute Abend laufen lassen.«

»Interessant.« Ibara fiel es schwer, seine Stimme sachlich und nüchtern klingen zu lassen. Wenn sie nichts gegen ihn in der Hand hatten, warum hielten sie Esteban dann fest? Das war doch reine Schikane.

Arbós drehte sich um und fixierte ihn mit seinen Schweinsäuglein. »Ich weiß genau, was Sie gerade denken. Das trifft trotzdem keinen Falschen. Er hat ein Geldproblem, und sein Screeningtest war positiv auf MDMA und THC. Wenig Geld und Drogenkonsum ist eine brisante Mischung. Früher oder später führt das zu Beschaffungskriminalität. Immer.« Er ging zum Schreibtisch und nahm eine Dokumentenmappe.

Eine neue Wolke Schweißgeruch wehte Ibara entgegen. Er konnte kaum noch atmen.

»Besser jetzt, Ibara.« Arbós lächelte selbstgefällig.

»Wie bitte?«

»Für solche Leute wie Ribeiro kann so ein Kurzaufenthalt in der U-Haft Wunder bewirken. Damit er nicht noch weiter abrutscht und am Ende seine alte Tante beklaut. Ich weiß, wovon ich spreche.«

Er kam auf Ibara zugewatschelt, der einen Schritt zur Seite machte. Ohne ein weiteres Wort riss der Comisario die Tür auf und ging hinaus. Ibara starrte ihm fassungslos nach. Sein Blick wanderte zurück zum Schreibtisch. Einen Moment lang war er versucht, sich die Unterlagen über Alinas Fall anzusehen, herauszufinden, was Arbós ihm alles vorenthielt, da er ihn nicht als Teil des Teams betrachtete. Wenn es einen Grund gäbe, die Papiere zu durchwühlen, dann könnte er sich einreden, dass der Zweck die Mittel heiligte. Aber es gab keinen Grund, daher beherrschte er sich. Dieser Humpty Dumpty war das personifizierte schlechte Benehmen, dem musste er nicht nacheifern. Für Comisario General Miguel Arbós war Rafael Ibara eine lästige Randfigur, ein Dorfpolizist, der sich mit dem Rang des Comisario schmückte – vermutlich wusste er nicht einmal, warum er sich so nennen durfte, und ganz sicher interessierte es ihn nicht. Was hatte Mendoza gesagt? Sohn eines Fischers aus Getaria, der froh war, der Provinz entkommen zu sein. So einer musste sich nicht mit einem dahergelaufenen Möchtegernermittler herumschlagen.

Ibara merkte, dass sein Kiefer sich völlig verkrampft hatte und er die Hände zu Fäusten geballt hatte. Er stieß einen leisen Fluch aus und verließ das Büro. Die Tür ließ er offen stehen. Das war nicht sein Problem.

18.

Normalerweise war Ibara kein Mensch, der zu schlechter Laune neigte. Im Gegenteil, meistens war er derjenige, der mit seinem gelassenen Gemüt die anderen zur Weißglut bringen konnte, wenn er sich weigerte, aus kleinen Missgeschicken, die das Leben einfach mit sich brachte, große Dramen zu machen. Die einzige Ausnahme war die Zeit, in der Sofia ihn sitzen lassen hatte. Da hatte es einige Monate gedauert, bis er einigermaßen zu seinem alten Ich zurückgefunden hatte. Letzten Endes hatte er sich erfolgreich eingeredet, dass es Isobels Mutter nicht zurückbrachte, wenn er Trübsal blies. Sicherlich war in der ersten Zeit eine gute Portion trotzige Verdrängung dabei gewesen. Aber das war unerheblich. Seine Tochter brauchte ihn, und zwar ausgeglichen und guten Mutes, wenn sie ihn fragte, wann ihre Mami zurückkäme. Finia hatte es ihm damals hoch angerechnet, dass er sich zuversichtlich und heiter gegeben hatte. Sie dagegen trug es an schlechten Tagen ihrer Tochter heute noch nach, einfach abgehauen zu sein.

Aber dieser Tag, besser gesagt, diese Folge von Tagen, angefangen mit dem Anblick von Alina Daamens bleichem Gesicht inmitten des Unkrauts und der Knochen, stellte seinen Gleichmut auf eine harte Probe. Während Bilbaos Stadtleben um ihn herum lärmte und die Mittagstemperaturen auf einen neuen Höchststand kletterten, wobei es ihm hier in der Stadt viel heißer vorkam als zu Hause, stand Ibara vor seinem Auto und überlegte, was er tun sollte. Einerseits war die Sache klar: Isobel, Hernandez’ Nachbarn und wer sonst noch dort warten mochte, den Schlüssel bringen. Andererseits befürchtete er, dabei Miren Silbermann über den

Weg zu laufen. Ihm war nicht wohl bei dem, was Arbós über ihren Neffen Esteban gesagt hatte. Sicher, lange nicht alle jungen Menschen, die ein paar Pillen einwarfen oder Joints rauchten, gerieten auf die schiefe Bahn. Das war eine maßlos übertriebene Verallgemeinerung. Ibara konnte sich noch gut genug an seine Schulzeit und die späteren Ausbildungsjahre erinnern, da waren Geldnot und zumindest gelegentlicher Drogenkonsum unter einigen Freunden an der Tagesordnung gewesen. Er selbst hatte zwar in seinem gesamten Leben nie etwas anderes als Alkohol zu sich genommen, aber er nahm eine eher liberale Haltung ein. In Spanien war der Konsum von Cannabis ohnehin entkriminalisiert und galt als Ordnungswidrigkeit. Insofern konnte Arbós das positive Screening kaum gegen Esteban verwenden, um ihn in Untersuchungshaft zu behalten. Der Befund von MDMA war etwas anderes. Vermutlich hatte er ein paar Party-Pillen eingeworfen. Aber auch in dieser Hinsicht sah Ibara nicht zwangsläufig, dass der junge Mann auf dem Weg in die Kriminalität war, schon gar nicht, dass er wegen ein paar Euro zum Mordhelfer wurde. Denn mal angenommen, Hernandez hatte Alina Daamen umgebracht und Esteban davon überzeugt, ihm zu helfen, was konnte ein Bauer schon zahlen? Ibara war nicht bekannt, dass irgendjemand in der Nachbarschaft von Miren Silbermann in Geld schwamm. Mit dem Verkauf von Ziegenkäse wurde Hernandez nicht reich.

Die Ziegen – genau, er hatte noch etwas zu erledigen. Ibara riss die Autotür auf und stieg ein. Als er die Stadtgrenze von Bilbao erreicht hatte, hatte er einen Radiosender mit Achtzigerjahre-Hits gefunden, die erstaunlicherweise dem entsprachen, was er zu der Zeit auch in Hamburg und

Brüssel gehört hatte. In Sachen Popmusik war die europäische Einheit offensichtlich schon Ende des letzten Jahrhunderts abgeschlossen gewesen.

Ibara summte die Titel von Wham! und Depeche Mode mit und hatte nach nur wenigen Autobahnkilometern seinen Gleichmut wiedergefunden. Kurz überlegte er, ob er sich noch einen Abstecher nach Gaztelugatxe erlauben konnte. Doch er ließ es sein. An einem Samstag wurden die Touristen dort vermutlich inzwischen mit Bussen angekarrt. Und ihm stand nicht der Sinn nach internationalen Menschenmassen. In einer Mitteilung des staatlichen Tourismusverbandes *turismoaren euskal agentzia* hatte er gelesen, dass die Zahl der Besucher von 2000 auf 150.000 angestiegen war, seit die ehemalige Klosterinsel als Drehort für *Dragonstone* hatte herhalten müssen. Von einem wildromantischen Ort und Geheimtipp konnte da keine Rede mehr sein. Außerdem war Alina Daamen laut ihrem Instagram-Profil vor ihrer Weiterreise nach Getaria und ins *Escapio* dort gewesen, sie hatte erst am Freitag, den 30. Mai in Torres' Resort eingecheckt, das hatte Mendoza ihm gesagt. Die ersten Bilder von Gaztelugatxe hatte sie am Mittwoch zuvor gepostet. Ibara fiel nicht ein, was es bringen könnte, ihren Besuch dort zu rekonstruieren. Außerdem wurde Isobel bestimmt allmählich ungeduldig.

19.

Eine knappe Stunde später parkte er neben Miren Silbermanns Hofeinfahrt und ging ein paar Meter weiter zu Fuß zum Rand des Dorfes. Xabi Hernandez bewohnte ein winziges Haus mit einer Fassade, die vollkommen mit wildem Wein bewachsen war. Eine weiße Katze mit braunen und schwarzen Flecken kauerte vor der Haustür. Ibara erinnerte sich daran, dass Miren erwähnt hatte, Alina habe fotografiert. Kurz blieb er stehen und ließ seinen Blick über die Katze und das dichte Blattwerk schweifen. Zweifelsohne ein schönes Motiv, aber auf den zweiten Blick nichts Besonderes. Solche Häuser mit Wein- und Efeuranken, Gold- und Blauregen oder Hortensienbüschen gab es die gesamte Atlantikküste runter.

Er ging an einer flachen Natursteinmauer entlang bis zu einem Durchgang und betrat das Grundstück. Hinter dem Haus erstreckte sich nach einem schmalen Streifen Gras mit einer einsamen Eiche ein gepflasterter Hof und dahinter ein flaches weiß getünchtes Stallgebäude, aus dem der unverwechselbare Gestank von Ziegen drang. Leises Meckern drang durch die gekippten schmalen Fenster unter der Dachtraufe. Vor einer Tür in der Mitte des Gebäudes standen Isobel, Lukas und ein stämmiger Mann um die fünfzig im Unterhemd, mit schwarzer Cordhose und einer Baskenmütze. Schon von Weitem konnte Ibara sehen, dass die drei schwitzten. Die Mittagssonne knallte direkt auf die Fassade.

»Na endlich!« Isobel schob ihre Sonnenbrille nach oben ins Haar und winkte. Sie trug nur ein Spaghettiträger-Top mit Hotpants und Flipflops.

Ibara deutete auf ihre Schuhe. »Nicht gerade das richtige Outfit für die Stallarbeit, was? Warum habt ihr nicht im Schatten gewartet?«

Der Baske lüpfte seine Mütze und rieb sich mit dem Unterarm den Schweiß aus dem Gesicht. Dabei murmelte er etwas, das vermutlich eine Begrüßung sein sollte.

»Wir wollten die Tür gerade aufbrechen«, erklärte Lukas. »Señor Etxebarria wollte schauen, ob er das ohne großen Schaden hinbekommt.«

»Soso.« Ibara verzichtete auf eine genauere Nachfrage, denn er konnte weit und breit kein Stemmeisen oder ähnliches Werkzeug entdecken, und über die Schlossknacker-Fähigkeiten dieses Herrn wollte er lieber nichts Genaueres wissen.

Er schloss die Tür auf, wobei ihm das erstaunlich moderne Schloss auffiel. Waren Ziegen so wertvoll? Der Pferdeverschlag auf Finias Hof war nicht großartig gesichert, und soweit er sich erinnerte, war das mit den anderen Tieren, die sie bis vor einigen Jahren gehabt hatte, auch nicht anders gewesen. Einzig der Hühnerstall war des Nachts verriegelt und verrammelt gewesen, aber das hatte eher mit tierischen als menschlichen Hühnerdieben zu tun.

Der Geruch, der ihnen entgegenschlug, war überwältigend. Lukas keuchte und hustete hinter vorgehaltener Hand, Isobel rümpfte die Nase. Einzig Señor Etxebarria gab sich vollkommen unbeeindruckt. Er betrat den Stall und gab Isobel und Lukas mit barscher Stimme in einem rasend schnellen Baskisch Anweisungen. Ibara verstand so viel, dass die beiden die Ziegen erst mit Heu füttern sollen, damit sie Ruhe gaben und dann gemolken werden konnten.

Er blieb einen Moment draußen stehen und entschied

dann, dass die Ziegen auch nicht schlimmer stanken als Humpty Dumpty, und betrat den Stall. Er war in fünf Bereiche abgeteilt, in denen je vier bis sechs Ziegen in verschiedenen Größen, die meisten braun oder braun-weiß gefleckt, meckernd durcheinanderwimmelten. Señor Etxebarria kannte sich aus, und während Lukas und Isobel Arme voller Heubüschel anschleppten, betrat er mit einem Eimer und einem Schemel den ersten Verschlag und begann sofort zu melken. Fasziniert beobachtete Ibara, wie die Ziege ganz selbstverständlich stehen blieb und nur ab und zu den Kopf schüttelte, um lästige Fliegen zu verscheuchen. Nach nur wenigen Minuten war sie fertig und wurde mit einem Klaps entlassen.

Ibara kam sich überflüssig vor. Er ging zu einem großen Tor an der kurzen Seite des Stalles und öffnete es, nach dem er sich mit einer Geste und einem kurzen Blick über die Schulter bei Señor Etxebarria rückversichert hatte, dass es in Ordnung ging. Heiße, aber frische Luft wehte in den Stall. Hinter dem Gebäude gab es ein Labyrinth verschiedener Gatterzäune, die weiter zu einem sanften Abhang mit eingezäunten Weiden führten. Ibara lehnte sich mit der Schulter gegen die Wand nahe des Tores und betrachtete das satte Grün, die einzeln stehenden Eichen und den wolkenlosen Himmel. Das Baskenland war bekannt für schlechtes Wetter und viel Regen. Die Touristen freuten sich natürlich nicht sehr darüber, aber Ibara mochte das Klima. Hamburg stand in keinem besseren Ruf, insofern war er Regen in allen Formen gewohnt, und es machte ihm wenig aus. Außerdem zeigte sich der Vorteil ab August oder spätestens September. Während der Rest Spaniens nur noch braunes trockenes Gras und möglicherweise von den häufigen Waldbränden verheerte Landschaft zu bieten hatte, blieb das Baskenland grün. Solche Weiden, das musste ein Ziegenparadies sein.

Er drehte sich wieder um und beobachtete verstohlen seine Tochter. Mit einer Selbstverständlichkeit, als hätte sie ihren Lebtag nichts anderes getan, ließ sie sich von dem Basken erklären, wie man melkte. Lukas stand daneben und versuchte, mit vorgereckter Brust und verschränkten Armen männlich zu wirken. Mit den blonden Haarfransen, die ihm zu allen Seiten abstanden, der abgeschnittenen Jeans und einem alten Diesel-T-Shirt gelang ihm das eher schlecht. Schmunzelnd fragte sich Ibara, ob er da gerade einer Version seines jüngeren Ichs aus den Neunzigern gegenüberstand. Falls es so war, müsste er sich keine Sorgen machen, oder? Denn die Wahrheit war doch, dass die Probleme zwischen ihm und Sofia erst Jahre später aufgekommen waren, als sie aus heiterem Himmel gemeint hatte, acht Jahre Altersunterschied seien zu viel und er inzwischen alt und spießig, sie dagegen noch jung und wolle das Leben noch genießen. Und weg war sie, als hätte es die gemeinsame Zeit und das gemeinsame Kind nie gegeben.

Während Ibara seinen Gedanken nachhing und die wärmende Sonne in seinem Rücken genoss, hatten Isobel und Señor Etxebarria ihre Arbeit in zwei der fünf Verschläge beendet. Der Baske gab Isobel ein paar Anweisungen, nahm Eimer und Schemel und betrat den dritten. Die beiden jungen Leute öffneten je ein Gatter und trieben die fertig gemolkenen Ziegen in Richtung der Weide. Die ließen sich nicht lange bitten und rannten fröhlich meckernd und übereinander springend ins Freie. Lukas öffnete und schloss auf Isobels Anweisung hin einige Gatter, während sie die Eimer in einen größeren Bottich umfüllte und weitermelkte.

Ibara ging in den Stall und wollte ihr gerade zurufen, ob er noch etwas tun könne, als ihm eine Holzverkleidung in einem der leeren Verschläge auffiel. Die Ziegen hatten ordentlich an den Rändern herumgenagt, sodass ein Brett herausstand. Ibara ging hin, zog an dem Brett und hielt es sofort in der Hand. Zwei Nägel ragten schief oben heraus, ein Büschel Ziegenhaar hatte sich daran verfangen. Hinter der Verkleidung lagen die weiß getünchte Wand und einige Wasserrohre. Ibara ging in die Hocke und hielt das lose Brett vor die Öffnung und überlegte, ob er es so festmachen konnte, dass die Ziegen es nicht bei nächster Gelegenheit wieder herausbrachen. Da fiel ihm ein metallener Schimmer auf. Er beugte sich vor und versuchte, hinter die Holzverkleidung zu blicken. Von winzigen Streifen Licht zwischen ein paar Brettern abgesehen war es zu dunkel, um etwas zu erkennen. Ibara zog sein Handy heraus und leuchtete damit in die Öffnung. Der Lichtstrahl traf auf einen länglichen metallenen Kasten ungefähr eine Armlänge entfernt. Ibara versuchte hineinzugreifen, konnte den Kasten jedoch gerade einmal mit den Fingerspitzen berühren. Er stand auf und betrachtete die Holzverkleidung an der Stelle, an der der Kasten ungefähr liegen musste. Er bemerkte drei winzige Riegel, die die Bretter dort an Ort und Stelle hielten, unsichtbar, wenn man nicht danach suchte.

»Rafa? Was machst du da?«, hörte er Isobels Stimme hinter sich.

Er löste die Riegel. Die Bretter kippten nach vorne. Direkt dahinter lag der Kasten.

»Seid ihr fertig?«, fragte er, ohne sich umzudrehen. Stattdessen hockte er sich wieder hin. Auf einmal kamen ihm Arbós' Bedenken, der Stall müsse noch kriminaltechnisch untersucht werden, gar nicht mehr so weit hergeholt vor. Xabi Hernandez hatte hier ganz offensichtlich etwas versteckt, das nicht jeder finden sollte. Sollte er den Kasten öffnen?

Plötzlich kniete Isobel neben ihm und streckte die Hand aus. »Krass, was ist das denn?«

»Finger weg!«

Isobel zuckte zurück. »Willst du nicht reingucken?«

Ibara zögerte. Natürlich wollte er das. Aber einerseits wäre es vermutlich klüger, Arbós anzurufen und ihn zu bitten, sofort ein Team vorbeizuschicken. Es wäre sogar ganz sicher klüger, sofern Hernandez an der Tat beteiligt beziehungsweise der Täter war und sich hier ein Beweis für seine Schuld verbarg. Andererseits konnte es sich genauso gut um einen Vorrat an Damenunterwäsche handeln, die Hernandez heimlich trug.

»An der Kiste ist nur ein Riegel, Rafa«, murmelte Isobel.

Ibara verkniff sich ein Grinsen. Da konnte er sich nach außen noch so abgeklärt geben, er war nicht weniger neugierig als seine Tochter. Und es gab ja durchaus noch die Möglichkeit, dass hier etwas versteckt war, das nichts mit dem Mord an Alina Daamen zu tun hatte. Wenn Ibara ehrlich war, hatte er beim Anblick des Kastens seine Meinung geändert. Er hielt es nun für immer weniger wahrscheinlich, dass Hernandez unschuldig war, aber die Möglichkeit bestand.

Sein Blick fiel auf eine rostige Schraube, und er überlegte nicht länger. Mit dem Kopf der Schraube schob er den Riegel millimeterweise zurück und hob den Deckel an. Metall scharrte über Metall, und dann schnappte der Deckel mit einem Scheppern auf und fiel zur Seite.

»Was für ein krasser Scheiß!«, kommentierte Isobel.

Ibara starrte auf die beiden Pistolen. Deutsche Fabrikate, Walther P.38, wenn ihn sein Gedächtnis nicht trog. Eine Armee-Pistole, die millionenfach in der Wehrmacht und auch später in der Bundeswehr eingesetzt worden war. Massenware, an die heranzukommen in bestimmten Kreisen nicht allzu schwer sein dürfte. Zum Beispiel in Kreisen, die mit terroristischen Vereinigungen sympathisierten.

Mit einem schweren Seufzer erhob Ibara sich und klopfte Isobel auf die Schulter. »Ich glaube, du bekommst was zu tun. Bitte sprich mit Señor Etxebarria, welche Möglichkeiten er kennt, die Ziegen für ein paar Tage woanders unterzubringen oder auf der Weide zu lassen. Ich fürchte, in diesen Stall können sie nicht so bald zurück. Kümmerst du dich darum?«

Isobel strahlte über das ganze Gesicht und wurde vor Stolz direkt zwei Zentimeter größer. »Aber klar!« Sie salutierte und machte auf dem Absatz kehrt. Mit einem traurigen Lächeln blickte Ibara ihr nach. Was für ein Jammer, dass ihre Mutter nicht interessierte, was für eine großartige Tochter sie hatte …

Er wollte gerade Arbós anrufen, als ihm auffiel, dass er gar keine Nummer hatte. Der Comisario General hatte es bisher nicht für nötig befunden, ihm seine Handynummer mitzuteilen. Kurz überlegte Ibara, ob er stattdessen Doctora Cortez Bescheid geben sollte, doch dann entschied er sich für den Weg über seinen Chef. Das war sicherlich diplomatischer, wer wusste schon, was er mit einem Anruf bei der Rechtsmedizinerin alles falsch machte.

20.

Es wurde ein langer Nachmittag. Ibara hatte von seinem Chef Anweisung erhalten, den Stall abzusperren und mögliche Neugierige fernzuhalten, bis Arbós und seine Leute anrückten. Señor Etxebarria gab sich wortkarg, ohne dass er darum gebeten worden war, dennoch sprach sich unter den Bewohnern des winzigen Ortes schnell herum, dass im Ziegenstall ihres verhafteten Nachbarn etwas vor sich ging, dass die Polizei auf den Plan gerufen hatte. So kamen immer wieder neue Leute »zufällig« vorbei, um einen Schwatz mit Ibara zu halten. Amüsiert bemerkte er, dass unter ihnen einige Ältere waren, die er vom Sehen her kannte und die stets so getan hatten, als beherrschten sie kein einziges Wort Spanisch. Jetzt reichte ihr Wortschatz plötzlich aus, um dem Comisario beiläufige Fragen zu stellen und die Antwort zu verstehen.

Ibara bat Lukas, das große Tor zu den Weiden im Auge zu behalten, während er geduldig vor der kleineren Stalltür in der Sonne schmorte, wenn er nicht gerade zwischen dem Schatten der einzelnen Eiche und der Tür hin- und herpendelte. Einen dritten Zugang gab es nicht, das hatte er überprüft. Nach gut einer halben Stunde kam Miren Silbermann in Begleitung einer Frau, die einen Monoblock-Plastikstuhl trug. Miren humpelte und stützte sich auf einen Stock, in der anderen Hand hielt sie eine Thermoskanne.

»Rafael, bleib im Schatten! Diese Hitze verträgt doch kein normaler Mensch.«

Er ging ihnen lächelnd entgegen. »Mich haut die Sonne so schnell nicht um. Aber schön, wenn wenigstens du dir Sorgen um mich machst. Die Kollegen scheinen es nicht gerade eilig zu haben.«

Miren winkte mit der Thermoskanne in Richtung ihrer Begleiterin und ging an Ibara vorbei, ohne anzuhalten. »Das ist Alize, meine Nachbarin.«

Sie blieb erst stehen, als sie den Schatten des Baumes erreicht hatte. Die jüngere Frau lächelte schüchtern zu ihm auf, als Ibara ihr den Plastikstuhl abnahm. Er war sich ziemlich sicher, dass sie einander noch nicht begegnet waren, denn er hatte in der Regel ein gutes Gedächtnis für Gesichter. Allerdings hatte Alize keine besonderen Merkmale, die einem in Erinnerung blieben. Kleine Nase, dezent geschminkte dunkle Augen, dunkelbraunes leicht gelocktes Haar, das sie zu einem lockeren Knoten aufgesteckt hatte. Um ihre Augen und den Mund hatte sie kaum Falten, sie mochte höchstens um die dreißig sein.

Gemeinsam gingen sie zu Miren in den Schatten. Ibara stellte den Stuhl ab und winkte einladend.

Die alte Señora schnaubte belustigt. »Der ist für dich. Ich gehe zurück ins Haus, bis es heute Abend wieder kühler wird. Ich weiß ja nicht, wie lange du hier noch warten musst.« Sie reckte energisch das Kinn.

Ibara zuckte mit den Schultern, zog seine Sonnenbrille ab, wischte den Schweiß von den Bügelenden und setzte sie wieder auf.

Miren hob die Thermoskanne. »Hier ist Cola drin. Zucker und Koffein, eiskalt. Du musst trinken bei dem Wetter.«

»Miren, ich muss zurück, ja?« Alize wandte sich an sie und wurde mit einem ungeduldigen Wedeln entlassen.

Miren wartete, bis sie sich ein paar Schritte entfernt hatte. »Endlich«, murmelte sie dann. »Ich konnte den Stuhl nicht allein tragen. Sie ist ein liebes Mädchen, aber ein wenig … dämlich. Ich weiß nicht, wie ich es sonst sagen soll.«

»Danke sehr.« Ibara nahm die Thermoskanne entgegen. Er wollte nicht weiter über Alize sprechen. »Es sieht nicht gut aus für deinen Nachbarn Xabi Hernandez.«

Miren brummte und legte den Kopf in den Nacken, um ihn streng anzuschauen. Belustigt bemerkte Ibara, dass ihm dieser Blick durchaus imponierte. Mit einer geschmeidigen Bewegung ließ er sich, wo er stand, ins Gras fallen, und wie er gehofft hatte, setzte Miren sich daraufhin auf den Stuhl.

»Was habt ihr gefunden?«, fragte sie.

»Das kann ich nicht sagen.«

»Soll ich Michele fragen?«

»Wen?«

»Etxebarria.«

»Der wird dir wenig verraten können. Er weiß, dass ich hinter einer Holzverkleidung eine Metallkiste gefunden habe.«

»Hat es mit dem Mord an dem Mädchen zu tun?«

»Könnte sein.«

Miren schwieg. Dann schnaubte sie wie ein ungeduldiges Pferd. »Jetzt sag schon.«

»Den Teufel werde ich.« Ibara überlegte fieberhaft, wie er sie ablenken könnte. Dann fiel ihm ein, dass er sich bis zu dem Zeitpunkt, als er die Pistolen entdeckt hatte, eigentlich um Alfredo Torres kümmern wollte. »Zamorra hat doch gestern erzählt, dass Torres das Grundstück für sein Hotel damals günstig aufkaufen konnte. Weißt du da Näheres?«

»Was hat Torres mit alldem zu tun?«

»Vielleicht nichts. Es interessiert mich einfach.«

Miren stützte beide Hände auf den Knauf ihres Stocks und beugte sich etwas nach vorne. »Ich sage dir etwas. Ich habe keine Idee, was du da gefunden hast, aber Xabi ist ein herzensguter Mensch. Er ist vielleicht kein Engel. Aber guck dir die Ziegen an, wie gut er sich um die kümmert. In all den Jahren, in denen ich hier lebe, war der nie in Schwierigkeiten. Der ist eher still, trinkt wenig, war nie in Schlägereien oder so etwas verwickelt. Weißt du, ich kann mir vorstellen, dass jemand mal im richtigen Moment durchdreht. Ich weiß auch, zu was die Menschen fähig sind. Meine Mutter hat immer wieder davon erzählt, wie sie da am Kriegsanfang von den Nachbarn aus ihrem Geschäft herausgetrieben worden sind. Ich erinnere mich selbst noch daran, wie sie mit Steinen nach uns geworfen und alles geklaut haben, was nicht niet- und nagelfest war. Und dennoch … Vielleicht bin ich ja naiv: Ein wütender, Steine werfender Mob ist eine Sache. Aber zu töten ist etwas anderes. Einen Menschen umzubringen, das muss doch Überwindung kosten?« Sie schürzte die Lippen und sah ihn um Zustimmung heischend an.

Ratlos schüttelte Ibara den Kopf und nickte dann. »Keine Ahnung. Ich kenne mich mit solchen psychologischen Themen nicht aus. Ich kann es mir jedenfalls nicht vorstellen, wie es wäre, einer jungen Frau eine Eisenstange über den Kopf zu ziehen, um sie zu töten. Oder überhaupt die Absicht zu haben, irgendjemanden umzubringen. Aber vielleicht war ich auch noch nie in einer solchen Situation.« Was, wenn jemand versuchen würde, Isobel oder Finia etwas anzutun? Oder auch während eines Einsatzes Zamorra in Gefahr geriete, was würde er tun? Aber das wäre eine vollkommen andere Ausgangslage. Es fiel ihm schwer, sich eine Situation vorzustellen, in der Alina Daamen einen Mann wie Xabi Hernandez bedrohen könnte, sodass der keinen anderen Ausweg mehr gesehen hatte, als zuzuschlagen. Und falls dieses verrückte Szenario zuträfe, so hätte der doch die Polizei verständigt und erklärt, was passiert wäre? Denn dann wäre es doch Notwehr oder Affekt, was auch immer, aber keine kaltblütige Tat?

»Also gut, Alfredo Torres«, sagte Miren irgendwann in die Stille hinein. »Was willst du wissen?«

»Weißt du, wann er sein erstes Hotel gebaut hat?«

»Natürlich. Das war 89 das Hotel Costa Esmeralda südöstlich von Getaria. Sie wollen da im Herbst Jubiläum feiern. Das hat Esteban erzählt.«

»Dann müsste er ein oder zwei Jahre zuvor das Grundstück gekauft haben.«

»Zwei Jahre. Die Eigentümer waren unter den Opfern bei diesem großen Anschlag in Barcelona 87. Ich kann mich aber leider nicht mehr an den Namen der Familie erinnern. Junge Leute sollen das gewesen sein. Mehrere Geschwister hatten das Grundstück geerbt und es dann verkauft. Von denen lebt niemand mehr in der Gegend, soweit ich weiß. Darüber hat damals viel in der Zeitung gestanden. An die ganzen Einzelheiten erinnere ich mich nicht mehr.«

»Das war ein Anschlag der ETA?«

»Ja. Auf ein Kaufhaus.« Sie stockte kurz. »Nein, es war ein Supermarkt. Über zwanzig Opfer, alles Zivilisten. Das war ein riesiger Fehler. Bis dahin hatte es die ETA auf Polizisten und deren Angehörige abgesehen. Nach diesem Anschlag änderte sich die Stimmung. Die Leute begannen, gegen die ETA zu demonstrieren, viele Sympathisanten wandten sich ab. Unschuldige Zivilisten wegzubomben war für die meisten etwas ganz anderes, als Polizisten oder Politiker zu töten. Sie waren zu weit gegangen.«

Ibara dachte über ihre Worte nach. War es Zufall gewesen, dass die vorherigen Eigentümer von Torres' Grundstück an jenem Tag in Barcelona gewesen waren? Basken, die bei einem Anschlag einer baskischen Terrororganisation im fernen Katalonien ums Leben kamen? Soweit er wusste, war der größte Teil der Anschläge im Baskenland verübt worden. Was, wenn Alina Daamen in dieser Richtung recherchiert hatte? Vielleicht war bei dem Verkauf des Grundstücks nicht alles mit rechten Dingen zugegangen? Auf einmal wurde Ibara siedend heiß, und das kam nicht von der brütenden Sonne. Die Knochen. Dreißig bis vierzig Jahre alt, hatte Cortez gesagt. Zweiunddreißig Jahre waren der Anschlag und der anschließende Verkauf des Grundstücks her. Was, wenn diese beiden Ereignisse auf irgendeine Weise zusammenhingen?

Ibara wandte sich ab, damit Miren ihm nicht vom Gesicht ablesen konnte, was er gerade dachte: Falls er davon ausging, dass beide Taten zusammenhingen, verdächtigte er damit einen der mächtigsten Männer in der Gegend nicht nur eines, sondern mehrerer Morde. Der Gedanke war unfassbar, unverschämt, unmöglich. Aber er bekam ihn nicht mehr aus dem Kopf. Er musste mehr über die Umstände von damals herausfinden. Sollte er mit Arbós über seine Vermutungen sprechen? Nein, das war zu früh. Er brauchte wenigstens ein paar konkretere Indizien. Er würde mit Mendoza sprechen, dass Torres damals beim Ankauf des Grundstücks profitiert haben könnte, war seine Idee gewesen.

»Danke, Miren.« Mit diesen Worten griff er nach der Thermoskanne und ließ damit offen, ob er ihre Auskünfte meinte oder ihre Fürsorge. Er nahm einige große Schlucke. Normalerweise war er kein Freund von Cola, aber das eiskalte zuckersüße Gebräu weckte seine Lebensgeister.

»Bitte entschuldige mich. Ich muss telefonieren.«

»Natürlich. Du hast deine Arbeit, Rafael. Wenn du noch etwas wissen willst, weißt du ja, wo du mich findest.«

Er erhob sich und klopfte sich ein paar Grashalme von der Jeans. Dann half er Miren auf die Beine und sah ihr nach, wie sie langsam, aber mit geradem Rücken und gestreckten Schultern davonging.

Kaum war sie außer Sichtweite, rief er Doctora Cortez an.

»Rafael, schön, von Ihnen zu hören.«

Er lächelte unwillkürlich, denn es klang ernst gemeint und nicht wie eine höfliche Floskel. Das tat gut, nachdem Arbós so desinteressiert war und sich auch hier nach wie vor niemand blicken ließ.

Ibara stellte ein Bein auf den Stuhl und lehnte sich auf sein Knie. »Ich wollte mich erkundigen, ob Sie schon etwas Genaueres über die Knochenfunde wissen.«

»Ach, schön, dass sich dafür auch noch mal jemand interessiert.«

»Wie bitte?«

»Entschuldigen Sie.« Jetzt klang sie genervt. »Ich hatte einfach erwartet, dass nach der raschen Aufklärung von Alina Daamens Tod sich endlich jemand für diese Morde interessiert. Diese drei Menschen mögen schon lange tot sein, und vermutlich haben die Angehörigen mit ihrem Verschwinden längst abgeschlossen, aber ich finde es dennoch wichtig, wenn es aufgeklärt wird.«

»Sie sagten, es war Mord?«

»Ziemlich sicher. Wir wissen inzwischen, dass es ein Mann und eine Frau waren, beide Ende zwanzig. Das Kind war ein Junge, allerhöchstens acht Jahre. Er hatte noch zwei Milchzähne.«

»Eine Familie.«

»Sehr gut möglich. Leider haben wir keine Eheringe oder Ähnliches gefunden, was uns darüber Aufschluss geben könnte. Aber wir führen Genanalysen durch, sollte einer der beiden Erwachsenen oder sogar beide mit dem Kind verwandt sein, finden wir das heraus. Es dauert einfach nur ein wenig, ich bin fast die Einzige, die am Wochenende hier arbeitet.«

»Und wieso vermuten Sie einen Mord?«

»Wir haben Reste der Schädeldecke des Mannes gefunden. Es gibt Hinweise auf Gewalteinwirkungen, ein Loch, das von einem Schlag stammen könnte.«

»Mit einem stumpfen Gegenstand? Wie bei Alina?«

»Das haben Sie gesagt. Ich möchte in dieser Hinsicht keine voreiligen Schlüsse ziehen.«

»Aber Sie ziehen es in Betracht?«

Cortez atmete hörbar aus. Sie zögerte mit der Antwort. »Es wäre möglich.«

»Wissen Sie etwas Näheres über den Zeitraum, seitdem die Toten dort liegen? Wären zweiunddreißig Jahre eine gute Schätzung?«

»Wie kommen Sie darauf?«

»Es ist bisher nur eine Idee.«

»Es könnte passen. Aber da wäre ich noch sehr vorsichtig. Wir analysieren Stoffreste, die von der Kleidung stammen könnten. Ich denke, dass ich im Laufe der nächsten Woche mehr dazu sagen kann.«

»Vielen Dank! Ich habe eine letzte Frage. Gehen Sie davon aus, dass diese beiden Taten zusammenhängen oder eher nicht?«

»Keine Spekulation, Rafael, das sagte ich Ihnen bereits.«

»Sie haben doch sicherlich darüber nachgedacht.«

»Schon.« In ihre Stimme schlich sich Abwehr. »Das ist ganz normal.«

»Wir haben herausgefunden, dass die Stelle vor über dreißig Jahren noch sehr schwer zugänglich gewesen ist. Wenn wir nun davon ausgehen, dass die Toten damals absichtlich dorthin gebracht wurden, damit sie niemand findet, dann muss es sich um jemanden handeln, der über gute Ortskenntnis verfügt.«

Cortes lachte auf. »Das trifft auf denjenigen, der Alina Daamens Leiche dort deponiert hat, nicht unbedingt zu. Erlauben Sie mir eine Gegenfrage: Belasten Ihre Vermutungen Hernandez oder entlasten Sie ihn?«

Ibara zögerte. Sein Blick wanderte zurück zur Stalltür und weiter das flache Gebäude entlang bis zur Ecke, wo er Lukas in dem verbliebenen Schatten des überhängenden Daches stehen sah. Isobel hatte sich zu ihm gesellt und zeigte ihm lachend etwas auf ihrem Handy.

»Ich warte hier vor Xabi Hernandez' Stall auf Arbós und seine Leute von der Spurensicherung«, entgegnete er schließlich. »Ich habe zwei alte Pistolen gefunden. Vielleicht liegt da noch mehr. Natürlich erhärtet das den Verdacht, dass er etwas Illegales getrieben hat.«

Cortez stieß einen verblüfftes »Wow!« aus.

»Es wäre möglich, dass Alina Daamen ihm auf die Schliche gekommen ist. Ich wüsste zwar weder, wie noch wann, aber ich kann es auch nicht ausschließen. Aber warum er diese Menschen damals umgebracht hat, dazu habe ich nicht die geringste Idee.«

»Beide Taten müssen ja nicht zusammenhängen. Sie dürfen das niemals voraussetzen, bis sie einen unwiderlegbaren Beweis dafür haben.«

»Sie haben ja recht.« Ibara seufzte genervt. Vermutlich zog er gerade einen Haufen voreilige Schlüsse. »Ich bin ehrlich«, sagte er rasch, »ich glaube, dass es derselbe oder dieselben Täter waren. Einen Beweis dafür habe ich noch nicht. Für meinen Geschmack ist es nur ein viel zu großer Zufall, dass mehrere Leute dieselbe Stelle zur Ablage ihrer Opfer benutzen.«

»Oh, Sie glauben gar nicht, was es für verrückte Zufälle gibt. Ich hatte mal einen Fall, da wurde der Mörder direkt nach der Tat vom Blitz erschlagen und brach direkt neben seinem Opfer zusammen. Hat uns einige Arbeit gemacht, bis wir den Hergang rekonstruiert hatten. Und wenn die Leute so etwas in einem Krimi lesen oder als Spielfilm sehen würden, wären sie vermutlich empört über so einen hanebüchenen Quatsch. Dabei kommen mehr Menschen durch Blitze um, als dass sie Jackpots im Lotto gewinnen.«

»Weichen Sie aus oder wollen Sie mir durch die Blume sagen, dass Sie von zwei verschiedenen Taten und Tätern ausgehen?«

»Nichts für ungut, Rafael.« Wieder ertönte ihr angenehmes Lachen. »Ich neige dazu, andere zu belehren. Sie sind kein Ermittler, das wissen wir beide. Alles, was ich sagen will, ist, dass Zufälle, Bauchgefühl und dergleichen in unserer modernen Arbeit nichts mehr zu suchen haben. Wir folgen streng wissenschaftlichen Regeln. Es wird eine Hypothese aufgestellt und alle denkbaren Alternativhypothesen. Eine Hypothese ist so lange gültig, bis sie eindeutig und mit der geringsten Irrtumswahrscheinlichkeit widerlegt ist. Alles andere ist Glaskugelgucken. Wenn Arbós von der Staatsanwaltschaft grünes Licht für die Verhaftung der beiden Verdächtigen bekommen hat, wird er ausreichend Belege dafür haben, dass sie Alina umgebracht haben. Alles andere wäre Schlamperei. Und die drei anderen Toten sind so lange ein anderer und davon unabhängiger Fall, bis das Gegenteil bewiesen ist. Keine weitere Diskussion.«

Ibara nickte versonnen und wischte sich den Schweiß von der Stirn. »Sie haben unbedingt recht, Gabriela. Ich danke Ihnen für Ihre offenen Worte.« Er verabschiedete sich und legte auf. Nein, er war wahrhaftig kein Ermittler und hatte auch nie einer sein wollen – bis er Alinas tote Augen gesehen hatte. Wenn er ehrlich war, nahm er ihren Tod ein wenig persönlich. Er wollte, dass die Person, die ihr das angetan hatte, bestraft wurde. Auch das war sicherlich ein ermittlerisches No-Go. Was das anging, war Arbós trotz allem von ihnen beiden der Kompetentere.

21.

Ibara hielt immer noch das Telefon in der Hand und dachte über die Worte der Rechtsmedizinerin nach. Die Sache mit den Hypothesen hatte ihn verwirrt. Musste er jetzt beweisen oder widerlegen, dass es sich bei beiden Taten um dieselbe Person handelte? Wovon sollte er ausgehen?

»Ach zum Teufel!« Er glaubte fest, dass alle Morde auf das Konto desselben oder derselben Täter ging und dass Torres da irgendwie mit drinhing. Und dafür würde er jetzt ein paar verdammte Beweise finden. Er sollte unbedingt noch einmal mit Wim sprechen. Vielleicht erfuhr er auf diese Weise weitere Details. Er wollte gerade die Nummer seines Freundes wählen, als ein schwarzer VW Tiguan durch die Einfahrt fuhr und vor dem Stall hielt. Der Kies knirschte unter den Reifen. Kurz darauf folgte ein ebenfalls schwarzer Fiat Ducato. Die beiden jungen Männer, die Ibara bei der Teambesprechung am vorangegangenen Donnerstag kennengelernt hatte, stiegen aus dem VW. Insgesamt sechs Männer und Frauen folgten ihnen, luden Metallkisten und Taschen mit einer Fotoausrüstung aus.

Der schmale Schwarzhaarige mit dem Bart kam auf Ibara zu. Er kaute Kaugummi, seiner kurzen Cargohose und den Grasflecken auf seinem T-Shirt nach war er bei der Gartenarbeit gewesen, als ihn der Einsatzbefehl erreicht hatte.

»*Kaixo*, Ibara. Du bist ja ein richtiger Spürhund.«

Ibara legte die linke Hand in den Nacken und streckte die andere mit dem Schlüsselbund aus. »Ehrlich gesagt wünschte ich mir, es wäre anders.«

»Weil du Hernandez in Schwierigkeiten bringst? Kennst du ihn gut?«

»Nein, gar nicht. Das ist es nicht.« Ibara verstummte. Er stellte gerade fest, dass er sich selbst widersprach. Die ganze Zeit hatte er damit gehadert, dass er von den Ermittlungen ausgeschlossen wurde. Jetzt war er unmittelbar beteiligt, könnte sich sogar in Ruhe ein Bild von der Arbeit des Teams machen, ohne dass Arbós dazwischenfunkte, und schon wurde es ihm zu viel.

Sein Gegenüber nahm die Schlüssel entgegen und deutete mit fragender Miene Richtung Stalltür.

Ibara nickte. Vielleicht war es auch die lange Warterei in der Hitze, die ihn mürbe gemacht hatte.

»Iturriko! Wird das heute noch was?«, rief eine Frau von der Stalltür aus und fächerte sich mit beiden Händen Luft zu.

Der Angesprochene winkte, ohne sich herumzudrehen, und blickte zu Ibara auf. »Kannst du mir deine Handynummer geben, falls noch was ist? Meinetwegen musst du nicht noch länger hierbleiben. Wir finden uns schon zurecht.«

»Danke, kein Problem!« Ibara gab ihm die Nummer und erhielt im Gegenzug eine fleckige Visitenkarte.

Grinsend zog er die Augenbrauen hoch. »Thierry Arriola.«, las er laut. »Dann ist Iturriko ein Spitzname?«

»In meinem Pass steht, dass ich Franzose bin. Deswegen.«

Ibara musste ein ratloses Gesicht gemacht haben, denn Iturriko fügte hinzu: »Du kannst kein Baskisch, oder?«

»Geht so.«

»*Iturriko* heißt Hahn. Das Symbol für die Gallier schlechthin.«

»Dabei bist du Baske, der auf der anderen Seite der Grenze geboren wurde.« Jetzt verstand Ibara.

Iturriko nickte lachend. »Spielt doch eigentlich heutzutage keine Rolle mehr, oder? Meinetwegen könnten sie die

Grenzen auch ganz abschaffen, mir ist egal, was auf dem Papier steht. Ich bin Baske, das ist genug.« Er wedelte unbestimmt mit der Hand. »Also nicht, dass du meinst, ich wäre jetzt für einen eigenen baskischen Staat oder so was. Mir ist es schlicht und einfach egal, ob meine Regierung im Norden oder im Süden sitzt. Ich fühle mich hier wohl und mehr nicht. Wenn ich kein Baske wäre, wäre ich lieber Europäer. Das erscheint mir zeitgemäßer, verstehst du, was ich meine?«

Ibara seufzte laut. »Wenn das stimmt, was Arbós Hernandez als Motiv vorwirft, gibt es Menschen, die das ganz anders sehen und für ihre Überzeugungen sogar über Leichen gehen.« Er hatte sich kurz gewundert, warum sein Gegenüber sich so ausführlich über seine nationale Identität ausließ, dabei lag das Thema auf der Hand; es wurde zu einem wesentlichen Teil der Ermittlungen, war möglicherweise das Tatmotiv.

In Iturrikos Lächeln lag Bedauern und zugleich wortlose Zustimmung. Genau wie bei der Teambesprechung am vorangegangenen Donnerstag fiel es Ibara aufgrund des Vollbartes schwer, das Alter des Mannes zu schätzen, doch er war noch keinesfalls dreißig. Das hieß, dass für ihn Franc, Peseten und Grenzkontrollen nur noch Kindheitserinnerungen sein konnten. Und das war Ibaras heimliche Hoffnung, dass sich die Grenzen in Europa mit der Zeit und im Wandel der Generationen herauswachsen würden. Sicherlich, engstirnige und gestrige Geister würde es immer geben, aber die Mehrheit, die erkannte hoffentlich die Nachteile des Separatismus und des wortwörtlichen Sichbegrenzens auf einen Nationalstaat.

Mit einem letzten Gruß wandte er sich ab und ging in Richtung des großen Stalltores. Aus den Augenwinkeln hatte er beobachtet, dass Isobel und Lukas vom Team verscheucht worden waren. Er konnte die beiden nirgendwo entdecken. Lediglich ein halbes Dutzend Ziegen lungerte am nächstgelegenen Gatter herum und meckerte ihn an. Ibara hatte keine Lust, die beiden zu suchen. Irgendwie waren sie ohne ihn hergekommen, auf demselben Weg würden sie sicherlich zurück nach Hause gelangen. Er verließ das Gelände und ging zum Auto. Kurz überlegte er, ob er noch einmal bei Miren vorbeisehen sollte, doch er ließ es.

Die wenigen Kilometer zum Hof grübelte er darüber nach, was er Wim fragen sollte. Bis zur Einfahrt, an der ihn Whoopy wild kläffend begrüßte, war ihm nichts Gescheites eingefallen.

Ibara stieg aus, lehnte sich mit dem Oberkörper auf eine Querstrebe des Weidezaunes und pfiff leise. Während er beobachtete, wie Rucio sich gemächlich kauend und mit wippenden Ohren näherte, kraulte er Whoopy hinter den Ohren, die ihm als Gegenleistung das Handgelenk abschleckte. Nachdem Esel und Hund mit ausgiebigen Streicheleinheiten versorgt waren, rang sich Ibara endlich durch und wählte. Wim war nach dem zweiten Klingeln dran und lachte zur Begrüßung.

Ibara merkte, dass ihm allein dieses vertraute Lachen guttat. Es schien, als brächte die gesamte Angelegenheit ihn wirklich mehr aus dem Gleichgewicht, als er sich eingestand. Und ihm fehlte Zamorra, der Austausch mit ihr, auch das in einem größeren Ausmaß, als er je erwartet hätte.

»Was kann ich für dich tun, *amigo?*«, dröhnte Wims Stimme aus dem Lautsprecher.

Ibara erzählte ihm von dem Fund der Pistolen, von seinen Vermutungen und dass er versuchen wollte, eigene Nachforschungen anzustellen. Wim hörte sich das alles geduldig an, versprach, sich noch einmal umzuhören und sich wieder zu melden. Danach ging es Ibara sehr viel besser, er fühlte sich mit der Sache nicht mehr ganz so alleingelassen. Aber damit wollte er es erst einmal gut sein lassen. Die Spurensicherung würde in Hernandez' Ziegenstall jeden einzelnen Strohhalm umdrehen. Vielleicht gab es in den nächsten Tagen neue Erkenntnisse. Dann würde sich herausstellen, wer recht hatte und wer sich irrte.

MONTAG, 16. JUNI

22.

Das Wochenende war ohne weitere Katastrophen vorübergegangen. Tobias und seine Freunde hatten für den Samstagabend eingekauft und einen Grillabend organisiert. Isobel hatte ihre besten Freundinnen Joline und Vega eingeladen, außerdem kamen die beiden nächsten Nachbarn, ein junges Paar, das nur am Wochenende zu Hause war, und Alejandro García, ein weiterer Nachbar, der in Finias Alter war. Entspannt saßen sie bis tief in die Nacht zusammen, es wurde viel gelacht und geschwatzt, allen Sprachschwierigkeiten zum Trotz. Am Sonntagmorgen meldete sich Mirens Nachbarin Alize mit der Nachricht, dass Esteban noch am Vorabend mangels Beweisen wieder aus der Untersuchungshaft entlassen worden war. Genau wie Ibara erwartet hatte, reichte das positive Drogen-Screening nicht aus, auch sonst hatten sie nichts gegen ihn in der Hand. Bei Xabi Hernandez kam zu den bestehenden Indizien – die Ibara nach wie vor nicht im Detail kannte – der illegale Waffenbesitz hinzu.

Sonntags erlaubte er seinen vier Gästen, endlich nach Portugal aufzubrechen, und erntete damit sehr viel weniger Freude oder wenigstens Erleichterung, als er erwartet hatte. Im Gegenteil, statt sofort alle Siebensachen zu packen, entschieden die Jungs, erst am Vormittag des folgenden Tages weiterzufahren, und nicht einmal Finia widersprach diesem Plan. Sonntagabend verabschiedete Ibara sich von den Gästen und brach am Montagmorgen gut gelaunt zur *Comisaría* auf. Er hatte die Pause am Sonntag genossen, Esteban war frei, und er hatte sich fest vorgenommen, wieder seine normale Arbeit zu machen und sich nicht von Arbós stören zu lassen. Der oder seine Mitarbeiter würden, ob es sich bei Hernandez nun um den Täter handelte oder nicht, sicherlich noch einige Tage beschäftigt sein. Und richtig, Humpty Dumpty hatte sein Büro noch in Beschlag. Ibara machte auf dem Absatz kehrt und entschied sich erst einmal für einen guten *cafè con leche* bei Jiannis in der *Gozotegia* um die Ecke. Es war wieder kühler geworden, sodass er sich dieses Mal an die Bar stellen wollte.

Er stand noch vor dem Geschäft, als sein Telefon in der Hosentasche vibrierte. Rasch zog er es heraus. Die Festnetznummer auf dem Display sagte ihm nichts.

Die Stimme, die ihm entgegenschallte, war laut und voller Energie. »*Buenos días*, Fernando von *Morales Cruises* hier. Du hattest angerufen. Es tut mir leid, dass es so lange gedauert hat, wir waren das ganze Wochenende auf See. Was kann ich für dich tun?«

Es dauerte einige Sekunden, bis er den Namen einordnen konnte: Der Bekannte des Barkeepers aus der *pintxos*-Bar, mit dem Alina sich an einem Abend angefreundet hatte. Die plump vertrauliche Anrede gehörte offenbar zum Konzept.

»Mein Name ist Rafael Ibara, ich habe Ihre Nummer von Ihrem Freund Pello aus der *pintxos*-Bar bekommen.« Zu blöd. Jetzt fiel ihm weder der Nachname noch der Name der Bar ein. Es war eine Ziffernfolge, so weit erinnerte er sich.

»Pello vom *Bat-Zortzi-Hiru-Bost*, na klar. Der macht eine Menge Werbung, bringt mir immer wieder Kunden, dabei bekommt er nicht einmal Provision.« Er lachte. »Willst du eine Bootstour buchen?«

Fast hätte Ibara »Warum nicht?« geantwortet. Normalerweise ging ihm dieser Typ Berufsjugendlicher auf die Nerven, doch Fernando Morales hatte eine unverkrampfte Art, seine Kunden anzusprechen, und das traf erstaunlicherweise bei ihm einen Nerv.

»Nein, leider geht es um etwas anderes. Sagt Ihnen der Name Alina Daamen etwas?«

Sekundenlanges Schweigen antwortete ihm. »Sind Sie Ihr Freund?« Jetzt war Vorsicht in der Stimme. »Oder Vater?«

»Weder noch. Aber Sie haben Sie kennengelernt, richtig?«

»Schon.«

»Sie wissen, was mit ihr passiert ist, oder?«

»Nicht direkt, nein?« Zur Vorsicht kam Unsicherheit. Ibara glaubte, ein verhaltenes Schnauben zu hören.

»Sie ist die Tote, die letzte Woche Donnerstag gefunden wurde.«

Fernando Morales atmete tief durch. »Hören Sie, damit habe ich nichts zu tun. Ich habe keine Ahnung, ich bin seit Freitagmorgen unterwegs gewesen. Ich habe sie kaum gekannt. Ich weiß nicht, was Pello Ihnen gesagt hat … Wer sind Sie überhaupt?«

»Ich bin von der Polizei in Zarautz. Beruhigen Sie sich, ich versuche nur, die letzten Tage von Alina zu rekonstruieren. Was sie gemacht hat. Mit wem sie gesprochen hat. Worüber. Mehr nicht.«

»Verstehe.« Fernando Morales machte eine Pause, und der Empfang wurde kurzzeitig schlechter, als würde er seinen Standort wechseln. »Ich … das tut mir leid. So ein Scheiß. Ich mochte sie, wissen Sie? Nicht, dass ich dachte, es wäre was Ernstes, sie war eine Touristin. Hat sich einfach nicht mehr gemeldet. Dann … konnte sie das vielleicht gar nicht mehr …?«

»Wann haben Sie sie denn getroffen?«

»Warten Sie, das kann ich Ihnen ganz genau sagen.« Im Hintergrund raschelte es, dann folgten Signaltöne eines Computerprogramms und ein unverständlicher Fluch. Endlich meldete sich Morales wieder. »Sie hat am Sonntag, den 1. Juni, eine halbtägige Bootstour gebucht. Wir sind gegen sechzehn Uhr zurück im Hafen von Getaria gewesen. Sie wollte ein bisschen Sightseeing machen, während ich das Boot wieder klargemacht habe. Ich hatte ihr Pellos Bar empfohlen und bin gegen neun dorthin gekommen.«

»Ihr Freund hat erzählt, dass sie sich dort erst kennengelernt hätten«, warf Ibara ein.

»Kann schon sein, dass es für ihn so aussah, wir sind ja nicht gemeinsam dorthin gekommen. Sie war schon da, als ich kam, und es waren eine Menge anderer Leute da, sie hatten wieder so eine *pintxos*-Tour, kennen Sie vielleicht. Pellos Vater probiert ständig was aus.«

»Ja, das hat er mir erzählt.«

»Jedenfalls habe ich Alina mit zu mir genommen. Ist ja nicht verboten, oder? Na ja …« Er verstummte.

»Erzählen Sie bitte weiter.«

Wieder stieß Fernando Morales hörbar die Luft aus. »Eigentlich wollten wir uns vor ihrem Abflug am Dienstag noch mal sehen. Ich war den ganzen Montag auf See, sie wollte noch ein paar Touristen-Dinge tun, keine Ahnung. Abends haben wir ein paar Nachrichten geschrieben, ich konnte ihr aber erst Dienstagmorgen genau sagen, wann ich Zeit hätte. Ich habe ihr dann den ganzen Dienstagvormittag geschrieben, aber es kam keine Antwort mehr.«

»Waren Sie enttäuscht?«

»Wie gesagt, es war ja nichts Ernstes.«

»Sie waren enttäuscht.«

Wieder einige Augenblicke Schweigen.

»Schon. Ich fand sie nett«, sagte Morales nach einer Weile. »Wissen Sie denn, wann sie … Meine Güte.«

Ibara schwieg zunächst und empfand Mitleid. »Das muss irgendwann zwischen Montag, dem 2., und Mittwoch, dem 4. Juni, passiert sein.«

Es sah nicht danach aus, als hätte der Mann etwas mit dem Tod Alinas zu tun, dennoch gab er mit Absicht einen längeren Zeitraum an.

»Montag? Das kann nicht sein. Montag hat sie mir noch geschrieben. Die letzte Nachricht kam … ich schaue nach, Moment … Da, um 22.57 hat sie geschrieben, dass ich mich melden soll, wann ich kann, und mir eine Gute Nacht gewünscht. Ich habe ihr zwei Minuten darauf geantwortet, dass ich mich am nächsten Morgen melden würde.«

Ibara nickte nachdenklich. Dann passte zeitlich alles. »Das ist eine wichtige Information. Könnten Sie im Laufe des Tages zu uns nach Zarautz kommen und eine Aussage machen?«

»Ja klar, ich fahre sofort los, dann schaffe ich das vor der Tour heute Mittag. Wenn ich sonst noch irgendwas tun kann?«

»Ich denke, nicht. Danke sehr.«

»Aber Sie glauben mir doch, oder? Ich habe damit wirklich nichts zu tun! Ich sage Ihnen alles, was Sie wissen wollen.«

»Das ist nicht nötig, beruhigen Sie sich. Sie haben mir sehr geholfen.«

Ibara verabschiedete sich und beendete das Gespräch. Stimmte das, hatte Fernando Morales ihm geholfen? Oder war das eine der berühmten Höflichkeitslügen gewesen? Er war sich selbst nicht ganz sicher. Von Wim wusste er, dass Alina sich Dienstagmorgen noch bei ihren Eltern gemeldet hatte. Den Todeszeitpunkt konnten sie daher nicht weiter eingrenzen – sofern man nicht davon ausging, dass der Mörder sich Alinas Telefon geschnappt und Nachrichten an einen Verehrer oder die Eltern geschickt hatte. Aber warum sollte er? Er war davon ausgegangen, dass Alinas Tod bis auf Weiteres unbemerkt bleiben würde.

Ibara schaffte es gerade, die *Gozotegia* zu betreten und zu bestellen, als der nächste Anruf einging. Er spürte ein erwartungsvolles Kribbeln. »Wim, schön, von dir zu hören!«

»Ich wollte dir den Start in die neue Arbeitswoche ein wenig netter gestalten. Ich habe nämlich so einiges für dich, allerdings musst du selbst beurteilen, ob es dir weiterhilft.«

»Schieß los!«

»Alina Daamen nutzt auf Reisen nur ihr Smartphone, zu Hause hat sie dagegen einen älteren PC stehen. Mit dem synchronisiert sie das Telefon. Außerdem nutzt sie die Microsoft Cloud. Und so kamen die Kollegen an einige Daten, die sie im Baskenland gesammelt hat: Fotos, digitale Prospektunterlagen, ein angefangener Reisebericht für ihre Webseite, Notizen und so weiter. Dazu haben sie ihren kompletten Browserverlauf. Oder besser gesagt, sie kennen alle Seiten, die sie über Google Chrome besucht hat. Kann ja sein, dass sie noch andere Browser nutzt.«

»Erschreckend, wie sorglos diese jungen Leute mit ihren Daten umgehen.« Ibara schüttelte den Kopf. Er hatte den Browser seines Telefons so eingestellt, dass möglichst keine Daten übermittelt wurden. Allerdings hatte er das Gefühl, dass das Internet inzwischen weit mehr über ihn wusste, als ihm lieb war.

»In diesem Fall war das sehr gut. Auf dem Weg hat das Ermittlerteam nämlich von Alinas Interesse an der ETA erfahren. Sie hat über Anschläge recherchiert, sich intensiv auf den Archivseiten spanischer Tageszeitungen wie *El País* oder der regionalen *El Correo* umgesehen, aber auch *The Guardian* oder *The Independent*. Die spanischen Artikel hat sie sich mit deepl übersetzen lassen.«

»Was ist deepl?«

»Ein Übersetzungsprogramm, ziemlich gut sogar. Gerade Sachtexte lassen sich damit so weit lesbar übersetzen, dass der größte Teil verständlich ist.«

»Also gut. Alina hat über die ETA recherchiert. Das mag logisch sein, wenn sie sich für das Baskenland und seine Geschichte interessiert hat. Ich habe früher auch nach Informationen gesucht, bevor ich hergekommen bin und weil mein Vater mir nichts sagen wollte. Nur, wie führt das zu Xabi Hernandez? Warum sollte Alina einem alten Bauern, dem sie zufällig in der Hotelanlage über den Weg läuft, damit drohen, seine Mitgliedschaft in einer Separatisten-Vereinigung auffliegen zu lassen? Das ergibt doch keinen Sinn.«

»Vermutlich war es eher umgekehrt. Sie unterhält sich mit den Leuten, schnappt hier und da Bemerkungen auf und liest es dann nach. Warum sie das getan hat, hast du gerade selbst beantwortet, aus Neugier und Interesse an Land und Leuten. Warum und auf welchen Wegen das am Ende zu einem Mordmotiv führt, kann ich dir allerdings auch nicht sagen.«

»Nein, schon klar.« Ibara schwieg, wusste nicht mehr weiter.

»Ich schicke dir mal eine Liste mit den Links zu den Artikeln. Dann kannst du selbst nachlesen, was Alina gefunden haben könnte.«

»Danke dir!«

Sie verabschiedeten sich. Ibara trank genüsslich seinen *café* und rief Alina Daamens Instagram-Profil auf. Das hätte er besser nicht getan. Ihm stellten sich die Nackenhaare auf. Er starrte auf ein neues Bild von einer lachenden blonden jungen Frau mit Sonnenbrille. Der Wind spielte in ihren Haaren. Im Hintergrund wölbte sich ein tiefblauer Himmel mit einigen Wattewölkchen. Genau auf der Linie mit ihren Schultern war der Horizont zu erahnen, darunter das dunkelblaue Meer. Es war ein Selfie, daher war es seitenverkehrt, und die Gesichtszüge wirkten auf Ibara für einen kurzen Moment fremd. Aber es war Alina, Irrtum ausgeschlossen. Lebendig.

Ibara rieb sich über die nackten Unterarme. Er hatte eine Gänsehaut. Das Bild war morgens gepostet worden, und in dem Text dankte Alina Alfredo Torres vom *Escapio* für die Einladung. Sie schwärmte von der rauen Atlantikküste, der wilden Schönheit der Klippen und den liebenswürdigen Menschen, denen sie begegnet war. Beim letzten Satz lachte Ibara bitter auf. Mindestens ein Mensch hier war ganz und gar nicht liebenswürdig mir ihr umgegangen. Aber das hatte sie natürlich nicht wissen können, als sie das schrieb.

Inzwischen war Wims Nachricht mit den Links zu den Zeitungsartikeln eingetroffen. Er hatte einen Screenshot hinzugefügt, der eine Mail aus Alinas Mailprogramm zeigte. Darin waren Dateien aufgelistet. Ibara wollte gar nicht weiter darüber nachdenken, wie Wim darangekommen war, aber letzten Endes taten sie nichts Illegales, im Gegenteil, sie ermittelten. Er ignorierte die englischen Zeitungen und klickte sich zunächst Datum für Datum durch die Seiten der jeweiligen Tagesausgabe von *El País*, ohne auf etwas zu stoßen, das ihm weiterhalf. Verschiedene Anschläge aus verschiedenen Jahren, Orte, Zeiten und Opfer immer andere, das Muster immer gleich. Polizisten, Politiker, Mitglieder der *Guardia Civil*, auf die geschossen oder deren Autos mit Bomben in die Luft gejagt wurden. Natürlich der Anschlag auf den Supermarkt *Hipercor* 1987 in Barcelona, nach dem sich die Stimmung in der Mehrheit der baskischen Bevölkerung drehte. Die Leute hatten genug von Angst, Gewalt und Terror und gingen gegen die ETA auf die Straße. Der Rückhalt bröckelte. Vielleicht spielte auch der Beitritt Spaniens zur damaligen Europäischen Gemeinschaft, dem Vorläufer der Europäischen Union, eine Rolle. Das Land öffnete sich. Die EU setzte sich zunehmend für die Anerkennung der jeweiligen Minderheiten in den Mitgliedsstaaten ein, davon profitierte auch das Baskenland. Dazu wurde die Kooperation zwischen den spanischen und den französischen Behörden immer enger. Obwohl letztere die ETA als rein spanisches Problem ansahen, wurden namhafte Anführer der ETA in Frankreich festgenommen.

Nichts davon war Ibara neu, doch ihm war klar, wie faszinierend es für die junge Niederländerin gewesen sein musste. Sie hatte sich auf die Spur von Ereignissen begeben, die bereits Geschichte waren, obwohl sie noch nicht lange zurücklagen.

Aber was es mit ihrem gewaltsamen Tod zu tun haben sollte? Die Links zum Archiv von *El Correo* waren keine Artikel auf Webseiten, sondern ganzseitige Scans der Papierausgaben im PDF-Format. Unlesbar auf dem winzigen Display des Smartphones. Ibara verschob die Recherche auf später, zahlte seinen *café* und schlenderte zurück zur *Comisaría.*

23.

Am Empfang traf er auf Zamorra, die gelangweilt über den Tresen lehnte und Kaugummi kauend Olea dabei zusah, wie sie etwas in den Computer eingab. Normalerweise hätte Ibara irgendeine freche Bemerkung gemacht. Über die Frisur seiner Kollegin, die aus nachlässig aufgesteckten Locken bestand, als hätte sie keine Zeit gehabt, sie nach dem Aufstehen ordentlich zu bändigen. Über die griffbereite Uniformjacke neben ihr, falls ihr kalt werden würde, wenn das Thermometer unter zwanzig Grad fiele. Über die Flecken auf ihrer Hose, die aussahen, als habe ihr Joshua einen Teil seines Frühstücks darüber verteilt. Und bis letzte Woche hätte er erwartet, dass Zamorra diese blöde Bemerkung mit einem Auflachen wegwischen und eine passende Antwort geben würde, die sich auf sein zu dünnes T-Shirt – er hatte wieder eine Gänsehaut, dieses Mal aber, weil er den kalten Wind unterschätzt hatte – oder seinen Bartschatten beziehen würde. Frotzeleien, wie sie eben unter guten Kollegen üblich waren. Jetzt aber hatte Ibara Angst, dass sie ihm jeden noch so harmlos gemeinten Kommentar übel nehmen würde. Und so stand er wortlos da und überlegte krampfhaft, was er Unverfängliches sagen könnte.

»Gut erzogene Menschen grüßen, wenn sie einen Raum betreten, Ibara«, rief stattdessen Olea ihm zu und zog mit einem Blick auf seine Unterarme die Augenbrauen hoch. »Und der Herr meint mal wieder, das baskische Wetter beträfe ihn nicht? Gänsehaut ist nur in einer Situation sexy!«

Zu Ibaras Erleichterung grinste Zamorra immerhin. Kurz machte sie große Augen, als wäre sie darüber selbst erstaunt, doch dann wich sie seinem Blick aus, indem sie den Kopf wegdrehte und wie zufällig hinter den Empfangstresen ging. Wenn Ibara sich nicht sehr täuschte, hatte sie wieder einmal ziemlich große Augenringe. Normalerweise hätte er nachgefragt, freundlich besorgt, oder die nächste Gelegenheit für eine süffisante Bemerkung über durchgemachte Nächte gemacht. Er hielt den Mund.

Stattdessen zog er sein Telefon aus der Tasche und wandte sich an Olea. »Kann ich dir ein paar Links schicken? Du hast doch einen großen Bildschirm.«

»Wenn du mir verrätst, was das eine mit dem anderen zu tun hat? Na klar!«

Ibara tippte bereits. Nur Sekunden später rief Olea das PDF-Dokument der ersten Zeitungsausgabe von 1987 auf und schaute fragend zu ihrem Kollegen hoch. Ibara umrundete den Tresen und stellte sich hinter sie. »Das sind alte Artikel aus *El Correo* über die Anschläge der ETA.«

»Wen interessiert das denn heutzutage noch?« Zamorra kam zu ihnen geschlendert.

»Alina Daamen hat das interessiert. Das Mordopfer.«

»Logisch. Hernandez wird vorgeworfen, die ETA mindestens unterstützt zu haben. Da muss sie etwas über ihn herausgefunden haben.«

Ibara streckte die Schultern und beugte sich dann vor, um besser lesen zu können. »Ganz genau. Ich möchte wissen, was es ist.«

Falls eine der beiden sich darüber wunderte, dass er im Gegensatz zu ihnen nun an der Ermittlung beteiligt war, ließen sie sich das nicht anmerken. Schweigend lasen sie die Artikel. Ibara fiel nichts Besonderes auf, es waren dieselben Inhalte, die er schon bei *El País* gelesen hatte. Nach einigen Minuten klingelte das Telefon. Olea rückte mit ihrem Drehstuhl ein Stück ab, während Ibara und Zamorra einen Schritt zurücktraten, um sie nicht zu stören.

»Hast du das gerade gelesen?« Zamorra deutete mit dem Finger auf einen kleineren Artikel unter dem größeren, in dem es um den Anschlag in Barcelona ging. Die Ausgabe war zwölf Tage danach erschienen, und noch immer beherrschten die Themen rund um die Ermittlungen die Zeitungsseiten, die Rekonstruktion des Tathergangs, die Identifikation der Opfer und die Stimmung in der Bevölkerung sowohl im Baskenland als auch in ganz Spanien.

Ibara beugte sich näher und überflog den Abschnitt gründlicher. »Was? Da steht, dass es keine Opfer aus dem Baskenland gibt? Aber da war doch diese Familie? Die Eltern mit einem Kind?«

Zamorra brummte zustimmend, angelte nach der Maus und klickte die nächste Ausgabe der Zeitung an. Seite für Seite überflogen sie die Artikelüberschriften.

»Da!« Ibara zeigte auf ein paar wenige Zeilen. »Vergrößere den Ausschnitt mal.«

Zamorra legte konzentriert die Stirn in Falten. »Nur eine Randnotiz, fast zwei Wochen nach dem Anschlag. Diese baskische Familie war gar nicht unter den Opfern. Sie gelten nun als vermisst. Offenbar hat das die Medien aber kaum interessiert. Seltsam, oder? Man sollte meinen, dass das größer aufgemacht wird.«

Ibara stockte. »Guck mal, da steht der Name der Familie.«

»Cristobal und Maria Hernandez. Verwandte des verdächtigten Xabi?« Zamorra schob die Unterlippe vor und pustete sich eine Haarsträhne aus dem Gesicht. »Aber es hieß doch, die hätten keine Verwandten gehabt, oder so ähnlich? Das verstehe ich nicht.«

Ibara nickte und angelte bereits wieder nach seinem Telefon. »Da steht noch was, nämlich, dass der Vater eine Sportverletzung am Bein hatte.«

»Wen rufst du jetzt an?«

»Doctora Cortez, die Rechtsmedizinerin. Warte einen Moment.«

Cortez war nach dem dritten Freizeichen am Telefon. Ibara hielt sich nicht groß mit Erklärungen auf. »Wissen Sie, ob an einem der Skelette der Erwachsenen eine Verletzung zu erkennen ist? Am Bein?«

»Aber ja«, erwiderte sie hörbar verblüfft. »Eine Fraktur des linken Unterschenkels. Wir haben dazu Anfragen an Krankenhäuser gestartet, aber solche alten Krankenakten gibt es, wenn überhaupt, nur auf Karteikarten und Papier, sodass sich jemand durch die Archive wühlen müsste. Bisher haben wir keine Rückmeldung erhalten.«

»Wir sind auf eine Vermisstenmeldung von 1987 gestoßen. Eine Paar mit ihrem Sohn, Cristobal und Maria Hernandez.«

»Derselbe Nachname wie der Verdächtige.«

»Ich kann Ihnen nicht sagen, ob diese Familie Xabi Hernandez kannte. Sie wissen so gut wie ich, wie häufig Nachnamen vorkommen, ohne dass die Menschen verwandt sind.«

»Aber Sie halten es für möglich, dass es sich um unsere Skelette handeln könnte?«

Ibara wollte mit einem nachdrücklichen »Ja« antworten, hielt jedoch inne, weil er an ihren Vortrag über Vermutungen und voreilige Schlussfolgerungen dachte. Sorgsam wog er die nächsten Worte ab. »Möglicherweise. Das muss selbstverständlich noch genau überprüft werden. Diese Familie wurde 1987 nachweislich für mindestens vierzehn Tage vermisst. Ich kann noch nicht ausschließen, dass sie wiederauftaucht, aber Arbós und seine Leute sollten sich das genauer ansehen.«

Als hätte er nur darauf gewartet, dass sein Name fiel, flog die Eingangstür auf, und der Comisario schnaufte wie ein kurzatmiges Walross herein. Er ließ sich zu einem wortlosen Kopfnicken als Ersatz für eine Begrüßung hinreißen und verschwand sofort in Richtung Treppe, um, wie Ibara genervt vermutete, sein und Zamorras Büro weiter zu verwüsten.

»Gut, passen Sie auf. Ich habe jetzt einen genaueren Zeitraum und einen Namen. Damit werde ich mich noch mal an die lokalen Krankenhäuser wenden. Sie sagen Arbós Bescheid, der wollte heute nach Zarautz kommen und müsste jeden Moment eintreffen.«

»Er ist schon da.«

»Umso besser. Dann reden Sie mit ihm. Das ist großartig, endlich kommen wir auch in dieser Sache weiter. Gute Arbeit, Rafael!«

»Danke!« Das Lob sandte ihm ein warmes Gefühl durch die Brust. Er verabschiedete sich und legte auf. »Ich muss mit Humpty Dumpty reden. Cortez hält es für möglich, dass es sich bei den Skeletten um diese Familie handeln könnte.«

Zamorra verschränkte die Arme und lehnte sich gegen den Tresen. »Das heißt, wir haben die älteren Toten identifiziert? Wenn es Verwandte von Hernandez sind, dann könnte Alina Daamen herausgefunden haben, dass er sie umgebracht hat. Und musste dann selbst dran glauben.«

Ibara nickte. »Damit hätten wir ein Motiv für ihren Mord. Aber warum sollte Hernandez seine Verwandten umbringen?«

»Na, da gibt es doch einen Haufen Möglichkeiten.« Olea hatte das Telefonat inzwischen beendet. »Wenn ich da an meine Familie denke, da gibt es spätestens nach Weihnachten immer einen ganzen Korb voller Motive.«

»Ja, das kenne ich auch«, erwiderte Ibara. »Aber nur wegen ein paar Streitigkeiten verübt doch niemand einen mehrfachen Mord. Ich kenne da einige Familien, die ansonsten längst ausgerottet wären.«

Olea zuckte mit den Schultern. Zamorra schien auch nichts einzufallen, was dagegensprach, dass Hernandez vor über dreißig Jahren drei Menschen und jetzt noch eine Touristin umgebracht haben sollte.

Ibara ging zu seinem Büro und betrat es, ohne anzuklopfen. »Comisario Arbós, kann ich Sie einen Augenblick sprechen?«

»Was gibt es?« Arbós suchte etwas. Mit hektischen Bewegungen schob er Papierstapel und Aktenordner auseinander und wieder zusammen, ohne dass Ibara darin ein System erkennen konnte.

»Wir haben Hinweise auf die Identität der älteren Opfer gefunden. Die drei Skelette.«

»Das ist ja toll, Glückwunsch!«

Ibara wartete. Arbós wühlte weiter auf den Schreibtischen herum und wandte sich dann zum Schrank neben der Tür, auf dem weitere Akten lagen.

Ibara räusperte sich.

Schnaufend schaute Arbós auf und wischte sich mit dem Handgelenk über die Stirn. »Was noch?«

»Sollte ich … sollten wir dem nicht nachgehen?«

»Wem nachgehen? Was nachgehen?«

»Na ja, meinen Vermutungen über die drei Toten.«

»Ja, natürlich.«

»Und was soll ich tun?«

Arbós wollte sich abwenden und hielt in der Drehung inne. »Wie?«

Nur mit Mühe unterdrückte Ibara eine bissige Bemerkung, mit der er die Kompetenz des Mannes infrage gestellt hätte. »Ich bitte um Anweisungen, auf welche Weise ich diese Vermutungen überprüfen soll.« Er verschränkte die Hände hinter dem Rücken und wippte auf den Zehenspitzen, wohl wissend, dass er damit noch größer und breitschultriger wirkte.

Arbós wedelte unbestimmt mit der Hand in der Luft und beugte sich über den Schreibtisch. Dabei ignorierte er, dass er mit seinem Bauch einen Stapel Fotos hinunterfegte, die sich mit flatternden Geräuschen über den Boden verteilten.

»Machen Sie, was Sie wollen, Ibara. Ich habe mein Opfer, ich habe mein Motiv, ich habe meinen Täter. Sein Geständnis ist nur noch eine Frage von Stunden. Er sitzt gerade mit seinem Anwalt zusammen, und ich gehe davon aus, dass er uns heute Mittag sein Herz ausschüttet. Das ist kein kaltblütiger Mörder, das sehe ich auch, der wird uns mit einer Geschichte kommen, dass er das alles nicht gewollt hat und es alles eine Verkettung unglücklicher Umstände war. So oder ähnlich, warten Sie's ab. Heute Abend geben wir noch eine Pressekonferenz mit dem aktuellen Stand der Ermittlungen. Diese Schwedin ist ja ein hübsches Ding, das zieht diese Geier von den Zeitungen an. Aber mit diesem *cold case* und ein paar alten Knochen locken sie keinen Hund hinter dem Ofen hervor. Na, einen Hund vielleicht schon, denn es sind ja Knochen.« Er lachte heiser.

Ibara öffnete den Mund und schloss ihn wieder. Ihm fehlten die Worte. Er wusste nicht, was schlimmer war, dass Arbós den Tod von Alina inszenierte oder dass ihn die älteren Toten nicht interessierten. Die Schwedin, ein hübsches *Ding*? Aus welcher Herrengruft war dieser Mensch entstiegen?

Bevor er sich besinnen konnte, klopfte es an der Tür, und Zamorra trat ein. In der Hand hielt sie ein Papier, auf dem Ibara den Ausschnitt einer der Zeitungsseiten erkannte.

»Wir haben noch etwas Interessantes gefunden. Einer der Links aus Alinas Mail führte zu einer Ausgabe von Mai 1988.« Sie stockte und blickte zwischen den beiden Männern hin und her. Während Ibara neugierig einen Schritt auf sie zu machte und sie mit einem Nicken aufforderte, weiterzusprechen, gab Arbós ein abfälliges Knurren von sich und wühlte sich weiter durch die Ordner. Dabei stieß er gegen den Drehstuhl, der knisternd über die am Boden liegenden Fotos rollte.

Zamorra streckte die Hand mit dem Ausdruck aus. »In der Ausgabe steht nicht eine Zeile über irgendetwas im Zusammenhang mit der ETA. Dagegen haben wir ein kleines Interview mit Torres gefunden, in dem er über die Pläne für ein erstes Hotel spricht. Dass er sich glücklich schätzt, das Grundstück neben dem seiner Familie mithilfe der lokalen Behörden so günstig und unbürokratisch erhalten zu haben, wie viele Arbeitsplätze er schaffen möchte, bla, bla, bla.«

Ibara überflog den Artikel und runzelte dann fragend die Stirn.

Zamorra tippte auf das Blatt. »Das könnte der Auslöser gewesen sein, oder nicht? Alina hat das vielleicht gelesen. Kurze Zeit später, nachdem die Familie verschwunden ist, kauft Torres den Erben das Grundstück ab.«

Zum ersten Mal reagierte Arbós, indem er mit einem aufgeschlagenen Ordner in der Hand innehielt und aufblickte. »Was wollen Sie damit sagen?«

Zamorra trat unbewusst einen Schritt zurück, bevor sie trotzig das Kinn vorschob. »Ich will damit sagen, dass das Opfer diese Artikel alle wichtig fand. Einige über die ETA und einen über Torres. Mehr nicht.«

Arbós ließ den Ordner mit einem Knall auf den Schreibtisch fallen. Dünne Haarsträhnen fielen ihm ins Gesicht. Er zog sie wieder über die Halbglatze und drückte sie mit der flachen Hand fest. »Sie ermitteln nicht gegen Alfredo Torres. Ist das klar?«

»Wie bitte?«

»Was, Comisario Ibara, haben Sie an diesem Satz nicht verstanden?«

»Niemand hat vor, gegen Torres zu ermitteln. Aber was spricht dagegen, ihm ein paar Fragen zu stellen? Er hat Alina Daamen ins *Escapio* eingeladen. Sie sollte einen Bericht über das Resort schreiben. Da ist es nur naheliegend, dass sie dem Inhaber auch Fragen zu seinem Werdegang als Hotelier stellt. Und für uns wäre es doch wiederum nur logisch, Torres über den Inhalt dieses Gespräches zu befragen.« Und was das Ganze mit ihrem Interesse an den älteren Artikeln über die ETA zu tun hatte, ergänzte er in Gedanken.

»Sie beide«, Arbós stach mit dem Zeigefinger aggressiv in ihre Richtung. »Werden nichts dergleichen tun. Alfredo Torres ist ein integrer Geschäftsmann. Warum sollte er eine Bloggerin erst einladen, damit sie über ihn und seine Hotels schreibt, und sie dann umbringen? Klingt das irgendwie plausibel?«

Zamorra hob das Papier und wollte etwas sagen, doch Ibara brachte sie mit einem strengen Blick zum Schweigen.

Er setzte ein unverbindliches Lächeln auf. »Sie haben vollkommen recht. Wir tun unsere Arbeit und Sie Ihre. Wir fahren jetzt auf Streife. Sie finden uns in Getaria. Casta, kommst du?«

24.

»Bist du jetzt vollkommen übergeschnappt? Was sollte das?«, fauchte Zamorra ihn an, kaum dass sie die Tür geschlossen hatten und auf dem kahlen Flur standen.

»Hast du nicht begriffen, was hier läuft?«

»Nein.«

»Arbós will sich nicht mit Torres anlegen. Er hat mit Xabi Hernandez einen Verdächtigen, und das reicht ihm. Ihn interessiert die Aufklärung gar nicht, ihm geht es nur darum, schnelle Erfolge vorzuweisen und gut dazustehen. Selbst wenn er Hernandez wieder freilassen muss, spielt das keine Rolle. In ein paar Tagen ist Alina aus den Medien, und ob der Fall dann noch einmal aufgerollt wird, wird ganz sicher nicht mehr für die ganz großen Schlagzeilen sorgen. Und die Knochen sind ein *cold case*. Das interessiert ihn schon gar nicht.«

»Es sollte ihn interessieren.« Zamorra wedelte ungeduldig mit dem Papier. »Weißt du nämlich, von wem Torres das Grundstück gekauft hat? Von Gabriela Velasquez Hernandez. Steht hier in dem Artikel.«

Ibara pfiff leise durch die Zähne. So etwas in der Art hatte er erwartet. »Alina Daamen hat, gezielt oder per Zufall, über ihre Recherche herausgefunden, dass die ehemaligen Eigentümer von Torres' erstem Grundstück nicht, wie alle geglaubt haben, beim Anschlag der ETA ums Leben kamen, sondern zur selben Zeit vermisst wurden. Vielleicht hat sie ihn mit diesem Verdacht konfrontiert und musste deshalb sterben.«

»Traust du Alfredo Torres so etwas zu? Der Mann finanziert Kindergärten, Sportfeste, fördert den Tourismus und was weiß ich noch.«

»Klingt ganz nach jemandem, der etwas zu verlieren hat, wenn eine naseweise junge Frau in seiner Vergangenheit herumstochert, oder nicht?«

»Ich weiß nicht. Lass uns runter zu Alba gehen. Mal sehen, was sie dazu sagt. Aber nehmen wir einmal an, du hast recht mit deinen Vermutungen. Warum will Arbós nicht, dass wir ermitteln?«

Ibara zog die Schultern hoch. »Mendoza erwähnte, dass er aus Getaria stammt. Wenn Torres so dick im Geschäft ist und mit dem ein oder anderen Lokalpolitiker kuschelt, könnte sich das negativ auf Humpty Dumptys Karriere auswirken. Vor allem, wenn Torres tatsächlich unschuldig ist oder ihm zumindest nichts nachgewiesen werden kann. Schon allein ein Verdacht ist schließlich nicht ohne Wirkung, das bleibt an ihm kleben. Da gibt es bestimmt Leute, die Arbós die Ermittlungen ziemlich übel nehmen würden. Ich vermute, das hat nichts mit seiner Kompetenz zu tun, er ist einfach feige.«

»Und was machen wir jetzt?«

Sie hatten den Empfangsraum im Erdgeschoss erreicht. Olea stand mit einem Stadtplan hinter dem Tresen und erklärte gerade einem älteren asiatisch aussehenden Ehepaar in Outdoorjacken auf Englisch einen Weg. Ibara und Zamorra blieben in höflichem Abstand stehen.

»Was wir jetzt machen?« Ibara legte eine Hand in den Nacken und grinste breit. »Wie gut, dass uns solche lokalpolitischen Ränkespiele egal sein können, oder? Wir fahren zu Torres und reden mit ihm.«

Statt einer Antwort stieß Zamorra ein unbestimmtes Brummen aus und kaute auf ihrer Unterlippe. Inzwischen hatten die beiden Touristen begriffen, wie sie an ihr Ziel gelangten, bekamen den Stadtplan in die Hand gedrückt und verabschiedeten sich wortreich mit Winken und Verbeugungen. Olea winkte ebenfalls und lächelte gerührt. »Problem erkannt, Problem gelöst, zufriedene Menschen«, rief sie. »So mag ich meine Arbeit.«

»Ich ziehe ja größere Herausforderungen vor«, sagte Ibara. »Was ist jetzt, Casta, kommst du mit?«

»Ich … das … du hast schon recht, aber …« Sie brach ab und senkte den Kopf.

»Jetzt ernsthaft? Wovor hast du Schiss? Dass Torres Bürgermeister wird und deine Karriere ruiniert?«

»So ein Schwachsinn!«, fuhr Zamorra auf. Sie riss die Augen auf, und auf ihren Wangen bildeten sich hektische rote Flecken. »Ich weiß nicht, warum du dich hier jetzt schon wieder zum Superermittler aufschwingen willst. Überzeuge Arbós davon, mit Torres zu reden. Was sollen wir hier seine Drecksarbeit machen?«

Aus den Augenwinkeln sah Ibara, wie Olea verblüfft die Augenbrauen hob.

»Außerdem bringt das doch nichts, gar nichts! Was denkst du, wird passieren? Wir fragen Torres, ob er vor dreißig Jahren eine Familie umgebracht und im Wald verscharrt hat, weil er ihr Grundstück haben wollte? Und er setzt sich wie der Superschurke in einem James-Bond-Film hin, streichelt eine weiße Katze und erklärt uns seinen Plan? Du spinnst doch!«

»Ich habe doch gar nicht …«

Zamorra knurrte wie eine gereizte Wildkatze. »Wir fahren zum *Escapio*, reden mit ihm. Was wird er sagen? Dass er sich an die Einzelheiten des Gesprächs mit Alina nicht mehr erinnern kann. Was ich nach all der Zeit sogar glaubhaft finde! Erinnerst du dich an das, was du vor drei Wochen mit jemandem geredet hast? Dann fahren wir wieder zurück. Das bringt überhaupt nichts. Ich habe nicht die geringste Lust, mit so einem Quatsch meine Zeit zu vergeuden.«

»Ich wollte doch nur …«

»Casta, was hältst du davon, wenn ich mit Rafa fahre?«, tönte Oleas Stimme dazwischen. Du übernimmst in der Zwischenzeit meine Schicht hier am Empfang.«

Für wenige Sekunden hatte es den Anschein, als wären die Worte ihrer Kollegin gar nicht zu Zamorra durchgedrungen. Sie hatte den Mund geöffnet und wollte offenbar gerade zu einer weiteren Tirade ansetzen, als sie Olea einen Blick zuschoss, dass Ibara beinahe glaubte, die Luft vor Spannung knistern zu hören. »Ach, willst du für Herrn Sherlock Holmes jetzt Frau Doktor Watson geben? Nur zu!«

Olea warf die Hände in die Höhe. »Das war nur ein Angebot! Nimm es an oder lass es sein. Aber lass deine schlechte Laune nicht an uns aus.«

»Schon gut. Macht, was ihr wollt. Ich hüte dann das Telefon und lass mich von Arbós herumschubsen.« Zamorra war endgültig die Luft ausgegangen. Sie warf sich herum und verschwand mit wenigen Schritten hinter der Tür zu den Toiletten.

Olea zögerte nicht länger, nahm das Headset ab, stand auf, humpelte zur Garderobe und nahm ihre Uniformjacke vom Bügel. Dann umrundete sie den Tresen und schaute zu Ibara auf, der sich immer noch nicht vom Fleck gerührt hatte und sich verzweifelt fragte, was mit seiner Kollegin los war.

»Kommst du?« Sie hängte sich die Jacke über den Arm.

»Ist das in Ordnung für dich? Ich möchte wirklich ungern allein fahren.«

»Ich bin froh, wenn ich mal rauskomme. In einem Hotelresort mit lauter Touristen wird mir wohl kaum etwas passieren, oder?« Sie humpelte bereits Richtung Ausgang. Ibara überlegte noch, ob er warten sollte, bis Zamorra von der Toilette wiederkam, aber dann folgte er Olea.

Er hatte sie mit wenigen Sätzen eingeholt. »Wir nehmen mein Auto, das ist unauffälliger.«

»Einverstanden.«

Er musste sich zusammenreißen, die Schritte seiner langen Beine an ihr langsames Tempo anzupassen. Zugleich fiel es ihm schwer, sich davon abzuhalten, ihr einen Arm anzubieten, um sie ein wenig zu stützen. Den Fehler würde er kein zweites Mal machen. Es war gut eineinhalb Jahre her, dass Alba Olea bei einem Einsatz in die Wade geschossen worden war. Ibara war mit weiteren Kollegen dabei gewesen. Sie hatten nach dem Hinweis eines Bauern ein paar Jugendliche in einem Waldstück beim Wildern erwischt, und einer hatte seine Schrotflinte nicht ganz unter Kontrolle gehabt. Es hatte Monate gedauert, bis Olea wieder hatte arbeiten können. Seitdem schob sie Innendienst. Ibara konnte nur mutmaßen, wie sehr sie das frustrierte. Vor der Schießerei war sie eine sportliche Frau gewesen, sie waren häufig zusammen gejoggt, waren sogar zweimal gemeinsam einen Marathon gelaufen. Früher war sie die fünfzehn Kilometer von zu Hause mit dem Rad gekommen, jetzt wurde sie morgens von ihrem Mann mit dem Auto gebracht und abends wieder abgeholt. Falls sie Schmerzen hatte, merkte Ibara ihr das nicht an, jedenfalls weigerte sie sich, einen Stock oder gar eine Krücke zu benutzen.

»Bevor du fragst«, sagte sie, als sie im Auto saßen und Ibara den Blinker setzte, um sich in den Verkehr einzufädeln.

»Ich weiß nach wie vor genauso viel wie du. Ich vermute, sie wollte nicht mitfahren, weil sie um zwei wieder offiziell Dienstschluss hat.«

»Ja, und?«

»Wenn sie mit zum *Escapio* fahren würde, würde sie das nicht schaffen. Und sie ist seit knapp zwei Wochen darauf bedacht, keine Minute länger als nötig auf dem Revier zu bleiben.«

Er warf ihr mit einem schiefen Lächeln einen Seitenblick zu. »Sind wir so unerträglich?«

Olea lachte. »Ich glaube nicht, dass es an dir liegt, oder an irgendeiner anderen Person. Ich habe eine ganz andere Vermutung.«

»Und die wäre?«

»Das soll sie schon selbst sagen. Vielleicht irre ich mich auch, und dann habe ich am Ende ein paar hässliche Gerüchte in die Welt gesetzt. Nein, das behalte ich für mich.«

25.

Ibara schaltete den Motor ab und ließ seinen Blick über das weitläufige Panorama schweifen. Sie standen auf einem weiß gekiesten Parkplatz. Zwischen den Parkbuchten waren Rosenspaliere aufgestellt und Apfelbäume gepflanzt, die bereits kleine Früchte trugen. Hinter dem Parkplatz erstreckte sich eine Wiese über eine Klippe, die nach wenigen Hundert Metern Richtung Meer steil abfiel. Nach rechts führte ein von Hortensienbüschen und Solarlampen gesäumter Pfad zum Hotelgebäude, das von Ibaras Standpunkt aus gesehen ein wenig tiefer lag, sodass er nur das silberfarbene wie eine Welle geschwungene Dach und die oberen Stockwerke des Gebäudes sehen konnte.

Er stieg aus, setzte die Sonnenbrille auf und reckte sich. Die Luft war wieder wärmer, die Sonne prickelte angenehm auf der Haut.

Schweigend gingen sie den Pfad entlang. Hinter den Hortensienbüschen schnurrte ein Rasenmäher-Roboter über eine Grasfläche. Nach nur wenigen Schritten konnten sie das Hotelgebäude hinter der flachen Kuppe sehen. Ein moderner Bau mit geschwungenen Elementen, die an Wellen erinnerten, weiß getüncht mit silbern abgesetzten Fensterfronten. Versetzt angebrachte hellbraune Holzpaneele unterbrachen die lang gezogenen Wände und vermittelten so den Eindruck, dass es sich gar nicht um ein großes Gebäude handelte, sondern um mehrere kleinere. Auf dem flachen Dach schimmerten Solarpaneele. Sie erreichten einen Vorplatz, in dessen Mitte ein Springbrunnen plätscherte. Ibara erkannte den Platz sofort wieder, hier war eines der letzten Fotos von Alina Daamen entstanden, auf dem sie mit dem

Trolley posierte. Hinter dem Springbrunnen und einigen üppig bepflanzten Blumenkübeln führte eine automatische Schiebetür zur Rezeption. Ein Schild wies ein einstöckiges Gebäude auf der linken Seite als Verwaltung aus. Ibara zeigte darauf und schaute seine Kollegin fragend an.

Olea nickte, während sie stehen blieb und dabei ein wenig mit dem Gleichgewicht kämpfte. »Geh nur, ich warte hier.«

Er folgte ihrer Anweisung, klopfte an die Eingangstür und betrat nach einer Aufforderung von drinnen das Büro. Eine junge dunkelhäutige Frau mit Dreadlocks saß hinter einem Schreibtisch und lächelte ihn freundlich an.

»*Buenos días* und herzlich willkommen im *Escapio*! Wie kann ich Ihnen helfen?«

»Mein Name ist Comisario Rafael Ibara. Meine Kollegin und ich würden gern noch einmal wegen des Todesfalls der Touristin Alina Daamen mit Señor Torres sprechen.«

»Selbstverständlich. Er ist am Infinity-Pool.« Sie stand auf und zeigte mit einer weit ausholenden Armbewegung aus dem Fenster auf einen Punkt jenseits des Vorplatzes. »Am einfachsten gehen Sie rechts um das Haupthaus herum und folgen dann den Hinweisschildern. Der Weg führt an zwei Beachvolleyballfeldern vorbei über die Düne in einem kleinen Bogen unterhalb des Gebäudes zum Pool. Dort sollte der Chef sein. Ansonsten fragen Sie einen der Animateure. Die sollten überall auf der Anlage unterwegs sein. Sie erkennen sie an den dunkelblauen T-Shirts und Basecaps.«

Ibara dachte sofort an Olea. »Ist das weit zu laufen?«

»Nein, vielleicht fünf Minuten?«

»Danke sehr!« Ibara verließ das Büro und erklärte Olea, wo sie hinmussten. Sie schaute skeptisch über den Vorplatz und setzte sich dann in Bewegung.

Ibara folgte ihr, doch bevor er etwas sagen konnte, schnitt sie ihm mit einer Handbewegung das Wort ab. »Pass auf. Du gehst vor, und ich komme nach. Nein, keine Widerrede, das Laufen tut ganz gut.« Sie lächelte schwach. »Ich hatte ganz vergessen, dass es noch etwas anderes als den Empfangstresen in der *Comisaría* gab.«

»Das gefällt mir nicht.«

»Jetzt hör auf, mich zu bemitleiden!«

»Schon gut.« Er warf ihr einen letzten entschuldigenden Blick zu und ging dann voraus. Wenigstens wusste er, dass Oleas frustrierte Miene nichts mit ihm zu tun hatte, sondern sie mit sich und ihrem lahmen Fuß haderte. Allerdings übertrieb sie es mit ihrem Trotz etwas. Er fand nicht, dass etwas dabei wäre, wenn sie sich von ihm ein wenig helfen ließe.

Er lenkte sich damit ab, die Anlage weiter zu bestaunen. Das Resort war bis ins kleinste Detail durchdacht und fügte sich harmonisch in die Landschaft ein. Er passierte die Beachvolleyballfelder, auf denen eine Gruppe Kinder unter Aufsicht einer jungen Frau, dem beschriebenen dunkelblauen T-Shirt nach die Animateurin, herumtollten. Nach ein paar weiteren Metern blieb er stehen. Vom Weg durch die Düne aus blickte er auf eine stufenförmig angelegte Sonnenterrasse, die vom Hotel aus über Treppen und eine Rutsche für Kinder erreichbar war. Von den Liegeplätzen aus führten verschiedene Wege zu einem weiteren Volleyballfeld, einer kleinen Ansammlung von Holzhütten, in der Ibara eine Sauna vermutete, und zu einem schmalen Streifen Strand. Auf der untersten Stufe der Terrasse war eine Poollandschaft angelegt, mehrere Becken, die ineinander übergingen, mit einer palmenbewachsenen Insel in der Mitte.

Ibara warf einen letzten Blick über die Schulter zu seiner Kollegin, die ihn mit einem Wink weiterscheuchte. Er folgte dem Pfad um eine Windung und verlor sie aus den Augen. Zu seiner Verwunderung gelangte er an einen Wegweiser, nach dem er sich zum Infinity-Pool nicht, wie erwartet, wieder nach links Richtung Hotel, sondern weiter geradeaus halten musste. Er ging etwa hundert Meter recht steil bergab und blickte dann auf einen zwischen den Dünen versteckten zweiten Pool, der jedoch leer und abgedeckt war und verlassen lag. Ein lang gestrecktes flaches Holzgebäude war teilweise in den Hang hineingebaut. Ibara glaubte, hinter einem halb geöffneten weißen Rollladen eine Poolbar zu erkennen, in der ein Schatten hin- und herhuschte. Er hielt darauf zu.

Als er auf wenige Schritte heran war, trat ein ungefähr sechzigjähriger Mann mit eisgrauen Haaren und einem ebensolchen Vollbart aus der Tür neben der Bar und blickte ihm neugierig entgegen. Er trug einen dunkelblauen Anzug, der schon auf den ersten Blick teuer und vollkommenen unangemessen aussah, um damit in einer Poollandschaft herumzulaufen.

Ibara hob die Hand zum Gruß. »Señor Torres, nehme ich an?«

»Der bin ich. Was kann ich für Sie tun?«

Ibara stellte sich vor und erntete ein breites Lächeln, mit dem sein Gegenüber zwei makellose Zahnreihen entblößte. »Was für eine tragische Geschichte, nicht wahr? Das arme Mädchen, noch so jung.« Er schnalzte mit der Zunge und hob eine Hand, als wüsste er nicht, was er sagen sollte.

Sofort fiel Ibara ein, was sein Chef über Torres gesagt hatte, und gab ihm insgeheim recht. Der Mann war das Abziehbild des perfekten Geschäftsmannes, die Bewegungen wohldosiert, das Lächeln gleichermaßen jovial und bedauernd. Und doch war das alles eine Nuance zu glatt, zu einstudiert. Der Mann war Ibara auf Anhieb unsympathisch. Er erinnerte ihn an die früheren Bekannten seiner Eltern, zumeist aus Diplomatenkreisen, alle im Laufe ihres Berufslebens ausgebildet, eine vertrauenerweckende und glaubwürdige Erscheinung abzugeben. Zu oft hatte der junge Rafael erleben müssen, wie sehr der Anschein trog, mehr als das, die zur Schau getragenen Heiligenscheine solcher Leute in Wahrheit wackelten.

Er entschied sich, erst gar nicht lange um den heißen Brei herumzureden. »Señor Torres, ich habe die berechtigte Vermutung, dass Alina Daamen etwas herausgefunden hat, was sie nicht wissen sollte und weswegen sie sterben musste.«

Ein zustimmendes und wissendes Lächeln. »Das ist doch meistens so, nicht wahr? Ich bedauere zutiefst, dass mein Hotel damit in Verbindung steht, auch wenn ich selbstverständlich nicht die leiseste Ahnung hatte, dass einer meiner Angestellten Verwicklungen in diese unglückselige Angelegenheit hat. Nur einer, nicht wahr? Esteban Ribeiro ist wieder frei, soweit ich es hörte?« Seine Miene wurde treuherzig, als handele sich bei dem Erwähnten um einen Hundewelpen. Beinahe erwartete Ibara, dass Torres eine Hand auf seine Brust legte.

»Da haben Sie richtig gehört«, erwiderte er unverbindlich. Aber auch an der Verwicklung von Hernandez gibt es inzwischen Zweifel.«

»Wirklich, das wusste ich nicht. So was.«

Täuschte Ibara sich, oder hatte er da ein leises unsicheres Flackern in den braunen Augen seines Gegenübers gesehen? »Sagen Sie, Señor Torres, ist es nicht ein merkwürdiger

Zufall, dass der Verdächtige genau so heißt wie die vorherigen Eigentümer Ihres Grundstücks, die damals bei diesem schrecklichen Anschlag der ETA umgekommen sind und deren Erben Sie ebendieses Grundstück abgekauft haben?«

»Ich bitte Sie, haben Sie eine ungefähre Ahnung, wie viele Menschen mit gleichen Namen es in Spanien gibt, ohne dass sie verwandt sind? Ibara mag nicht so häufig sein, aber wie ist denn ihr zweiter Namen?«

»García.«

»Da haben Sie es. Wie viele Garcías kennen Sie?«

Ibara wollte sich auf kein Ablenkungsmanöver einlassen. »Sie geben also zu, dass Sie es wussten? Cristobal und Maria Hernandez kamen damals vor zweiunddreißig Jahren gar nicht bei diesem Anschlag um, wussten Sie das auch?«

Torres senkte die buschigen Augenbrauen. »Was wollen Sie?«

Ibara verschränkte die Arme und beugte sich etwas nach vorne. Dadurch wirkte er kleiner. Harmloser und weniger bedrohlich aufgrund seiner Körpergröße. »Ich will verstehen, was mit Alina Daamen passiert ist. Sie wusste, dass das Ehepaar Hernandez als vermisst galt. Und sie wusste, dass Sie den Erben das Grundstück für einen Spottpreis abgekauft haben.« Er machte eine kurze Pause, um seine Worte wirken zu lassen. Torres ließ sich nichts anmerken. »Wir wissen außerdem inzwischen, dass es sich bei den Knochen der drei Toten, auf denen Alina Daamen lag, um die Familie Hernandez handelt.« Es als Tatsache zu formulieren und nicht als Vermutung, war ein wenig übertrieben, aber das fand Ibara jetzt nebensächlich.

»Schön und gut. Was soll ich damit zu tun haben?« Torres hatte sein Zahnreihenlächeln wiedergefunden. Doch Ibara bemerkte ein Zucken an dessen Kiefermuskeln, und dass die Schulterlinie eine Spur angespannter als nötig zu sein schien.

»Uns ist außerdem bekannt, dass Sie mit Ihrer Familie nur wenige Hundert Meter vom Fundort der Leichen aufgewachsen sind. Señor Torres, ich habe guten Grund anzunehmen, dass Sie die Familie Hernandez im Jahr 1987 getötet und dort im Wald verscharrt haben, um an das Grundstück zu kommen. Und ich bin sicher, dass Alina Daamen während ihrer Recherchen über genau diese Leichen auf Ihrem Weg gestolpert ist und deshalb sterben musste.«

Noch bevor er die letzte Silbe ausgesprochen hatte, begann Torres dröhnend zu lachen. »Sie sind doch vollkommen übergeschnappt. Können Sie das auch beweisen?«

Ibara beugte sich noch etwas weiter vor. »Was Alina herausgefunden hat, lässt sich sehr gut rekonstruieren. Und den Rest schafft heutzutage eine gute Kriminaltechnik. DNA-Spuren, Hautpartikel und so weiter. Wenn erst einmal die Kollegen anrücken und die richtigen Fragen stellen, werden sicherlich unter den Angestellten hier Zeugen zu finden sein, die etwas von den Gesprächen zwischen Ihnen und dem Opfer mitbekommen haben. Sie können sie schließlich nicht *alle* unter Druck setzen.«

In dem Moment ließ Torres die Maske des integren Geschäftsmannes fallen. Er beugte sich ebenfalls vor. Ibara vernahm einen schwachen Alkoholgeruch im Atem des Mannes.

»Nehmen wir einmal an, Comisario Ibara«, zischte er leise, »nur ganz theoretisch, als reines Gedankenspiel, nicht wahr? Nehmen wir einmal an, Ihre Anschuldigungen entsprächen der Wahrheit. Wem wird man glauben, einem dahergelaufenen Touristen-Polizisten, wie Sie einer sind, oder einem Geschäftsmann, der für über dreihundert Arbeitsplätze in der Region hier sorgt?« Er schnaubte spöttisch. »Ich führe fünf Hotels. Das Konzept des *Escapio* ist mit dem Segen des Tourismusverbandes und sogar in Zusammenarbeit mit einer lokalen Naturschutzorganisation entwickelt worden. Luxus und Nachhaltigkeit schließen sich nicht aus, im Gegenteil. Wollen Sie das alles aufs Spiel setzen?«

Ibara spürte, wie Wut in ihm hochkroch. Dieser falsche Dreckskerl brachte seine Geduld an ihre Grenzen. Er ballte unauffällig die Fäuste. Nur seine jahrelange Erfahrung mit ähnlichen Situationen bewahrte ihn davor, laut zu werden. »Das legitimiert also in Ihren Augen vier Morde«, sagte er leise, »einen davon an einem Kind? Und dass Sie die Leichen entsorgen wie einen Sack Müll?«

Torres scharrte mit dem Fuß. »Wer sind Sie, der Moralapostel vom Dienst? Wissen Sie eigentlich, was für ein Flittchen die Kleine war? Hat erst versucht, mich anzubaggern, und dann, mich zu erpressen. Eine unreife Göre, die nicht einmal auf Spanisch bis drei zählen konnte. Und Sie wagen es, mir Vorhaltungen zu machen?«

»Sie geben es also zu. Sie haben Alina Daamen aus dem Weg geschafft. Wie zuvor eine ganze Familie.«

»Beweisen Sie es.« Torres klang gelangweilt. Er lachte erneut auf.

Ibaras jahrelanges Kampfsporttraining hatte ihm während seines Berufes schon unzählige Male geholfen. Er konnte in der Körperhaltung seines Gegenübers lesen wie in einem offenen Buch, kleinste Zuckungen oder dezentes Muskelspiel ließen ihn ahnen, ob und wann der Moment erreicht war, an dem ein Gegner zuschlug. Er war Meister darin, zu deeskalieren. Normalerweise.

Torres war bis in die letzte Faser angespannt, federte unruhig in den Knien, seine Augen leuchteten aggressiv. Doch auch er hatte sein Training absolviert, über die Jahre in besten Kreisen gelernt, sich zu beherrschen, sich nicht wie ein Straßenjunge zu prügeln, sondern mit Worten zu reizen. Der entscheidende Zeitpunkt war noch nicht gekommen.

Aber es fehlte nicht viel.

Und manchmal gab es diese Situationen, in denen es eine Sache wert war, nicht länger fair zu kämpfen. Nicht zu deeskalieren, sondern zu provozieren. Vier getötete Menschen waren es wert.

Ibara spuckte ihm ins Gesicht.

Und Torres schlug zu.

Mühelos duckte Ibara sich unter dem Fausthieb weg, fiel seinem Gegner noch während des Schlages in den Arm, packte ihn und drehte ihn mit einer blitzschnellen Bewegung auf den Rücken. Es kostete ihn nicht einmal große Mühe.

Torres schrie schmerzerfüllt auf. »Lassen Sie mich los! Auf der Stelle!«

»Alfredo Torres, ich verhafte Sie wegen des Angriffs auf einen Polizisten im Dienst. Ich nehme Sie mit auf die *Comisaría*, dort können Sie Ihre Aussage machen. Dann wird entschieden, was weiter mit Ihnen passiert.«

»Das glaubt Ihnen doch kein Mensch! Sie haben mich provoziert!«

»Also ich habe nur gesehen, wie Sie versucht haben, meinen Kollegen mit einem Fausthieb niederzustrecken«, erklang eine für diese Situation viel zu fröhliche weibliche Stimme hinter ihnen.

Torres fuhr herum und brüllte erneut vor Schmerz, weil Ibara ihn unerbittlich festhielt und ihm den Arm verdrehte.

Olea hielt sich mit einer Hand an der Stange eines zusammengeklappten Sonnenschirms fest. Ihr Brustkorb hob und senkte sich.

Torres gab seinen Widerstand auf und erschlaffte in Ibaras Griff. »Sie machen sich lächerlich, alle beide«, knurrte er. »Das wird Konsequenzen haben, das verspreche ich Ihnen.«

»Gibt es einen kürzeren Weg von hier zum Parkplatz? Direkt durch das Hotel?«

Olea wies mit dem Kinn Richtung Hauptgebäude, von dem wiederum nur das Dach zu sehen war. »Bei den Terrassen gibt es sogar einen Aufzug.« Sie versuchte sich an einem Lächeln, das jedoch bitter ausfiel.

»Wenn Sie jetzt freiwillig mitkommen«, sagte Ibara zu Torres gewandt, »ersparen wir Ihnen den Aufruhr, weil Sie in Handschellen durch Ihr Hotel geführt werden. Ist das ein Angebot?«

»Das ist Polizeiwillkür. Fehlt nur noch, dass Sie mich vor dem Verhör ein wenig weich prügeln. Natürlich an Stellen, an denen es nicht auffällt, keine Schläge direkt ins Gesicht, bringt man euch das heutzutage noch bei?«

Ibara verzichtete auf eine Antwort. Er fand Torres' Versuche, ihn aus der Reserve zu locken, erbärmlich. Die Tatsache, dass der Mann mehr oder weniger zugegeben hatte, die Morde begangen zu haben, und dass er ihm das nicht beweisen konnte, machte ihm weitaus mehr zu schaffen. Er hoffte, dass Doctora Cortez oder Iturriko und sein Spurensicherungsteam belastbare Beweise fanden. Vielleicht reichte Ibaras Aussage für Durchsuchungen der Büros und der Wohnung von Torres. Irgendwie mussten sie doch an ihn herankommen …

26.

Ibara und Olea brachten Alfredo Torres ohne großes Aufsehen nach Zarautz. Zamorra hatte inzwischen Feierabend gemacht, doch Mendoza und weitere Kollegen kümmerten sich um den besonderen Gast. Olea übernahm, sichtlich erschöpft, wieder den Empfang. Während Torres mit Anwälten und der Geschäftsführung seiner Hotels telefonierte, erreichten sie Arbós noch auf der Autobahn nach Bilbao. Es bereitete Ibara insgeheim Schadenfreude, sich vorzustellen, wie Humpty Dumpty vor Wut auf dem Fahrersitz auf und ab hüpfte, während er an der nächsten Abfahrt drehte und in seine ungeliebte Provinzstation zurückkehren musste.

Immerhin bat er Ibara und Mendoza nach seiner Ankunft sofort zu einem Gespräch. Es war ihm anzumerken, wie unwohl er sich in seiner Haut fühlte, und ein Stück weit konnte Ibara das sogar verstehen. Doch erst als nach einer Stunde die ersten Journalisten vor der *Comisaría* auftauchten, wurde ihm in vollem Umfang bewusst, was für eine lokale Größe Torres war. Es würde einige Lokalpolitiker geben, die sich, ganz gleich, was ihm am Ende bewiesen werden könnte, schützend vor ihn stellen würden. Und das andere Lager, das ihn, wiederum unabhängig davon, was er wirklich getan hatte und was ihm am Ende davon bewiesen werden konnte, am liebsten in der Luft zerreißen würde.

Immerhin hörte der Comisario General Miguel Arbós ihm endlich zu. Er hörte sich die gesamte Geschichte an, was Ibara über Alinas Recherchen herausgefunden hatte – ohne seinen Freund Wim als Quelle zu erwähnen. Falls Arbós es seltsam fand, dass er detailliertes Wissen über die Ermittlungen in den Niederlanden hatte, war es ihm nicht anzumerken. Er ließ sich dagegen die Zeitungsartikel zeigen, von denen er nur diejenigen im Zusammenhang mit der ETA gelesen hatte, er telefonierte mit Doctora Cortez und ließ sich bestätigen, dass es eindeutige Hinweise auf die Identität eines der älteren Toten gab.

Am Ende waren sie alle davon überzeugt, dass Torres etwas mit den Toten zu tun hatte. Sofern er sowohl die Familie als auch Alina Daamen nicht persönlich getötet hatte, lag es nahe, dass er den Auftrag dazu gegeben hatte. Sowohl das damalige Motiv, sich das Grundstück anzueignen, dass er unbedingt haben wollte, als auch seine aktuellen Beweggründe, eine junge Frau, die zu viel wusste, aus dem Weg zu schaffen, vor allem, da sie ihn möglicherweise mit diesem Wissen erpresst hatte, waren plausibel.

Gemeinsam mit Mendoza und im Beisein eines Anwalts sprach Arbós mit Torres, der natürlich behauptete, nichts von all dem gesagt zu haben, was er erst kurz zuvor bei ihrer Begegnung in der Poolbar geäußert hatte. Nicht, dass Ibara etwas anderes erwartet hatte.

Der Nachmittag zog sich ohne Ergebnis dahin. Ibara versuchte, Zamorra zu erreichen, um ihr von seinem Erfolg zu erzählen, doch sie ging nicht ans Telefon.

Gegen siebzehn Uhr stellte Olea die zentrale Telefonnummer auf einen Kollegen um und wurde von ihrem Mann abgeholt. Ibara lehnte gegen den Tresen und starrte auf den Wartebereich mit der verstaubten Yucca-Palme. Er war ratlos, erschöpft, und die Enttäuschung nagte an ihm. Bis jetzt hatte er sich nie Gedanken darüber gemacht, wie es sich wohl anfühlen mochte, wenn man einen Verbrecher, mehr noch, einen Mörder vor sich hatte, dem man seine Taten nicht beweisen konnte. Sicher, er hatte genug Filme gesehen, Krimis gelesen, ihm war bewusst, dass so etwas passieren konnte. Aber dass er es einmal am eigenen Leib erleben würde, das hatte er nicht erwartet. Er hatte noch nie große Ambitionen gehabt, zur Kriminalpolizei zu gehen. Ganz sicher nicht mehr, seit er damals Sofia kennengelernt hatte.

Mendoza kam aus Richtung Treppenaufgang zu ihm, reckte sich und klopfte ihm unbeholfen auf die Schulter. »Fahr nach Hause, Rafael. Du kannst hier nichts mehr tun.«

»Sie müssen ihn laufen lassen, oder? Dass er mir eine reinhauen wollte, wird nicht reichen, ihn in Haft zu behalten.«

»Natürlich nicht. Arbós versucht gerade, den Staatsanwalt davon zu überzeugen, ihm Durchsuchungsbeschlüsse für das Büro im Hotel und sein Haus zu beantragen. Aber er hat wenig Hoffnung. Soweit wir wissen, ist Alina auch nicht in seinen privaten Räumen gewesen. Und wir können kaum darauf hoffen, dass er ihr Gepäck oder ihr Telefon im Keller aufbewahrt.«

»Wohl kaum.« Mit einem Seufzer drückte Ibara sich vom Tresen ab. »Ich fahre nach Hause.«

»Bis morgen.«

Ibara winkte zum Abschied, verließ die *Comisaría* und setzte sich ins Auto. Er achtete kaum auf die vertraute Strecke und wunderte sich etwas darüber, als plötzlich die Toreinfahrt in Sicht kam. Er fuhr auf den Hof und sah zu seinem großen Erstaunen die fertig bepackten Autos der vier Deutschen vor der Scheune stehen. Die jungen Männer, Finia und ihr Nachbar Alejandro García standen in einer Gruppe zusammen. Whoopy umkreiste die Menschen hechelnd und stupste hin und wieder einem von ihnen mit der Nase in die Kniekehle.

Ibara stieg aus und ging auf die Gruppe zu. »Was ist los? Wolltet ihr nicht längst in Portugal sein?«

Finia wandte sich ihm zu. Sie versuchte, sich zusammenzureißen, doch ihre Miene war verstört, sie hatte die Lippen zu einem schmalen Strich zusammengepresst.

Es war Lukas, der vortrat. »Isobel ist verschwunden.«

Ibara blieb stehen. »Was?«

»Sie, wir … ich.« Lukas brach kläglich ab.

Tobias trat hinter ihn und legte ihm tröstlich eine Hand auf die Schulter. »Isobel hatte uns gebeten zu warten, bis sie aus der Schule zurückkommt. Sie wollte sich mit Lukas an der alten Ruine auf dem Weg zum Strand treffen. Aber sie kam nicht. Sie geht auch nicht ans Telefon.«

Ibara drehte sich einmal um die eigene Achse. Isobels Stute und der Esel standen vor ihrem Stall. Mit denen war seine Tochter demnach auch nicht unterwegs. Ihm wurde eiskalt.

»Warum hat mich niemand angerufen?«, donnerte er.

Enis neigte mit reumütiger Miene den Kopf. »Sie sind auch nicht ans Telefon gegangen.«

Ibara riss sein Handy aus der Tasche und starrte auf ein schwarzes Display. Der Akku war leer. Das passierte ihm sonst nie, warum ausgerechnet jetzt?

»Die Jungs sind den Weg zweimal abgegangen.« Wie durch Nebel drang Finias Stimme an sein Ohr. »Ich habe Joline und Vega angerufen. Sie sagten, sie hätten sich nach der Schule ganz normal getrennt, Isobel ist in den Bus gestiegen, wie immer. Die beiden haben einen Jungen aus ihrer Klasse gefragt, der immer mit ihr fährt. Der hat ihnen gesagt, dass sie an der üblichen Haltestelle ausgestiegen ist. Danach verliert sich ihre Spur.«

Falls Finia ihren Monolog fortsetze, hörte Ibara es nicht mehr. In seinen Ohren verschwamm ihre Stimme zu einem sinnlosen Rauschen. Er schloss die Augen, sah Lichtpunkte vor seinen geschlossenen Lidern tanzen.

Isobel war verschwunden. Seine Tochter. Ein fröhliches Mädchen von fünfzehn Jahren. Sein Ein und Alles. Das durfte einfach nicht wahr sein. Das war ein Missverständnis. Gleich würde er die Augen aufmachen und in lachende Gesichter schauen, weil sie sich einen üblen Scherz erlaubt hatten.

Er öffnete die Augen.

Er befand sich in einem Albtraum.

Torres. Er hatte zig Telefonate geführt. Sie hatten es ihm erlaubt. Er musste irgendwem eine verklausulierte Anweisung gegeben haben, Isobel abzufangen. Um Ibara unter Druck zu setzen. Ihm eine Warnung zukommen zu lassen, sich nicht mit ihm anzulegen. Vermutlich würde er das Mädchen heute Abend wieder laufen lassen. Und wenn nicht? Alina Daamen war tot. Würde er einen weiteren Mord auf sich nehmen?

Warum nicht?

Eine leise Stimme in Ibaras Kopf mahnte ihn zur Ruhe, keine voreiligen Schlüsse zu ziehen. Aber die väterliche Sorge übertönte die Vernunft. Er musste sie suchen. Was konnte er sonst tun? Die Polizei verständigen? Er *war* die Polizei.

Er riss die Autoschlüssel aus der Hosentasche und machte auf dem Absatz kehrt.

»Halt! Wo willst du denn hin?«, rief Finia ihm nach.

Er blieb stehen, rieb sich mit Daumen und Zeigefinger über die Augen. »Ich fahre ins *Escapio.*«

Finia war ihm nachgelaufen. »Das Hotel von Torres? Warum?«

»Irgendwo muss ich ja anfangen.«

Sie fragte nicht. Das war vielleicht auch besser so, denn dann hätte er darüber nachdenken müssen, was genau er vorhatte. Stattdessen streckte sie die Hand mit ihrem Handy aus. »Wir tauschen. Ich lege deins in die Küche und lasse es laden. Falls Isobel sich bei dir gemeldet hat, rufe ich dich an.«

»Hast du deine PIN geändert?«

»Nein, du?«

»Auch nicht.«

Er nickte und gab ihr sein Telefon. Per Zufall hatten sie einmal herausgefunden, dass sie dieselbe PIN benutzten. 2411 – Isobels Geburtstag.

Ibara schaute nicht zurück. Er stieg in den Seat und fuhr los.

27.

Unterwegs fiel ihm auf, dass es vielleicht klüger gewesen wäre, seine Dienstwaffe einzustecken. Er fühlte sich in der Regel unwohl damit, deshalb ruhte die Walther P99 in Finias Keller im Waffenschrank neben den zwei Jagdgewehren ihres verstorbenen Mannes. Er hatte seine alte Pistole aus den Zeiten bei der Hamburger Streifenpolizei damals behalten dürfen, weil der Typ auch bei der spanischen Polizei üblich war. Jetzt war eine der seltenen Gelegenheiten, zu denen er sich mit der Waffe bedeutend sicherer gefühlt hätte. Kleine Querelen, Raufereien zwischen den Jugendlichen auf den Straßen von Zarautz oder Getaria konnte er häufig schon lösen, indem er die Schultern durchdrückte und einmal kräftig herumbrüllte. Zur Not half auch ein beherzter Griff in den Nacken eines der Kontrahenten oder ein Hieb mit dem Schlagstock.

Aber jetzt war er auf dem Weg, sich mit einem oder mehreren Mördern anzulegen. Die vor nichts zurückschreckten. Nicht einmal vor dem Mord an einem Kind, wenn es der Sache diente.

Ihn schauderte. Aber er wollte keine Zeit mehr verlieren. Wann war Isobels Schule aus, seit wann war sie verschwunden? Er wusste es nicht. Entschlossen drückte er das Gaspedal durch. Er konzentrierte sich ganz auf den wenigen Verkehr, versuchte an nichts zu denken, versuchte vergeblich, die bange Frage zu verdrängen, was Torres seinen Schergen für Anweisungen gegeben hatte und was sie mit ihr anstellen würden. Immer wieder verkrampften sich seine Eingeweide, und er schluckte gegen einen galligen Geschmack an. Ihm war überhaupt nicht klar, was er genau tun wollte. Er musste Isobel finden, bevor es zu spät war. Der verlassene Pool, an dem Torres ihn vor einigen Stunden empfangen hatte, war der einzige Ort, der ihm als Versteck einfiel. Und während der Hotelparkplatz in Sicht kam, wurde ihm endlich klar, warum: In der Holzbaracke neben dem Pool, in der sich auch die Poolbar befand, wurden sicherlich auch Reinigungsmittel aufbewahrt. Und das Chlor für den Pool. Danach hatten sie Torres gefragt, auch, warum dieser Bereich mitten in der Saison außer Betrieb war. Weil der Filter des Pools nicht ordentlich funktionierte, hatte der empört geantwortet. Seit Wochen schon. Mendoza hatte Ibara all dies mit einiger Fassungslosigkeit berichtet, denn der Hotelbesitzer ließ keinen Zweifel daran, dass der Ausfall des Pools und daraus resultierende schlechte Bewertungen von Gästen für ihn schrecklicher waren, als wegen Mordverdachts auf der *Comisaría* zu sitzen. Entweder, hatte Mendoza daraus gefolgert, hatte Torres tatsächlich nichts mit einem der Morde zu tun, oder er war noch abgebrühter, als sie erwartet hatten.

Kies spritzte zu allen Seiten, als Ibara auf den Parkplatz fuhr und eine Vollbremsung machte. Er steckte Finias Telefon in die Hosentasche und nahm eine Taschenlampe aus dem Handschuhfach. Es war noch immer taghell, in ein paar Tagen stand die kürzeste Nacht des Jahres an. Aber die Lampe konnte ihm im Notfall auch als Schlagstock dienen. So fühlte er sich wenigstens nicht ganz schutzlos. Dann rannte er den Weg zwischen den Hortensienbüschen hinauf zum Empfang. Mit einem Blick erkannte er, dass der Bürotrakt bereits verlassen war. Die Schiebetür, die zum Empfang führte, öffnete sich, und eine Familie trat heraus. Im Hintergrund konnte Ibara eine junge Frau erkennen, die mit einem

Clipboard vor einem Tresen stand und den Kopf hob. Sie lächelte, schien zu erwarten, dass er zu ihr wollte.

Er überlegte kurz, dann wandte er sich dem Dünenpfad zu und lief, so schnell es der unebene Untergrund erlaubte, zum Infinity-Pool. Es war noch immer taghell, aber um das leere Becken und auf den Pfaden zwischen den gegen die Witterung verpackten Sonnenschirmen und Liegestühlen leuchteten Solar-Lampen. Jemand hatte den Rollladen vor der Poolbar wieder komplett heruntergelassen.

Ibara zögerte kurz, blieb stehen und blickte sich um. Er sah keine Menschenseele. Dann trat er entschlossen an die Tür und drückte die Klinke. Die Tür schwang lautlos nach außen, und ein dunkles Loch tat sich vor ihm auf. Er tastete nach einem Lichtschalter, fand ihn und drückte ihn mehrmals, ohne dass sich etwas tat. Offenbar war der Strom abgestellt.

»Hallo? Ist da jemand? Isobel?« Er blieb stehen, lauschte. Als sich nichts rührte, knipste er die Taschenlampe an und trat ein.

Er befand sich in einem fensterlosen Vorratsraum, Regale zogen sich über zwei Wände. Rechts stand eine Tür offen, die zur Bar führte. Eine Tür zur Linken war ebenfalls nur angelehnt. Ibara schob sie auf und betrat den Raum dahinter. Auch hier erblickte er auf Anhieb nichts Besonderes. Weitere Getränkekisten waren links an der Wand gestapelt, in den Regalen zur Rechten standen Kartons mit Gläsern, Strohhalmen, Plastikdekoration, Windlichtern und Kerzen. Dabei vernahm er leise, regelmäßige Geräusche, die wie ein Schnaufen eines großen Tieres klangen. Gegenüber der Tür, durch die er reingekommen war, gab es eine verschlossene Stahltür.

Er rüttelte daran. Verschlossen. Das Schnaufen schien aus

dem Raum dahinter zu kommen, er vermutete eine Pumpe oder etwas Ähnliches für die Poolanlage. Hektisch ließ Ibara den Strahl der Taschenlampe durch den Raum kreisen. Eine Stahltür konnte er nicht so einfach aufbrechen. Schweiß rann ihm in den Nacken, die Luft war stickig und roch abgestanden. Fieberhaft überlegte er, was er tun sollte.

»Wer ist da? Was machen Sie hier, wenn ich mal fragen darf?« Eine tiefe, befehlsgewohnte Frauenstimme kam aus Richtung Ausgang. Ibara atmete zischend aus und fluchte leise. Seine Tochter suchen, das machte er, aber in diesem Augenblick wurde ihm bewusst, dass er nicht das Recht hatte, hier einfach einzubrechen. Es gab weder Hinweise darauf, dass Isobel hier war, noch sonst irgendwelche Anzeichen, dass in diesem Lager etwas nicht so war, wie es sein sollte.

»Einen Moment, ich komme zu Ihnen.« Er atmete mehrmals tief durch. Jetzt hieß es erst einmal, das Gesicht zu wahren. Er zog das Portemonnaie aus der Hosentasche und entnahm seinen Dienstausweis. Dann ging er zum Ausgang.

Draußen stand eine Frau, die mindestens eins fünfundachtzig groß war, dazu breit wie eine Sportlerin, die sich im Gewichtheben oder Kugelstoßen übte. Obwohl Ibara immer noch zehn Zentimeter größer und durchtrainiert war, wurde ihm mulmig. Zum ersten Mal seit langer Zeit bekam er einen Eindruck davon, wie er auf andere Menschen wirken musste.

Die Frau stemmte die Fäuste in die Hüften. »Was fällt Ihnen ein, hier einfach einzubrechen?«

»Die Tür war offen.« Hastig hob er die Hand mit dem Ausweis. »Ich bin von der Polizei. Ich hatte die Vermutung, dass sich hier jemand befindet, den ich suche.«

»Hier ist niemand. Aber das ist gar nicht schlecht, dass Sie da sind, Sie können nämlich …«

In dem Moment unterbrach sie ein lärmender Klingelton. Ibara und die Frau nickten einander höflich auffordernd zu. Gerade als er fragen wollte, warum sie das Gespräch nicht annahm, wurde ihm bewusst, dass es Finias Handy war, das da störte. Er wischte sich die schwitzigen Hände an der Hose ab und fingerte es gerade noch rechtzeitig heraus, bevor die Mailbox ansprang.

»Papa, sie haben mich endlich gefunden! Du hast ja immer gesagt, ich soll nicht ständig aufs Telefon starren, während ich gehe, ich bin abgerutscht, und …«

»Iso? Isobel?« Er traute seinen Ohren nicht. *Sie haben mich endlich gefunden.* Vergeblich versuchte er, den Sinn dieser Worte zu entschlüsseln. Mit einem Seitenblick auf die Matrone entfernte er sich ein paar Schritte von ihr. Sie hatte die Arme vor dem gewaltigen Busen verschränkt und das Kinn vorgereckt.

Schluchzen drang ihm aus dem Telefon entgegen, Stimmengewirr im Hintergrund.

»Isobel, wo bist du? Was ist passiert? Geht es dir gut?«

»Nicht so richtig. Ich habe mir den Fuß verdreht, vermutlich ein Bänderriss. Das heißt, dass ich beim nächsten Volleyballturnier nicht mitmachen kann!«

Ibara blies die Backen auf, zwang sich zur Geduld. Er verstand nicht, was seine Tochter ihm zu sagen versuchte, aber sie schien in Sicherheit zu sein. Zumindest klang das nicht nach einem Anruf, bei dem Entführer ihm klarmachen wollten, dass sie noch lebte und er demnächst einen Finger oder ein Ohr von ihr erhalten würde.

Wieder hörte er Stimmengewirr, dann eine resolute Stimme und ein Rauschen. Endlich hörte er Finia, der Klang ihrer Stimme zwischen Wut und Erleichterung.

»Die Señorita kann dir das morgen in Ruhe erzählen. Kurz gesagt ist sie auf dem Weg zur Ruine gestolpert, weil sie nur auf ihr Display gestarrt hat, und den Hang abgerutscht. Dabei hat sie das Telefon verloren. Die Jungs sind vorhin noch mal mit Whoopy losgezogen, und die hat ihr Frauchen gefunden.«

Fassungslos schüttelte Ibara den Kopf. Es war dämliche, jugendliche Unachtsamkeit, und er hatte das nächste Gewaltverbrechen gewittert. Für einen kurzen Moment drohten seine Knie nachzugeben, als die Erleichterung wie eine Welle über ihn hinwegschwappte. Er beendete das Gespräch und wandte sich seinem Gegenüber zu, die ihn unverhohlen neugierig beobachtete.

Ibara grinste breit, er konnte gar nicht anders. »Haben Sie Kinder?«

Verstehen blitzte in den Augen der Frau auf, und ihre Miene wurde weicher. »Mädchen, vierzehn, und Junge, elf. Je älter sie werden, umso abenteuerlicher wird es.«

»Meine Tochter war verschwunden, sie ist fünfzehn. Aber es war nur ein harmloser Sturz. Es hat sich alles geklärt. Und dabei bin ich mitten in dieser Mordermittlung.« Er hoffte, dass es so klang, als gäbe es keinen Zusammenhang zwischen den beiden Ereignissen und schon gar nicht mit seiner Anwesenheit hier. Das zöge einen zu großen Erklärungsbedarf nach sich, auf den er keine Lust hatte. Er wollte sich jetzt höflich verabschieden und nach Hause, um Isobel in die Arme zu schließen, seinen vier Gästen einen Orden zu verleihen und Whoopy den größten Knochen zu besorgen, den er auftreiben konnte. Vielleicht auch gleich einen ganzen *jamón serrano*. Diese kluge tapfere Hündin hatte es verdient.

»Also, Comisario Ibara, ich will Sie nicht aufhalten. Wir haben hier auch einige Unruhe. Heute Mittag wurde dazu der Inhaber des *Escapio*, Señor Torres, verhaftet. Haben Sie damit auch zu tun?«

»Nicht direkt«, log er.

»Na ja.« Sie schien noch etwas sagen zu wollen, schwieg jedoch und setzte dann neu an: »Ich habe nur eine Kleinigkeit, da Sie gerade da sind. Kommen Sie.« Sie winkte und setzte sich in Bewegung, ohne sich groß davon zu überzeugen, ob Ibara ihr folgte. Er schloss mit wenigen Schritten zu ihr auf.

»Mein Name ist übrigens Rahel García, ich bin für das Housekeeping zuständig.« Sie umrundeten die Poolbar und kamen an einen weiteren Holzverschlag, der jedoch im Gegensatz zu dem auf der anderen Seite mehrere Flügeltüren besaß. Eine stand offen und gab den Blick auf das Innere frei, bei dem es sich zweifelsohne um den Lagerraum der Liegestühle und Sonnenschirme handelte.

Señora García wies auf den Verschlag. »Ich war vorhin dabei, zu kontrollieren, ob die Möbel trocken gelagert sind. Kurz bevor ich Sie bemerkt hatte, habe ich das da gefunden.« Sie zog ein Bündel unter einem Stapel Liegestühle hervor. Ein kleiner Rollkoffer, der bei einem Flug vermutlich gerade noch als Handgepäck durchgehen würde, und ein blauer Rucksack, der daran befestigt war, kamen zum Vorschein.

»Es fällt mir nicht leicht, das zu sagen, aber wir haben immer wieder Angestellte, die stehlen.« Sie schnaubte, hob das Bündel an und zog erstaunt die Augenbrauen hoch. »Schwerer, als ich dachte. Egal.« Sie hielt es ihm entgegen.

Ibara nahm es.

»Das erlebe ich nicht zum ersten Mal«, erklärte die Hausdame grimmig. »Das Gepäck wird zum Beispiel abgegriffen, wenn unser Fahrer mit dem Bus auf dem Vorplatz auf die Gäste wartet, die er zum Flughafen fahren muss. Ich habe ihm schon tausendmal gesagt, er soll auf das Gepäck achten, aber was rede ich. Die Aushilfen vom Gärtner oder wer auch immer es gerade auf die Wertsachen abgesehen hat, zieht eine Tasche heraus, plündert sie und versteckt den Rest dann irgendwo in der Anlage. Verwinkelt genug ist es hier ja. Und wenn wir das Zeug nach Wochen finden, sind die Touristen nicht einmal froh darüber, denn die haben das längst mit ihren Versicherungen geklärt und Ersatz bekommen. Wehe, wenn ich irgendwann mal einen von denen erwische …« Sie ließ die Drohung in der Luft schweben, und einen winzigen Moment lang hatte Ibara sogar Mitleid mit den Langfingern.

García winkte ab. »Das Paket habe ich Ende letzter Woche hier gefunden. Aber da die Gäste ja längst abgereist sind, hat das meistens keine Eile. Ich habe es, muss ich zu meiner Schande gestehen, sogar vergessen, bis Sie vorhin gesagt haben, dass sie Comisario sind. Jetzt können Sie sich darum kümmern.« Sie begann, die Flügeltüren zu schließen, und zog klirrend einen Schlüsselbund hervor.

Ibara setzte das Bündel auf einem Tisch nahe dem Verschlag ab und öffnete die Taschen des Rucksacks. Erstaunt hielt er Sekunden später ein iPhone der neuesten Generation in den Händen. Das konnte kein sehr geschickter Dieb gewesen sein. Das Telefon muckste sich nicht, vermutlich war der Akku längst leer. Er tastete weiter, fühlte ein dick gepolstertes Etui, der Form nach für eine Kamera. Er ließ es, wo es war. Viel interessanter fand er das Portemonnaie, groß und breit, dem verschnörkelten Design und der hellroten Farbe nach für eine Frau. Er öffnete es. Und zum zweiten Mal an diesem Abend drohten ihm die Knie nachzugeben. Er hob den Rucksack an und drehte ihn um, schaute auf das Etikett vorne. Er war von Herschel. Er kannte sich mit den gängigen Marken nicht aus, aber er erinnerte sich sehr genau daran, dass der Wächter am Strand von Zumaia diesen Namen genannt hatte.

»Señora García, wer hat Zugang zu diesen Schuppen?«

Sie schürzte die Lippen und starrte auf ihren Schlüsselbund. »Ich und der Gärtner, der kümmert sich auch um die Gartenmöbel hier. Weil da hinten auch die Chemikalien für den Pool stehen, darf niemand sonst ohne Aufsicht rein. Niemand! Da bin ich streng. Ist schlimm genug, wenn Jago, unser Gärtner, die Türen offen lässt, wenn sie die Liegen ein- und ausräumen, aber da der Pool eigentlich seit Eröffnung kaum in Betrieb ist, bin ich bisher gnädig gewesen.«

»Wann war der Gärtner das letzte Mal hier? Wissen Sie das?«

Grimmig verschränkte sie wieder die Arme. »Und ob ich das weiß, vor genau zwei Wochen. Hat sich krankgemeldet, dabei bin ich sicher, dass er säuft. Deshalb krieche ich ja in dem Loch herum und schaue nach dem Rechten, das gehört an sich gar nicht zu meinen Aufgaben.«

»Niemand sonst?«

»Na ja. Der Chef natürlich. Torres. Aber sonst?«

Sorgfältig schob Ibara das Portemonnaie wieder zurück in den Rucksack. »Haben Sie vielleicht einen Müllsack oder so etwas, damit ich die Sachen einpacken kann? Mit ein klein wenig Glück finden wir noch Fingerabdrücke.«

Das Gesicht der Hausdame leuchtete auf. »Wenn ich gewusst hätte, dass Sie sich solche Mühe machen, hätte ich die

Diebstähle gemeldet. Ich dachte, die Polizei macht da nichts, man kennt das ja.«

Ibara ignorierte den Vorwurf. Nervös leckte er sich über die Lippen. »Ich würde Sie herzlich bitten, morgen früh auf der *Comisaría* eine Aussage zu machen. Diese Sachen wurden nicht gestohlen. Sie haben gerade die persönlichen Sachen des Mordopfers Alina Daamen gefunden.« Und vielleicht, vielleicht reichten die Indizien für eine Anklage. Nur drei Personen, die die Gegenstände dort deponiert haben konnten. Mögliche Fingerabdrücke. Alinas persönliche Aufzeichnungen, ihre Kamera, ihr Smartphone. Es musste doch mit dem Teufel zugehen, wenn sich da nichts fand, das Alfredo Torres eindeutig belastete.

Während Señora García ob seines zuversichtlichen Grinsens verwirrt nickte, dachte Ibara, dass das Schicksal manchmal eben doch ein Einsehen hatte.

DONNERSTAG, 19. JUNI

EPILOG

Ibara spähte aus dem Bürofenster hinunter. Vor dem Eingang der *Comisaría* lungerten immer noch zwei junge Männer und eine Frau mit Kamera herum. Journalisten, die auf ihn warteten. Er hatte sich nie nach dieser Art von Aufmerksamkeit gesehnt, und seit heute war ihm eindeutig klar, warum: Es war ihm lästig. Er wollte nicht im Mittelpunkt stehen. Er war zufrieden, wenn er die kleinen Probleme der Leute lösen und für ein wenig Frieden auf den Straßen der Orte sorgen konnte, für die er und seine Kolleginnen und Kollegen zuständig waren. Öffentlichkeit, das Lächeln für die Kameras, das war etwas für die Humpty Dumptys dieser Welt.

Er hörte, wie sich hinter ihm die Bürotür öffnete und jemand ohne anzuklopfen den Raum betrat. Er wandte sich um. Zamorra balancierte ein Tablett mit zwei Tassen und einem Zuckerstreuer auf einer Pappschachtel. Sie grinste. »*Café?*«

Ibara kam zu ihr, nahm ihr das Tablett ab und stellte es auf seinen Schreibtisch. Er hatte den ganzen Morgen darauf verwendet, die Spuren von Arbós' Anwesenheit zu beseitigen. Sämtliche Akten und Papiere standen in einem großen Umzugskarton an der Wand.

Ibara schnupperte genießerisch, als ihm das Aroma des starken *cafés* in die Nase stieg. »Wo hast du den her? Als ich vorhin in der Küche war, ging die Kaffeemaschine immer noch nicht.«

»Das stimmt. Ich habe Jiannis überredet, mir die Tassen mitzugeben, er hat keine To-go-Becher. Und da du hier ja nicht rauskommst, ohne dass diese Leute da draußen mit ihren tausend Fragen über dich herfallen, dachte ich, ich bringe alles her.« Mit diesen Worten öffnete sie die Schachtel und schob Ibara eine Auswahl *pastelitos* zu.

»Casta, das ist das schönste Geschenk, das ich je bekommen habe!« Verzückt schnappte er sich einen Windbeutel und schob ihn in den Mund. Süße Sahne mit einem Hauch Zimt, es war ein Traum.

Sie hob ihre Kaffeetasse und prostete ihm zu. »Du hast noch immer dieses Dauergrinsen im Gesicht, weißt du das eigentlich?«

Ibara nickte kauend. Er hatte schon Krämpfe in den Mundwinkeln, aber er kam einfach nicht dagegen an. Der Fund von Alina Daamens Gepäck und die Aussage der Hausdame des *Escapio* hatten dazu geführt, dass Alfredo Torres sich bei den folgenden Vernehmungen immer weiter in Widersprüche verwickelt hatte. Sein Anwalt hatte ihm dann geraten, ein Teilgeständnis abzulegen, laut dem das alles ein schreckliches Versehen gewesen wäre: Er habe die junge Niederländerin nur einschüchtern wollen. Sie habe ihn, so seine Behauptung, erpressen wollen, indem sie drohte, die angeblichen Morde vor über dreißig Jahren öffentlich zu machen. Der Tatort war tatsächlich, wie Ibara vermutet hatte, der Lagerraum mit der Stahltür gewesen. Ohne sein Zutun sei sie gestürzt und tödlich verletzt worden. Mit dem Tod der vorherigen Eigentümer seines Grundstücks habe er nichts zu tun, aber er habe die schlechte Publicity vermeiden wollen. Doctora Cortez widersprach der Version mit dem Sturz entschieden. Für sie war es eindeutig, dass jemand – Torres – die junge Frau mit einer Eisenstange oder Ähnlichem auf den Hinterkopf geschlagen hatte. Es sah nicht gut aus für den Hoteleigentümer. Er widerrief sein Geständnis, aber der Staatsanwaltschaft genügten die Beweise inzwischen, und sie arbeitete gewissenhaft an einer Anklage.

Ibara war es darüber hinaus gleichgültig, ob ihm der Mord an der Familie nachgewiesen werden konnte oder nicht, denn so, wie es aussah, reichte die Beweislage zum Tod von Alina, um Torres für lange Zeit hinter Gittern zu bringen. Vielleicht sogar für den Rest seines Lebens. Und daran würden auch seine guten Beziehungen in die Lokalpolitik nichts ändern.

»Kannst du mir das verdenken?«

»Nicht im Geringsten. Wie geht es Isobel?«

»Bänderriss. Zum Glück muss sie nicht operiert werden. Sie hoppelt auf Krücken herum und freut sich über ihr nagelneues Smartphone. Ich halte das nicht für sehr pädagogisch, dass sie es bekommen hat, aber ich kann sie schlecht von der digitalen Welt abschneiden, oder?« Vor allem, da Isobel ziemlichen Liebeskummer hatte, den sie zwar heroisch zu überspielen versuchte, doch dank Internet stand sie mit Lukas gefühlt in Dauerkontakt.

Zamorra umklammerte ihre Tasse und schüttelte den Kopf.

Ibara wies mit der Hand auf ihren Schreibtisch, den er ebenfalls von Papier und Müll befreit hatte. »Setz dich.«

Sie kam der Aufforderung nach. Er setzte sich auf seinen Drehstuhl und schob die Schachtel mit den Kuchenstückchen in die Mitte, sodass sie sie beide erreichen konnten. Eine Weile kauten sie im stillen Einvernehmen.

»Warum bist du überhaupt hier?«, fragte Zamorra. »Hat Mendoza dir nicht die ganze Woche freigegeben?«

»Doch. Aber mir fällt zu Hause die Decke auf den Kopf.« Er zog die Schultern hoch. »Es ist so still geworden, seit die vier Deutschen weg sind. Finia ist natürlich da, aber sie tut das, was sie immer tut, wühlt im Garten herum, liest, rumort durchs Haus. Ich glaube, ich bin ihr auf die Nerven gefallen, zumindest guckte sie mich heute Morgen so seltsam an.«

Zamorra schnaubte belustigt. Sie setzte die leere Tasse ab und starrte darauf.

Ibara beobachtete sie aufmerksam. Sie hatte sich die letzten beiden Tage ebenfalls freigenommen, was er sich nicht recht erklären konnte. Denn das hieß vielleicht, dass ihre wechselhafte, miese Laune nichts mit ihm zu tun hatte. Er wollte zu gern wissen, was mit ihr los war, aber nachdem sie in letzter Zeit so reizbar gewesen war, wagte er nicht, sie zu fragen. Jetzt gerade war sie endlich einmal so, wie er sie kannte, die Kollegin, die er lieb gewonnen hatte und mit der er unglaublich gern zusammenarbeitete.

»Roberto hat uns sitzen gelassen.« Sie starrte immer noch auf die Tasse.

Sie hatte so leise gesprochen, dass Ibara nicht sicher war, ob er sie richtig verstanden hatte.

Er beugte sich ein wenig vor, legte beide Hände auf den Schreibtisch und neigte fragend den Kopf.

Ihre Schultern bebten, einen Augenblick wirkte es, als würde sie weinen, doch als sie endlich den Kopf hob, waren ihre riesigen braunen Augen trocken. »Er ist gar nicht auf Tour«, erklärte sie. »Das heißt, wenn doch, dann weiß ich nichts darüber. Er kommt jedenfalls nicht zurück.« Sie strich sich eine Strähne hinters Ohr, die sich aus ihrem Pferdeschwanz gelöst hatte. »Er hat sich eine Backgroundsängerin geschnappt. Eine aufregende afrikanischstämmige Französin mit dicken Titten und riesigem roten Mund.«

»Nicht so abfällig, Casta, das passt nicht zu dir.« Ibara versuchte es mit einem begütigenden Lächeln.

Sie machte ein Geräusch, das ihn an Whoopy erinnerte, wenn sie einen Knochen verteidigen wollte. Ein scheinbar gefährliches Knurren, das bei jedem misslang, der die kleine Hündin kannte, denn man konnte ihr den Knochen gefahrlos wegnehmen und erntete einen sehnsüchtig enttäuschten Hundeblick.

Zamorra verknotete die Hände ineinander. »Roberto war Joshs Bezugsperson. Er fragt dauernd nach ihm. Er ist erst vier. Ich weiß nicht mehr, was ich ihm sagen soll.«

»Und du hast Zeitprobleme. Daher schiebst du Dienst nach Vorschrift.«

»Ich wollte es nicht erklären.« Sie brach ab.

Ibara ahnte, was sie sagen wollte. So ähnlich hatte er sich auch damals verhalten. Sie hatte gehofft, dass das alles wieder ins Lot kam, dass Roberto es sich anders überlegte und zurückkäme. Aber mit jedem Tag, der verging, musste sie den Tatsachen ins Auge sehen und akzeptieren, dass er sich gegen sie entschieden hatte. Ibara wusste, wie sich das anfühlte. Er wusste, wie sehr es schmerzte, er kannte dieses Gefühl des Versagens und der Schuld, die endlosen Gedankenschleifen, in denen immer dieselben Fragen abliefen, was man wann hätte anders machen sollen. Die Antworten hatte er bis heute nicht gefunden, und er vermutete inzwischen, dass es gar keine gab.

Er stand auf, umrundete die beiden Schreibtische und zog Zamorra wortlos auf die Füße und in seine Umarmung. Sie stand ein, zwei Sekunden steif da, dann legte sie ihren Kopf an seine Brust und lehnte sich gegen ihn. Er streichelte ihr sanft über den Rücken und hörte, wie sie leise atmete.

»Es war trotzdem dumm, gar nichts zu sagen. Glaubst du, ich hätte kein Verständnis dafür? Ich habe Isobel auch allein großgezogen.«

»Du hattest Finia. Ich habe niemanden.«

»Finia hatte damals den Hof. Ich war genauso darauf angewiesen, hier pünktlich wegzukommen, mich gut durchzutakten. Meine Tochter brauchte mich.«

Sie hob den Kopf, rückte ein wenig von ihm ab, um zu ihm aufzusehen, und reckte störrisch das Kinn. »Aber genau das ist es. Ich will kein Verständnis. Ich will auch keine Rücksichtnahme, verstehst du? Ich will, dass es funktioniert. Ich will meinen Job behalten, und ich will ihn gut machen. Und gleichzeitig will ich eine gute Mutter sein.«

Und fühlst dich zugleich allein, merkst, dass du nicht stark genug bist, dass es nicht funktioniert, wenn dir wirklich niemand hilft. Ibara sprach es nicht laut aus. Sie wusste es ohnehin. Und sie war stark, vermutlich stärker als er selbst. Er kannte ihre Familienverhältnisse nicht, aber soweit er wusste, hatte sie keine Verwandten in der Nähe. Er wusste auch nicht, wie sie finanziell dastand. Wahrscheinlich war es keine Option, weniger Stunden zu arbeiten, um für ihren Sohn da zu sein, sonst hätte sie Mendoza längst gefragt. So etwas war in dieser *Comisaría* normalerweise kein Problem, dazu war das Verhältnis der Kolleginnen und Kollegen familiär genug.

Ja, er hatte Finia gehabt, und wenn es nur ihre unerschütterliche Treue war, ab und zu ein Ohr, das sie ihm lieh, damit er sich ausheulen konnte. Wenn sie nicht gewesen wäre, wäre er vermutlich mit Isobel zurück nach Brüssel gegangen. Seine Geschwister, seine Eltern, irgendwer hätte ihm schon geholfen. Allein diese Möglichkeit, die Aussicht auf einen Ausweg, falls nichts mehr ging, hatte ihm damals Kraft gegeben.

»Hör zu, Casta. Du gehst ab jetzt, wenn du gehen musst, verstanden? Du musst auch nichts erklären. Nein, hör mir zu. Wir sind Freunde. Ich bin froh, dass du dich mir endlich anvertraut hast. Wer, wenn nicht ich, kann verstehen, was in dir vorgeht? Wenn du Hilfe brauchst, sag Bescheid. Ich kann deine Probleme nicht lösen, aber ich kann dir helfen, Lösungen zu finden. Lass uns zusammenarbeiten. So wie wir das bisher auch getan haben.«

Sie biss sich auf die Unterlippe. Jetzt glänzten ihre Augen doch verdächtig, sodass er rasch nachschob: »Und glaub nicht, dass ich irgendwelche Rücksicht auf dich nehme, hast du verstanden?«

Ihre Augen wurden groß und dunkel, als sie ihn erschrocken anblickte, denn er hatte einen ziemlich harschen Ton angeschlagen. Doch dann grinste sie, erst schüchtern, dann lachte sie breit und schlug ihm mit der flachen Hand vor die Brust. »Du bist ein Schuft, weißt du das?«

Er klopfte ihr auf die Schulter. »Ich brauche dich einfach. Ich mag Alba wirklich gern, aber sie ist zu nett und kein guter Ersatz für dich. Und wer weiß, am Ende stellt Mendoza mir irgendeinen dummen Nachwuchspolizisten an die Seite. Das könntest du nicht verantworten. Und außerdem brauche ich jemanden, der Baskisch kann, schon vergessen?«

Immer noch lachend wandte sie sich hastig ab, und Ibara war es, als würde sie nun doch eine verstohlene Träne aus den Augenwinkeln wischen.

Er atmete tief durch, fühlte sich unendlich erleichtert. Jetzt, dachte er, hat diese gesamte Angelegenheit wirklich ein Ende.

DANKSAGUNG

Bücher zu schreiben ist ein einsamer Job, aber Bücher zu veröffentlichen ist Teamarbeit. Ich danke Michaela, Anja, Julia und André fürs Zuhören, Mit- und Weiterdenken. Lars dafür, dass er mir das Genre *Krimi* nähergebracht hat. Und ganz besonders Fabienne, die immer wieder beharrlich darauf besteht, dass ich weiterschreibe und meine Motivation wiederfinde, wenn ich sie gerade verloren habe. Meinem Agenten Niclas Schmoll, der meine Ideen immer wieder auf den rechten Weg lenkt und meine Geschichten verkauft, und Thorben Buttke für die Gelegenheit, meinem Baskenlandkrimi eine Verlagsheimat zu geben.

Zum Schluss natürlich ein dickes Dankeschön an meine Familie, für jahrelange Unterstützung und die Möglichkeit, das zu tun, was ich am besten kann: Geschichten zu erzählen.

J. Z. im November 2019